NARRATORI MODERNI

MONIKA PEETZ

LA QUINTA COSTELLAZIONE DEL CUORE

Garzanti

Prima edizione: gennaio 2012

Per essere informato sulle novità del Gruppo editoriale Mauri Spagnol visita:
www.illibraio.it
www.infinitestorie.it

Traduzione dal tedesco di
Lucia Ferrantini

Titolo originale dell'opera:
Die Dienstagsfrauen

ISBN 978-88-11-68405-3

Printed in Italy

www.garzantilibri.it

LA QUINTA COSTELLAZIONE DEL CUORE

A Peter, Jan, Lotte e Sam

1.

«Dài Tom, sbrigati! Datti una mossa!» sbraitò Luc. «I clienti arriveranno a momenti!» Il proprietario del ristorante Le Jardin faceva correre il suo nuovo cameriere su e giù per tutto il locale senza pietà. Sul ragazzo piovevano istruzioni a raffica.
«Avevo detto cinque bicchieri!»
«Ma non il solito servizio di piatti!»
«Dove diavolo sono i fiori?»
«È possibile che debba pensare a tutto io?»
Tom era nel pallone. Per quale cliente speciale il capo stava alzando tutto quel polverone? Il ragazzo diede un'occhiata al registro delle prenotazioni, ma non fu molto illuminante.
«Non c'è segnato niente per il tavolo vicino al camino.»
Luc si fermò come se fosse di fronte all'osservazione più stupida che avesse mai sentito in tutta la sua vita. «Hai guardato il calendario?»
«Certo!»
«E...?»
«Oggi è martedì.»
A quel punto, Luc alzò la voce: «Il primo martedì del mese. E questo significa che...».
«Per caso oggi in Francia è un giorno festivo?» azzardò Tom come se si trattasse di un quiz a premi.
Luc sospirò profondamente. Forse era stato un errore dare una chance a uno scansafatiche disoccupato che non era nemmeno riuscito a diplomarsi. L'unica esperienza di Tom nel settore della ristorazione risaliva alla sua primissima infanzia. Uno sprovveduto in balia di una tempesta ormonale lo aveva concepito nel retrobottega del punto di ristoro frequentato

dai tifosi del TSC Euskirchen. Quell'idiota, purtroppo, era proprio Luc. Così non aveva potuto dire di no quando, cinque settimane prima, la sua ex gli aveva lasciato davanti alla porta di casa il malriuscito prodotto della loro tresca. Il bambino che allora aveva abbandonato al suo destino nel frattempo aveva compiuto diciannove anni e assomigliava tutto alla madre. Questo, almeno, secondo Luc.

«Le mie più affezionate clienti hanno prenotato per le otto. Come ogni primo martedì del mese. Vengono da quando facevo il cameriere», spiegò l'uomo agitato. Il suo forte accento di Colonia non lasciava dubbi sulla sua origine tutt'altro che francese ed era la prova che Luc era soltanto un nome d'arte. La vicinanza dell'Institut Français, però, lo incoraggiava a non cambiare nulla dell'atmosfera parigina del locale.

Tom ancora non capiva: «Sì, e allora?».

Luc sospirò di nuovo. A sessantacinque anni, era ormai tempo di pensare a un successore. Ma come poteva spiegare a un figlio così duro di comprendonio cosa avevano di speciale quelle cinque signore? Venivano nel suo locale da una quindicina d'anni. All'inizio tutti i martedì, poi uno al mese.

Era una giornata uggiosa e poco redditizia e Luc stava per chiudere il ristorante in anticipo quando, per la prima volta, le cinque signore erano apparse sulla porta ridacchiando bagnate fradice. Cinque donne che non avrebbero potuto essere più diverse: Caroline, avvocato, sportiva e distaccata, con un volto dai lineamenti classici; Judith, pallida e magra da sembrare quasi trasparente; Eva, la dottoressa fresca di laurea; Estelle, un'inconfondibile signora della buona società... e la più giovane, Kiki, una ragazza sulla ventina che risplendeva come una farfalla variopinta.

Era stata Caroline a convincere Luc a tirare fuori ancora un paio di bottiglie. Già allora era l'eloquente avvocato ad avere in pugno ogni situazione. L'idea di andare a bere qualcosa insieme dopo il corso di francese, però, era stata di Judith.

«Voglio godermi la mia serata libera fino in fondo», aveva detto. Dopo si scoprì che per seguire quel corso Judith aveva mentito, raccontando a Kai, allora suo marito, che il proprio datore di lavoro aveva insistito affinché prendesse lezioni di francese, coprendone le spese. Confidava sul fatto che il suo pedante consorte avrebbe continuato ad andare a letto alle dieci e mezzo in punto senza accorgersi che, di martedì in martedì, lei sarebbe tornata sempre più tardi. Quel corso aveva segnato l'inizio della fine del loro matrimonio. Bugia dopo bugia, invece di seguire corsi avanzati Judith continuò a incontrarsi con le amiche del martedì. Ci volle una mezza eternità perché il gruppo riuscisse a farle coraggio e a convincerla a porre fine a quell'unione infelice. Anno dopo anno, sotto lo sguardo del proprietario del locale l'insicura segretaria si era trasformata in una donna che, con l'aiuto dell'esoterismo e della saggezza orientale, cercava di trovare la sua strada.

Luc aveva accompagnato le amiche del martedì per tutti quegli anni. Era stato testimone della carriera di Caroline da promettente avvocato a famosa penalista, della decisione dell'appassionata dottoressa Eva di appendere la sua professione al chiodo per farsi una famiglia e dell'ingresso della giovane Kiki nell'età adulta. Quindici anni avevano lasciato il segno. Le Jardin aveva cambiato pelle: da ritrovo per pochi intimi a ristorante alla moda. E Luc, smessi i panni del cameriere, ne era divenuto il proprietario. Soltanto Estelle, la più raffinata e anziana del gruppo, era rimasta fedele a sé stessa. L'importante, per lei, era che la gente le leggesse in volto quanto era ricca, che aveva una seconda casa a St. Moritz e che il suo handicap a golf era di tutto rispetto. Luc era convinto che fosse stata partorita in una tutina di Chanel.

«Ah, si tratta di quelle cinque donne che sono state qui il mese scorso!» Finalmente in Tom si era accesa la lampadina giusta e il suo viso si era illuminato. «Ci sarà anche la ragazza? Quella con le gambe lunghe e la gonna corta?»

«Giù le mani da Kiki!»

«È così carina...»

Luc lo sapeva benissimo. Kiki non era soltanto carina, ma di una bellezza disarmante. Allegra, selvaggia, piena di energia, dotata di un buonumore cronico e spesso e volentieri innamorata. «La castità fa venire i brufoli», diceva. Aveva voluto imparare il francese perché durante l'Interrail dopo la maturità aveva perso la testa per un certo Matthieu di Rouen. Forse potere scambiare due chiacchiere ogni tanto avrebbe dato nuovi stimoli alla loro relazione. Così almeno aveva sperato. Purtroppo quattro ore di corso di francese per principianti erano bastate per scoprire che la cosa di cui Matthieu parlava più volentieri era la sua ex. Allora Kiki si era fatta consolare da Nick. E poi da Michael. Nel suo cuore sognava una relazione stabile, il problema era che amava il sesso più degli uomini in esso coinvolti.

"Il bello dell'essere single è che ci si può concentrare sulla propria carriera", si ripeteva spesso Kiki. Single lo era, peccato che le mancasse una vera carriera. L'attuale lavoro come creativa presso Thalberg, il famoso studio di design, non le aveva fatto compiere il balzo in avanti che aveva sperato. Apparteneva al team di supporto del rinomato designer, mente creativa nonché fondatore dell'azienda, che progettava mobili, lampade, pezzi d'arredamento e utensili da cucina, a volte anche interni completi di negozi o hotel. Kiki non era ancora riuscita a emergere, ma credeva nel domani, nel fatto che ogni giorno portasse qualcosa di nuovo.

«Dài, racconta», insisté il giovane cameriere.

Oltre alle storie di uomini di Kiki, Luc avrebbe potuto ricordare una marea di altri aneddoti. Le cinque donne non immaginavano neppure lontanamente quante cose sapesse di loro il proprietario di Le Jardin. Avendo sempre tenuto le orecchie ben aperte, l'uomo era a conoscenza anche dei brevi viaggi intrapresi dalle sue clienti. Del resto, non c'era di che stupirsi: le storie relative a quelle leggendarie spedizioni, viaggi memorabili a dormire sotto le stelle, venivano puntualmente rievocate a tavola fra scroscianti risate.

La prima volta erano andate nel Bergisches Land per prepararsi all'esame di francese nella tranquillità dei monti. Il weekend di studio collettivo delle amiche del martedì era stato un grande successo, l'esame un po' meno. A dir la verità, in quel periodo Kiki era molto più impegnata con il linguaggio del corpo francese che con la grammatica, ed Estelle aveva deciso che una casa vacanze in Francia era *out*, mentre una nell'Algarve era *in*. E allora perché darsi tanto da fare con quella lingua? Alla neodottoressa Eva per l'agitazione si era rivoltato lo stomaco e aveva trascorso gran parte dell'esame nel bagno dell'Institut Français. Anche se in seguito si era scoperto che quell'agitazione non era dovuta tanto all'esame, quanto ai cambiamenti all'interno del suo corpo, che non era ancora ben rodato. Ancor meno maturo risultò il suo primogenito, David, nato sette mesi dopo. Con i suoi quattro chili abbondanti per cinquanta centimetri di lunghezza, fu il motivo per cui la Supermamma non riuscì a combinare più nulla. Né con l'esame di francese, né con il posto di assistente che le era stato offerto in un ospedale nel centro di Parigi. Ancora conservava il contratto firmato: «Come simbolo della vita che sono stata a un passo dall'iniziare», ripeteva sempre.

Judith ce la mise tutta, ma venne bocciata comunque. E la considerevole somma che aveva sottratto alle entrate familiari alle spalle di Kai per esorcizzare la sua paura dell'esame avrebbe potuto essere investita in maniera più sensata.

Soltanto Caroline, che si era laureata in Legge con lode, era stata promossa. Ovviamente con il voto migliore del corso. Il giovane avvocato sfoggiava un francese perfetto. Sebbene seguisse la sua carriera sui giornali, Luc non era mai riuscito a capire a cosa le servisse quella lingua: nessuno dei terribili criminali con cui aveva a che fare come penalista aveva mai cercato di rapinare il Louvre, di dirottare un aereo dell'Air France o di far saltare in aria la Tour Eiffel. E al marito, medico generico a Lindenthal, piaceva trascorrere le vacanze in Italia. Quanto ai loro figli, non avevano mai avuto bisogno di aiuto nei compiti di francese. Veramente non avevano mai avuto problemi in nessuna materia, proprio come i quattro figli di Eva, a parte qualche piccolo incidente di percorso.

Luc avrebbe potuto parlare per ore e ore delle sue clienti speciali al suo curioso figlio. Invece restò muto come una tomba. Il proprietario di Le Jardin era abbastanza intelligente da non far capire alle sue clienti quante cose, pur non volendo, lasciassero trapelare di sé stesse. Lui era il riservato accompagnatore e silenzioso fan delle amiche del martedì, e il suo ristorante il loro confessionale.

Ormai il tavolo era apparecchiato di tutto punto, il cuoco pronto per cucinare, le candele consumate per metà.

«Ma dove sono finite?»

Luc controllò l'orologio inquieto. Erano le otto e un quarto.

Capitava spesso che gruppi usciti dal vicino Institut Français si fermassero a mangiare qualcosa a Le Jardin. La cosa strana era che vi nascesse un'amicizia per la vita. Ancora più anomalo, però, era che un primo martedì del mese il tavolo delle cinque amiche a quell'ora fosse ancora vuoto.

Quando Luc, poco dopo le undici, chiuse il ristorante senza aver ricevuto notizie di Caroline o delle altre, sapeva che doveva essere successo qualcosa. Qualcosa di molto grave.

2.

«Dobbiamo ricordarci di disdire da Luc.»

Un paio di giorni prima le amiche ne avevano parlato, ma quando era arrivato il martedì nessuna di loro ci aveva pensato.

Arne, l'attuale marito di Judith, giaceva al quarto piano del Sankt-Josef-Hospital. «Il quarto piano»: era così, con queste parole minimizzanti e fin troppo spensierate, che dottori e infermieri chiamavano il reparto dei pazienti in stato terminale. Lì, tutto era smorzato: la luce, le voci, perfino le aspettative. Al quarto piano si aspettava soltanto la morte, e Arne aspettava ormai da sei giorni. E con lui Judith e le amiche del martedì, che si alternavano al suo fianco.

La malattia di Arne era come un giro sulle montagne russe. Ogni impennata si rivelava un'illusione. Si veniva spinti verso l'alto per poi riprecipitare nel vuoto a tutta velocità. Le cattive notizie erano arrivate, come bastonate, in rapida successione.

«È inoperabile.»

«I valori del sangue sono pessimi.»

«La chemio non fa effetto.»

«Ormai è solo questione di tempo.»

Tutto questo era iniziato diciannove mesi prima. Diciannove mesi in cui Arne e Judith avevano cercato, nei limiti del possibile, di evitare in tutti i modi il tema della morte. Lei si sforzava di non pensare al fatto che presto Arne non sarebbe più stato al suo fianco. La fine, però, sarebbe arrivata comunque.

«Dobbiamo fare in modo che una di noi sia sempre con lei», aveva proposto Eva, dividendo le amiche del martedì in turni che coprissero l'intera giornata. Alla fine, però, era stata lei la prima a lasciare Judith da sola. Lene, la sua figlia tredicenne, aveva scombussolato i piani della madre con un bell'incidente in bicicletta in cui aveva rimediato un incisivo dondolante. Era dovere di Eva starle accanto.

«Puoi sostituirmi tu?» aveva chiesto a Caroline via SMS.

«Cercherò di farla breve», promise l'avvocato, che era nel bel mezzo di un dibattimento.

Eva, però, alla fine dovette andarsene prima che subentrasse Caroline, e così accadde quello che le amiche avevano cercato di evitare in tutti i modi: per la prima volta, Judith rimase sola al quarto piano. Sola con sé stessa e con la sua paura.

«Noi organizzare distacco da famiglia più intimo possibile!» promise la robusta infermiera con un pesante accento dell'Europa dell'Est. In realtà si limitava a passare ogni tanto per cambiare le flebo o per portare a Judith una tazza di tè con uno strano retrogusto di rum.

«Illegale, ma buono», le bisbigliò la donna con un'aria da complotto. «Paura solubile nell'alcol.»

«Grazie, grazie davvero, infermiera...»

Com'era che faceva di nome? Judith avrebbe tanto voluto ricordarselo, ma quell'impronunciabile sfilza di consonanti che gravava sul prosperoso petto dell'infermiera ceca proprio non riusciva a entrarle in testa.

«I cechi sono molto avari di vocali», aveva scherzato Arne il primo giorno in un sorprendente momento di lucidità. «Dovrebbero contrattare con i finlandesi per farsene dare un po' delle loro.»

Judith si era sforzata di sorridere.

«Sul serio», aveva insistito Arne con un filo di voce. «Prendi, per esempio, la parola "gelato". In ceco si dice *zmrzlina.* Sai invece come lo chiamano i finlandesi? *Jäätelöä!*»

Judith non aveva la più pallida idea se fosse vero. Capiva però fin troppo bene cosa stesse cercando di fare Arne: perfino sul letto di morte voleva tirarla su di morale. Finché le forze non lo abbandonarono.

Judith dovette osservare impotente come Arne affondò nel cuscino, sempre più pallido, il naso più affilato e il respiro più debole. Le sue mani si muovevano nervose, come se volessero volare via. Ogni minuto che passava, scompariva un altro pezzettino dell'uomo alto e forte di cui cinque anni prima si era perdutamente innamorata. L'uomo che amava nonostante la barba pungente e la sua predilezione per le camicie di flanella a quadri.

«Dall'aspetto, sembra che stia per prendere in mano una chitarra e cantare di whisky, donne e pistole», aveva detto alzando un po' troppo la voce Estelle alle altre amiche del martedì, il giorno che l'avevano conosciuto.

«Lo so, ho un viso banale e un terribile gusto nel vestire, ma fanno parte di me», aveva replicato Arne a tono.

E lo stesso valeva per Judith: faceva parte di lui. Esattamente sessantatré giorni dopo averla scovata in una libreria tra volumi di feng-shui e buddismo, l'aveva sposata in barca sul Reno.

«Tutto scorre», aveva proclamato Arne. «Ci si addice.»

Le amiche del martedì non erano state le uniche a sentirsi travolte dagli eventi.

«Siamo così felici di conoscere Julia», aveva gioito una zia rotonda come una palla in completo lilla, lasciando una scia di profumo che era un misto fra antitarme e acqua di Colonia.

«Si chiama Judith», aveva puntualizzato Caroline per l'ennesima volta, dato che Arne aveva molte zie.

Il viso dell'anziana signora aveva assunto una tonalità che si abbinava a meraviglia con il lilla del completo.

«Oh, non fa niente», le aveva strizzato l'occhio Estelle. «Anche noi abbiamo conosciuto Anton soltanto un paio di giorni fa.»

«Arne», le aveva prontamente ricordato la zia, non cogliendo la battuta.

«È stata una tale sorpresa per tutti», avevano quindi convenuto le due donne per poi passare al solito, meravigliato: «Chi se lo sarebbe aspettato!».

«Io», era intervenuta Judith. «Dal primo momento in cui l'ho visto, ho avuto la certezza che saremmo invecchiati insieme.»

Ora, però, il destino l'aveva condotta al quarto piano del Sankt-Josef.

Fuori, per la prima volta da giorni, il sole tornò a fare capolino tra le nuvole, nei reparti iniziò l'orario di visita e al quarto piano il tempo continuava a gocciolare. Cinquantanove minuti al prossimo giro dell'infermiera, dieci a un'altra tazza di tè, tre prima di rimettere dritto il cuscino di Arne e tredici secondi perché la goccia di morfina si staccasse e si disperdesse nel tubo trasparente.

Ma dov'era finita Caroline? Tutte le amiche del martedì erano le benvenute, la loro compagnia la confortava. Eva portava Tupperware pieni di rincuoranti leccornie, Estelle i gossip dell'ultim'ora, Kiki buonumore e una ventata di freschezza. Perfino un po' di agitazione era meglio di quel silenzio funereo in cui non si faceva altro che aspettare l'ultimo respiro.

Dal corridoio giunse un rumore. Erano arrivati i necrofori. Li si sentiva già da lontano. Mentre le loro bare scivolavano lungo il pavimento di linoleum su morbidi gommini, i letti del reparto tremavano. Prima si sentiva un leggero sibilo, poi i pesanti passi dei parenti che lasciavano la stanza del deceduto. Un'ora dopo, al massimo due, entrava in azione la squadra della disinfezione con il suo cigolante carrellino delle pulizie. Quindi, un altro letto che sussultava. Quel canto di morte, che al quarto piano si ripeteva come un canone, negli ultimi giorni Judith l'aveva sentito già un paio di volte. E forse era peggio del respiro straziante del marito.

Quando Arne era ancora in salute, Judith aveva un'infinità di desideri. Ora ne aveva soltanto uno. Poter sentire un'ultima volta la sua voce, la sua risata allegra, le sue mani sulla propria pelle. Soltanto una volta. Per favore.

Non aveva idea di come sarebbe riuscita a sopravvivere senza di lui. Non poteva immaginarsi di tornare da sola, dal quarto piano, in un appartamento vuoto. Di dormire ancora nel letto che aveva condiviso con Arne. Quell'enorme struttura che incombeva nella stanza non le era mai piaciuta.

Che strano. Judith stava per compiere quarant'anni e non aveva mai comprato un letto in tutta la sua vita. Appena diciassettenne, aveva lasciato quello a castello, che condivideva con il fratello di otto anni più piccolo, per trasferirsi dal suo ragazzo. Kai aveva ventisette anni e, in camera, un materasso lungo ottanta centimetri. A ogni minimo movimento il braccio di Judith finiva contro la parete, che era una specie di grattugia. Prima di ridipingerla, Kai aveva mischiato al colore della segatura.

«La vera carta da parati ingrain è troppo cara», aveva tagliato corto in tono dittatoriale.

Judith avrebbe preferito sgargianti arazzi di colori caldi, ma l'appartamento era di Kai. Anche i soldi erano di Kai, e pure l'atteggiamento nei confronti della vita. E questo prevedeva tappezzeria ingrain, risparmio e fedi nuziali. Perfino nel sesso Kai amava una certa simmetria e calcolabilità. Iniziava sempre a baciarla scendendo in diagonale dalla spalla sinistra fino all'ombelico e contemporaneamente, con un palmo, saliva verso la coscia destra. Come se lo avesse imparato a memoria da un manuale erotico. Dopo due anni al suo fianco, Judith si era così raffreddata da scappare da Wolf, con il suo meraviglioso letto ad acqua. E poi da Arne. Quando pioveva, Kai copriva i sedili della macchina con fogli di giornale; Arne, invece, ballava a piedi nudi nel parco, saltellando nelle pozzanghere.

«In teoria...» sussurrò Arne a fatica. Judith trasalì. Erano giorni che nella stanza non volava una mosca, e ora quelle parole...

«In teoria», mormorò ancora il marito alzando una mano, per poi farla ricadere sfinito. Nonostante tutti gli sforzi di Judith e per quanto lei si avvicinasse alla sua bocca, non si andava oltre quelle due parole: «In teoria».

Sul letto di morte Thomas Mann chiedeva i suoi occhiali

e Goethe più luce; Gesù, invece, in base alla tradizione, non volle niente. «Tutto è compiuto», dicono che abbia affermato sulla croce prima di ricongiungersi con il Padre. Sembrava l'esito di un brainstorming in cui massimi esperti del marketing mondiale avessero discusso su quali fossero le ultime parole più efficaci in caso di crocifissione. Le ultime parole di Arne, il suo messaggio ai posteri, erano: «In teoria».

Non aveva molto senso. In realtà era stato il primo marito di Judith, Kai, a incarnare la teoria, mentre Arne amava godersi la vita nella pratica. Era un inguaribile ottimista, attaccato a tutto ciò che era sospeso fra la terra e il cielo. Altrimenti perché era andato in pellegrinaggio a Lourdes, alla grotta della Vergine Maria?

La porta si spalancò e strappò Judith via dai suoi pensieri. Caroline. Finalmente. Finalmente! In realtà l'avvocato non era un tipo che si facesse abbracciare volentieri, ma Judith era felice di non essere più sola. Caroline accarezzò l'amica sulla schiena: «Judith, mi dispiace tanto».

«Eva è dovuta andare via prima. Per quella storia del dente di Lene. È caduta dalla bici.»

«Quando è successo?»

La sua voce aveva un tono compassionevole. Strano: di solito Caroline era sempre la prima a criticare Eva perché si lasciava prendere troppo dalla famiglia.

«Be', è successo ieri pomeriggio. Lene stava tornando a casa da scuola. Oggi però il dentista voleva controllarla di nuovo.»

«Judith, sto parlando di Arne.»

Lo sguardo di Caroline perforò Judith da parte a parte. Quello sguardo sveglio, incorruttibile, che nei processi terrorizzava i suoi avversari. E a volte anche Judith. In cerca di aiuto, la donna si girò verso il marito, e capì quello che Caroline aveva intuito non appena era entrata nella stanza. Arne aveva smesso di respirare. Il sottile strato di pelle teso intorno al volto smagrito riluceva di grigio. Se n'era andato in punta di piedi. Come se non avesse voluto spaventare Judith.

3.

Arne Nowak morì di martedì, nel tardo pomeriggio. Lasciava una moglie, Judith, un appartamento di tre stanze in Blumenthalstraße, due dozzine di camicie di flanella e una bomba a scoppio ritardato. Di questo, però, l'uomo si era reso conto soltanto quando era già prigioniero al quarto piano. Nello stato ovattato e semibuio in cui l'aveva ridotto la morfina, all'improvviso nella sua mente era balenato, un po' confuso, un pensiero inquietante: il diario dei suoi pellegrinaggi, il bloc-notes nero della Moleskine, era ancora nell'armadio. Un posto sicuro. Perlomeno finché fosse rimasto in vita. E adesso se n'era dimenticato.

Il suo inguaribile ottimismo gli aveva giocato un ultimo tiro: Arne non voleva accettare che la sua vita fosse agli sgoccioli. Ogni giorno si illudeva, insieme a Judith, che il tumore gli avrebbe lasciato ancora un po' di tempo. Tutte le notti pregava che gli venisse concessa una piccola proroga. Perché non aveva bruciato quegli appunti compromettenti quando il tempo e le forze erano ancora dalla sua parte? Judith non doveva sapere cosa aveva fatto. Nulla, neanche un graffio, doveva scalfire il ricordo degli anni passati insieme.

E se avesse trovato il bloc-notes e raccontato tutto alle sue amiche del martedì mostrando loro gli appunti? Dieci occhi vedevano molte più cose di due. Estelle aveva un debole per gli scandali e Caroline un infallibile sesto senso per le menzogne. Una volta approdato al quarto piano non riusciva più neanche a immaginarsi quali conseguenze avrebbe potuto avere la verità, semmai fosse venuta a galla. Non solo per Judith, ma anche per le sue amiche.

«In teoria...»

“In teoria puoi già iniziare a buttare le mie cose”, voleva dire a Judith ormai a un passo dalla fine. “Non vorrai mica tenerti tutte quelle vecchie cianfrusaglie!” Il pensiero, però, era svanito prima ancora di concludersi.

«In teoria», aveva detto, per poi perdere il filo e la concentrazione. Per un momento aveva sentito di avere ancora qualcosa d’importante da sbrigare, ma un attimo dopo era stato sopraffatto dalla stanchezza. Su qualsiasi preoccupazione era calato un velo di spossatezza. Aveva la bocca asciutta. Ormai ogni cosa gli era indifferente. Non aveva più voglia nemmeno di respirare.

A volte una parola si faceva largo nella nebbia, a volte sentiva la mano di Judith sulla sua. A fatica schiudeva le palpebre e vedeva gli occhi umidi della moglie, ma un secondo dopo l’aveva già dimenticata. Nulla poteva essere tenuto a mente, nessun errore corretto. In alcuni momenti non sapeva nemmeno dove si trovava. C’era un odore così strano. Di giorni passati ormai da un pezzo. Di tabacco: Eckstein numero 5. Quella marca la riconosceva all’istante: suo nonno l’aveva fumato dopo la guerra. «Il diario, forse mio nonno potrebbe... io dovrei...» fu l’ultimo pensiero che gli attraversò la mente. Poi, il vuoto.

Arne Nowak morì con la sensazione di aver dimenticato qualcosa d’importante. Il tempo gli avrebbe dato ragione.

4.

Fu un funerale in grande stile, seguito da un suggestivo banchetto funebre a Le Jardin. «Quante chiacchiere, noioso da morire», si sarebbe lamentato Arne. Gli ospiti, però, furono soddisfatti. Soltanto Judith era tormentata dai rimorsi di coscienza.

La sensazione di non aver vissuto al meglio il tempo trascorso insieme al marito cresceva in lei come un tumore. Judith si torturava con le recriminazioni. Aveva sprecato così tanti momenti e le mancavano i felici inizi di giornata con Arne al suo fianco: colazione a letto, pranzo a letto e la sera fare l'amore sulle briciole. Quanto avrebbe desiderato potersi lamentare ancora una volta di quei pezzettini di pane fra le lenzuola!

A sei mesi di distanza dalla morte del marito, Judith sentiva di aver toccato il fondo. Senza la voce baritonale di Arne, il familiare rumore delle sue pantofole e i fogli lasciati dappertutto, l'appartamento le sembrava estraneo. Non aveva cuore di buttare via cose che erano appartenute a lui e che ora erano diventate inutili. Nei punti in cui ci aveva provato, era rimasto un vuoto: un gancio scoperto sull'attaccapanni, un comodino deserto, una mensola del bagno inutilizzata. E Judith non sapeva proprio come riempirlo.

All'armadio del marito non aveva ancora osato avvicinarsi. Finché quel giorno arrivò. Aprì le ante con cautela, e la sua mano scivolò delicatamente sulla giacca di pelle di daino, sul giaccone di velluto con le toppe di pelle sulle maniche con cui lo aveva visto la prima volta in libreria e infine sulle camicie. Tanto penosi le erano sembrati un tempo quegli orribili capi di abbigliamento, tanto dolce ne era adesso il ricordo. Da un indumento di flanella marrone, verde e arancione che stava tirando fuori piano piano cadde qualcosa. Era un oggetto. Forse un libro. Il diario di Arne.

Sulla copertina nera era stato appiccicato con lo scotch trasparente un santino: sulla riva di un torrente una ragazzina, circondata da pecore, pregava di fronte alla Vergine Maria. Judith conosceva la storia nascosta dietro quel quadretto. Si trattava di Bernadette Soubirous, la figlia del mugnaio, alla quale più di centocinquant'anni prima era apparsa la Madonna. Nel luogo in cui aveva avuto quelle visioni, oggi si estendeva il complesso del santuario di Lourdes, dove ogni giorno migliaia di pellegrini, fra cui Arne, cercavano guarigione e conforto.

Il marito aveva deciso di percorrere il Cammino di Santiago de Compostela due anni prima che gli venisse diagnosticato il tumore. Duemilaquattrocento chilometri separavano l'uscio della sua abitazione di Colonia dal portone occidentale dell'imponente cattedrale spagnola che ospitava la tomba dell'apostolo Giacomo. Arne aveva suddiviso il percorso in tappe da due o tre settimane. In quanto insegnante, aveva molte più ferie di Judith, che allora lavorava alla reception di un centro di riabilitazione con il compito di indicare ai pazienti come raggiungere i vari terapisti che lavoravano sotto un unico tetto: fisioterapisti, ergoterapisti, danzaterapisti, ludoterapisti e logoterapisti. Dopo la morte del marito, ignorando i consigli delle amiche, si era licenziata.

Il pellegrinaggio di Arne era stato suddiviso in più giorni e le tappe venivano annotate con meticolosità sul diario. Ogni tanto, l'uomo aveva mostrato alla moglie qualche pagina: un disegno, una poesia o una cartolina incollata durante una sosta. Con il passare del tempo Judith si era completamente dimenticata di quel libretto. Tutto a un tratto, le sembrò il più importante lascito del marito e sprofondò nella lettura.

Judith era talmente presa da quell'inaspettato ricongiungimento con i pensieri di Arne che nemmeno si accorse degli squilli del telefono. Pagina dopo pagina, ripercorse con lui quel cammino fino a quando il racconto non s'interruppe. Nel bel mezzo di una frase.

Dopo la diagnosi del tumore Santiago de Compostela era diventata irraggiungibile. Così Arne aveva cambiato itinerario: ormai la sua unica meta, l'unica speranza, poteva essere Lourdes, che si trovava su un Cammino di Santiago secondario. Il bloc-notes nero lo aveva accompagnato anche in quell'ultimo viaggio, per il quale, come punto di partenza, aveva scelto la spiaggia di Narbonne. Il suo programma era percorrere i quattrocentotrenta chilometri fino a Lourdes in diciassette tappe. Il tragico epilogo nascosto dietro il candore delle ultime cinquanta pagine del diario fu per Judith una specie di illuminazione. Arne aveva sperato di trovare sollievo alla fonte di Bernadette, ma a Lourdes non ci era mai arrivato. Sfinito, era stato costretto a interrompere il tour. Sei settimane dopo, era morto.

Nei mesi successivi alla sua scomparsa Judith era rimasta come fossilizzata. In alcuni giorni era a malapena riuscita a fare il minimo indispensabile per sopravvivere: inspirare, espirare, inspirare, espirare. Tutto a un tratto, capì cosa doveva fare con una chiarezza cristallina.

5.

Caroline stava iniziando a preoccuparsi. Il giudice non aveva ancora terminato di leggere la sentenza, che lei ridigitò il numero di Judith. Era tutto il pomeriggio che provava a contattare l'amica. Era di nuovo il primo martedì del mese e voleva essere sicura che lei non dimenticasse l'appuntamento. Avrebbero parlato del viaggio annuale e Judith non poteva assolutamente mancare.

Una collega si congratulò con un pollice alzato per la vittoria nel processo, ma Caroline quasi non se ne accorse. Aveva una strana sensazione nello stomaco. Se Judith non si fosse presentata a Le Jardin, si sarebbe precipitata di corsa in Blumenthalstraße.

I suoi pensieri cupi vennero interrotti da passi pesanti. Estelle diceva sempre che la differenza fra un paio di scarpe di lusso e uno da quattro soldi si riconosce dal rumore che fanno quando si cammina. La plastica squittisce. Quelle, invece, sembravano suole di cuoio piuttosto care: scarpe da avvocato. E infatti si trattava di Paul Gassner, il collega della controparte, che stava disperatamente cercando di raggiungerla un attimo dopo che lei gli aveva rovinato la giornata e i suoi buoni rapporti con il cliente. E non era nemmeno la prima volta che succedeva. Gassner in fondo non era poi così male, ma Caroline non si sentiva in vena di discussioni collettive post dibattimento. Aveva fretta di arrivare al ristorante e cercò di toglierselo dai piedi il prima possibile: «Il giudice ha emesso la sua sentenza. A nostro favore. Non vedo cosa ci sia da discutere».

Lui, però, non si fece scaricare così facilmente. Anzi. Senza alcun preavviso, se ne uscì con una strana offerta. «Signora Seitz, che ne direbbe di metterci insieme? Io e lei saremmo una coppia da favola!»

Detta così, sembrava quasi una proposta indecente. La stava invitando a uscire? Per l'amor del cielo. Era sposata. Felicemente sposata. «Come lei ben sa, sono già sistemata, sia professionalmente sia nella vita privata.» Era la pura verità.

Gassner non s'impressionò. «Mia adorata Caroline», insisté, «cerchi di essere ragionevole. Non siamo più così giovani. Se vuole ripartire alla grande con il suo lavoro, questo è il momento giusto.»

Che sfacciataggine! Caroline, però, non si scompose. Dai molti processi affrontati l'avvocato penalista aveva imparato a non parlare mai con il cuore in mano. Anche se dentro di sé si sentiva ribollire dalla rabbia, esteriormente non faceva una piega. «Chi le dice che io voglia cambiare qualcosa nella mia vita?»

«I figli ormai sono fuori di casa e non ci sono nipoti in vista. Suo marito ha lo studio, i congressi, lo sport... e lei? S'incontra una volta al mese con le amiche del corso di francese. La vita non può certo essere tutta qui.»

All'improvviso Caroline si fermò. La sua mente crepitava. Come faceva un estraneo a sapere tutte quelle cose? Dove voleva andare a parare? Si stava sbagliando o nella voce di Gassner coglieva una sfumatura di compassione? Per un momento, la donna dimenticò perfino la sua apprensione per Judith.

«Non me ne vorrà per aver fatto qualche indagine sul suo conto... In fondo è sempre meglio informarsi un po' prima di prendere qualcuno nel proprio studio, non crede?» spiegò Mr Impertinenza con un ghigno sfacciato.

Gli occhi di Caroline dicevano più di qualsiasi parola. L'idea di essere stata spiata la faceva imbestialire. Quell'uomo, però, pensava di risolvere tutto con un sorriso. Probabilmente credeva di essere il George Clooney del tribunale di Colonia. Caroline decise di ricambiare il sorriso ammiccante: «Dove posso contattarla?».

«Per le donne intelligenti e le buone notizie sono disponibile ventiquattr'ore su ventiquattro.»

Certo di avere qualche chance, Gassner scarabocchiò il suo numero privato sul biglietto da visita. «Allora prenderà in considerazione la mia offerta?»

«No», tagliò corto Caroline. «Ma semmai dovessi aver bisogno di qualche informazione sulla mia vita e sui miei stati d'animo, mi farò viva!»

Strappò di mano al collega il bigliettino e se andò lasciandolo sconcertato.

Quando salì in macchina, sul suo volto brillò un sorriso di soddisfazione. A Caroline piaceva essere corteggiata, ma questo il suo adorato collega non doveva saperlo.

«Il tuo avversario ha cercato di accalappiarti?» Quando Caroline, mezz'ora dopo, raccontò l'episodio al tavolo vicino al camino, le amiche del martedì si fecero una bella risata.

«Come se potessi anche solo prendere in considerazione l'idea di avere un qualsiasi tipo di rapporto con uno che va a ficcare il naso nella mia vita privata!» chiuse la questione Caroline.

Si sentiva sollevata. Un attimo prima Judith era apparsa all'ingresso di Le Jardin. Era più pallida e provata dell'ultima volta, ma c'era. Caroline era così contenta di vederla che dimenticò lo strano tono del collega. Nella sua borsa, però, sonnecchiava il biglietto da visita con il numero privato di Paul Gassner.

6.

Nel frattempo, Tom aveva vissuto ben sette primi martedì del mese. Per sette volte aveva apparecchiato il tavolo vicino al camino e per sette volte aveva cercato, invano, di attirare l'attenzione di Kiki.

Ormai non doveva nemmeno riflettere su chi avesse ordinato cosa. L'insalata era per Judith, che restava quasi impassibile anche quando lui le porgeva il piatto amorevolmente preparato per lei. Caroline, seduta sempre a capotavola, come un vero leader, con la coda dell'occhio non perdeva mai di vista l'amica. Sul proprio piatto – carne, patate arrostite in padella e fagioli – l'avvocato aveva sempre qualcosa da ridire. In Judith, invece, c'era qualcosa che non andava. Sì, ma che cosa?

Estelle non si era accorta di nulla. Con il solito ottimo appetito divorava il suo astice in salsa di dragoncello e panna. Di solito Luc non includeva nel menu pietanze ricercate, ma una volta al mese, per Estelle, faceva un'eccezione. E lei lo ricompensava con mance generose e raccomandandolo all'interno della sua cerchia di «nuovi ricchi», cosa che rendeva Le Jardin un *must.* Ma più del cibo prelibato alla *grande dame* interessavano gli intrallazzi amorosi. Così sguazzava nella storia di Caroline ripetendo in continuazione che l'amica aveva un corteggiatore.

«Estelle, è solo una questione di lavoro.»

«Ma chi gli ha raccontato del nostro corso di francese? Ormai sono passati quindici anni!» osservò Eva meravigliata.

Caroline era altrettanto perplessa. «Conosceva anche gli impegni di Philipp. Perfino meglio di me.»

Kiki sospirò profondamente. «A me una cosa del genere non è mai successa. Io devo dire grazie se posso disegnare un altro misero bicchiere di carta per Thalberg. Nessuno ha mai cercato di accalappiarmi per lavoro.»

In compenso, in quel momento Tom stava flambando il piatto di Kiki e con una spettacolare fiammata cercò di attirare l'attenzione di lei, che però non lo degnò nemmeno di uno sguardo.

Il ragazzo, deluso, si girò verso Eva, che temporeggiava con il menu in mano. Mentre le altre stavano già mangiando da un pezzo, lei non si era ancora decisa e continuava nervosamente a tirare i fili del suo pullover troppo corto. Ma come diavolo facevano le sue amiche a essere così perfette in ogni circostanza? Lei, come sempre, si era accontentata di un paio di jeans, un maglione e una coda di cavallo.

«Fegato, forse dovrei mangiare il fegato. Frido lo adora!»

Le amiche alzarono gli occhi al cielo. Nessuno avrebbe mai detto che, un tempo, Eva era la più ambiziosa del gruppo. Dopo quindici anni di matrimonio con Frido e quattro figli non sapeva più nemmeno cosa le piacesse mangiare. Ormai cucinava e pensava soltanto agli altri.

«Prendo la stessa cosa che ha preso lei», disse quindi per porre fine all'attesa di Tom. Indicò verso Judith, la quale con gli occhi bassi spostò un paio di solitarie foglie d'insalata e di minuscole carotine che aveva nel piatto. Non c'era bisogno che sollevasse la testa: sentiva che Caroline quella sera non le aveva scollato gli occhi di dosso nemmeno per un istante. Con lo stesso sguardo con cui l'aveva fissata in ospedale. Quello sguardo che non ti lasciava scampo e che ti costringeva a parlare.

«Ma no, sto bene... davvero... È che non esco molto... questa settimana per esempio sono stata sempre a casa... però ho cambiato le piante intorno alla tomba», sussurrò Judith, senza riuscire a impedire che gli occhi le si riempissero di lacrime.

«C'è qualcosa che posso fare per te?» s'informò Caroline.

«Non chiedermelo più, Caroline, per favore. Altrimenti scoppio di nuovo a piangere, e ne ho abbastanza delle lacrime...» La sua voce si ruppe.

Erano sei mesi che le amiche assistevano alla tortura che Judith si autoinfliggeva. Era arrivato il momento di fare qualcosa. Ce l'avrebbero messa tutta pur di risollevarle il morale.

«Allora, veniamo al dunque. Dove andranno di bello quest'anno le amiche del martedì?»

Luc diede una gomitata al figlio. «Attento! Guarda bene cosa succede adesso!»

E infatti. Caroline quasi non aveva avuto il tempo di concludere la frase che subito era scoppiato un grande caos. Estelle fu la prima a esprimere i suoi desideri: «Io voglio dormire sotto le stelle. Non ne chiedo tante. Cinque per l'hotel, due per il ristorante».

A quel punto prese la parola Kiki: «A me piacerebbe andare in una grande città. Ho bisogno di uscire, di fare festa. Passo già abbastanza tempo da sola a casa. Prima o poi finirà che per il compleanno mi faranno gli auguri soltanto il mio gestore telefonico e i negozi di cui ho la carta fedeltà».

«A me va bene tutto», intervenne Eva, «io vi seguo.»

«Adesso vanno avanti così almeno per un'ora. Poi Caroline chiude la questione e noi serviamo lo champagne della riconciliazione», disse Luc sghignazzando.

Caroline cercò di riportare un po' di ordine nella discussione con proposte concrete: «Un mio cliente di recente mi ha parlato di una piccola locanda, in Austria, dove si possono fare magnifiche passeggiate. E il campo da tennis...».

Le altre non avrebbero mai saputo cosa avesse di speciale quel campo da tennis, perché Estelle fu irremovibile: «Una locanda? Mi fa pensare a camere doppie. Io non dormirò mai in una doppia. Non ne ho neanche a casa».

«Quest'anno io non vengo.» Per tutta la cena Judith non aveva fatto altro che pensare a come dirlo alle amiche. Ora la sua rinuncia, pronunciata con un filo di voce, si disperse nella confusione generale.

«Una locanda offre più di una possibilità. Non dobbiamo mica ogni volta...»

«Quest'anno io non vengo!» ripeté Judith così forte che le altre quasi si spaventarono. Un silenzio imbarazzato s'impadronì della tavola. Le quattro donne la guardarono allibite.

«Che cosa hai detto?» domandò Caroline.

«Io non verrò.»

Sulla povera Judith piovvero commenti da tutte le parti.

«Come mai?»

«Perché?»

«Proprio adesso che ti farebbe bene prendere un po' d'aria.»

«Come ti viene in mente una cosa simile?»

«È ovvio che vieni con noi.»

Ormai tutti gli altri clienti del ristorante avevano smesso di mangiare per osservare, incuriositi, l'animata discussione.

«Ho trovato il diario di Arne», cercò di giustificarsi Judith, ma le amiche continuavano a mostrarsi sconcertate.

«E cosa c'entra questo con il nostro viaggio annuale?»

Esitando, Judith tentò di spiegarsi: «Arne teneva un diario. Soltanto quando era in giro. Lungo il Cammino di Santiago. Voleva andare a Lourdes... Per l'acqua miracolosa...».

I suoi occhi si riempirono di lacrime, la voce divenne sempre più debole. «Se solo ci fosse arrivato! Quelle... quelle pagine bianche in fondo al diario sono la cosa più terribile!»

«Ancora non riesco a capire cosa c'entri con il nostro viaggio», disse Caroline scuotendo la testa.

Judith si sforzò di parlare in maniera più chiara: «Non ho tempo di venire con voi. Percorrerò fino in fondo il cammino di Arne».

Finalmente l'aveva detto. Judith sapeva cosa significasse per il suo gruppo di amiche giurate. Non era mai successo che una di loro desse forfait. Sarebbe stata la prima volta, in tutti quegli anni, che la gita annuale non avrebbe visto il gruppo al completo.

Timidamente, Judith riabbassò la testa. Era sicura che a quel punto le altre le avrebbero rovesciato addosso tutte le cose che lei stessa si era ripetuta almeno un migliaio di volte.

"Judith, sono passati sei mesi! Non sarebbe ora che tu ricominciassi a vivere?"
"Devi iniziare a staccarti da Arne..."
"Bisogna guardare avanti, non indietro!"
«Ha mai pensato di confessarsi?»
Questo, invece, glielo aveva detto il prete che aveva celebrato il funerale del marito e quelle parole non smettevano di perseguitarla. Ma quale peccato avrebbe dovuto confessare? Perché sottolineare sempre gli errori commessi nella vita? Era proprio questo che odiava della religione cattolica: ci si sentiva sempre in colpa. Per ogni cosa possibile. E anche per quelle impossibili.
«Non è vero. La religione cattolica perdona tutto. E dopo ci si sente molto più tranquilli», avrebbe obiettato Arne.
Judith conduceva un continuo dialogo interiore con il suo defunto marito. Non faceva altro che pensare a come non pensare a lui. Almeno per un'ora, o soltanto per cinque minuti.
«Forse», riprese Judith, «quando avrò percorso il suo cammino sino alla fine troverò pace. Il diario di Arne deve ricevere la sua degna conclusione.» Era un altro tentativo di far comprendere la sua posizione alle amiche. Ma come potevano, loro, capire i suoi problemi? Lei non aveva mai osato confessare a nessuno i propri sensi di colpa. E tutte le altre cose che la tormentavano.
Caroline cercò di chiarire le parole di Judith: «Vuoi fare un pellegrinaggio a Lourdes?».
La donna annuì: «Sì, percorrendo la stessa strada di Arne».
«Ma come funziona di preciso? Nei pellegrinaggi si va a piedi o bisogna avanzare in ginocchio?» domandò Estelle incassando, per la battuta, un bel calcione sulla tibia. Del resto, la delicatezza non era mai stata il suo forte. «Eva, non c'è bisogno che mi prendi a calci sotto il tavolo. La mia è una domanda legittima. Non credi, Judith?»
L'anarchica osservazione dell'amica non trovò risposta. «È il mio modo di separarmi da lui», si limitò ad aggiungere Judith, «di chiudere il capitolo Arne. Devo solo... però ancora non so bene come...»
Si era ripromessa di essere forte, ma sulle sue guance con-

tinuavano a scorrere lacrime. Cercò di afferrare il bicchiere, ma le sue mani tremavano. Il calice si rovesciò. Il vino rosso si sparse sul tavolo come una pozza di sangue.

«Io vengo con te, ti accompagno.» In un attimo, Caroline aveva preso la sua decisione. «Davvero credi che ti lascerei andare in giro da sola in mezzo alla natura selvaggia? Nelle condizioni in cui ti trovi?»

Judith era così sorpresa da questa svolta che smise di piangere. «Davvero faresti questo per me?»

Caroline annuì. La conosceva fin troppo bene: Judith la temporeggiatrice, mai sicura di nulla, che viveva nella perenne incertezza, in un eterno limbo, che iniziava sempre centomila cose e che dalla morte di Arne non aveva combinato più nulla. Pellegrinaggi, cattolicesimo, adorazione di Maria, guarigioni miracolose: secondo Caroline erano solo un mare di stupidaggini. Eppure avrebbe fatto in modo che Judith realizzasse il suo proposito. I problemi non si tengono, si risolvono. E se dev'essere con un pellegrinaggio, che pellegrinaggio sia.

«Anch'io vengo», disse Kiki. Non pensava che fosse una grande idea, ma a volte per ottenere qualcosa bisognava ricorrere a misure drastiche: «Magari nella grotta si può pregare non solo per le guarigioni, ma anche per riuscire a trovare un buon marito. Stavo pensando di prendermi un gatto, così almeno a lui posso spolverare un po' di basilico sul piatto».

Le donne scoppiarono a ridere. In realtà loro sapevano benissimo come stavano le cose: il vero problema di Kiki era che non riusciva ad avere una relazione stabile, e neanche la voleva. Nella sua vita non le mancavano certo i corteggiatori, o i nuovi letti. Lei, però, non riusciva mai a restare nello stesso per più di due mesi.

L'interessamento delle amiche scaldò il cuore di Judith, la quale si sentì consolata. Gli occhi di Caroline si voltarono verso Estelle. «Qualcun altro ha qualcosa da dire?»

La donna evitò qualsiasi contatto di sguardi. Santi numi, un pellegrinaggio. Perfino per portare a spasso il suo barboncino lei si affidava a qualcun altro. Che senso aveva passeggiare un'ora e mezzo lungo il Reno se quel tempo poteva essere utilizzato per volare a Londra a fare shopping? Invece di dare una risposta, sottopose le bottiglie di vino a un'ispezione approfondita. Ci mancava solo questo: com'era possibile che fossero tutte vuote?

Timidamente, Eva alzò la mano: «Se siete tutte d'accordo, allora lo sono anch'io. Un po' di sport mi farà bene».

Quindi, per l'ennesima volta, la Supermamma cercò di allungare il suo pullover per coprire le sue vistose forme, per poi rubare un altro pezzetto di carne dal piatto di Caroline. Era tipico di Eva: mangiava solo un'insalata e poi si spazzolava tutti gli avanzi. Quella cattiva abitudine, che aveva anche a casa, nel corso degli anni le aveva procurato dieci chili di troppo e una perenne coscienza sporca. L'indomani avrebbe senz'altro iniziato la solita dieta a base di ananas. E visto che per quel giorno la situazione era già compromessa, tanto valeva far fuori anche quel che restava dell'astice in salsa di dragoncello e panna.

Estelle sventolò la lista dei vini. In realtà voleva soltanto richiamare l'attenzione di Tom, ma Caroline lo interpretò come un voto positivo. «Bene, anche Estelle è dei nostri. È stata una decisione unanime: le amiche del martedì andranno in pellegrinaggio a Lourdes.»

«Scusa, che cosa hai detto?» Soltanto all'idea, servita in tavola con tanta disinvoltura, la *grande dame* impallidì. Aveva un'espressione inorridita, ma Caroline non ci fece caso. In quel momento, l'unica cosa che contava era Judith.

«Se non possiamo fare nulla per il tuo dispiacere, perlomeno possiamo percorrere il cammino con te.»

Judith osservava commossa quei volti che le infondevano coraggio e si sentì sopraffatta da tutto quell'affetto incondizionato. Se si fossero incontrate quel giorno, probabilmente non sarebbero mai diventate amiche, ma quindici anni trascorsi fianco a fianco appianavano qualsiasi differenza. Raramente Judith aveva sentito il loro legame forte come in quel momento.

Estelle non si era ancora ripresa dallo shock quando Tom si avvicinò al tavolo. Luc osservava compiaciuto quanto fossero diventati perfetti i suoi modi. In pochi mesi era riuscito a trasformarlo in un cameriere impeccabile. Il ragazzo aveva talento. Del resto, era tutto suo padre.

«Allora adesso posso portarvi lo champagne?» chiese Tom gentilmente.

Estelle non riusciva neanche a parlare.

«Temo di aver bisogno di un'ambulanza.»

7.

La possente BMW con l'adesivo dell'Ordine dei medici frenò bruscamente. Il marito di Caroline, Philipp, ancora in camice bianco, scese dalla macchina. Non ebbe bisogno di cercare a lungo sua moglie, visto che la porta del doppio garage era spalancata. Fra biciclette, attrezzi e cartoni da trasloco Caroline aveva trovato l'equipaggiamento adeguato per una pellegrina alle prime armi come lei: scarpe da trekking, thermos, sacco a pelo, vestiti impermeabili, zaino... dove diavolo era finito quel maledetto zaino?

Dalla sera in cui avevano deciso di partire erano passate sei settimane. Sarebbero decollate la mattina dopo e Caroline non aveva ancora trovato il tempo di mettere insieme le cose che le servivano.

Perlomeno Philipp le aveva portato quello che gli aveva chiesto: «Ecco qui: cerotti anti-vescica, pomata, disinfettante spray e un contenitore da dieci litri vuoto. Se l'acqua di Lourdes aiuta davvero, davanti al mio studio faranno la coda!».

Caroline scaraventò in un angolo la tanica passatale dal marito senza prestarle la minima attenzione. «Sì, sì, tu continua pure a prendermi in giro!»

«Lourdes? Pellegrinaggi? Cammino di Santiago? Ma Caroline... da quando credi in queste cose?»

«Io non faccio nessun pellegrinaggio, accompagno Judith. Sempre che riesca a trovare lo zaino.» Aprì uno dei cartoni da trasloco. Quasi commossa, si fermò. Sopra a tutto c'era una minuscola maglietta da baseball. «Ti ricordi? È stata la prima cosa che abbiamo comprato per Vincent.»

Sotto l'indumento, si nascondevano vecchi giocattoli di

Vincent e Josephine, i loro figli, che ormai erano cresciuti da tempo. Philipp, però, non amava rimuginare sui ricordi.

«Perché conservi ancora queste cose?»

«Per i tuoi futuri nipoti!»

«Nipoti? Ma io sono troppo giovane per diventare nonno!»

«Philipp, Vincent e Fien ormai hanno più di vent'anni. Potrebbe succedere da un momento all'altro.»

Il marito non rispose. Osservò pensieroso la propria immagine che, riflessa in un vecchio specchio, lo stava fissando. Quasi avesse fretta, si rimise in ordine i capelli un po' ingrigiti e sospirò profondamente.

«Se tiro in dentro la pancia non sono poi così male, non trovi? Di certo non ho l'aspetto di un "nonno Philipp".»

Caroline avrebbe voluto tirarlo verso di sé, abbracciarlo e tenerlo stretto, ma il marito indietreggiò di scatto. «Ah, finalmente! Eccoti qua!» esclamò lui sollevando lo zaino impolverato con aria di trionfo.

Caroline venne invasa da una sensazione di delusione. Era stato un attimo, ed era volato via con la stessa velocità con cui era arrivato. «Ci vediamo ancora, stasera?»

«Oggi sono di guardia. Il mio collega, quello che ha appena avuto un bambino, non può neanche stanotte.»

Caroline si adombrò. Quale collega? Che bambino? Avrebbe dovuto sapere a chi si riferiva?

Forse entrambi erano troppo presi dal loro lavoro. Si ripromise, per il futuro, di fare in modo di inserire Philipp nella sua agenda. «Quando torno, voglio trascorrere un intero weekend con te, io e te da soli. E niente turni di guardia per coprire gli amici...»

«...e niente atti dei processi a letto», la interruppe lui, «niente criminali che telefonano la domenica mattina, niente visite a tua zia Gertrude, niente amiche del martedì.»

Caroline odiava la punta d'irritazione che la voce di Philipp aveva assunto negli ultimi mesi, ma non aveva nessuna voglia di litigare. Non la sera prima della partenza.

«Ci prendiamo un po' di vacanza entrambi. Dopo il nostro pellegrinaggio», tagliò corto la donna conciliante.

«Promesso», rispose lui, e la baciò sulla fronte.

Philipp era appena uscito dal garage quando lo sguardo di Caroline si soffermò sul vecchio specchio. Lei che bilancio poteva trarne? Così si mise a fare una perizia del suo aspetto. «Probabilmente non avrei nessun problema a entrare nel vestito del mio matrimonio», constatò sollevata. Il suo collega aveva torto marcio. Lei era pienamente soddisfatta della sua vita: due figli meravigliosi, riconoscimenti in campo lavorativo e un marito affettuoso che prendeva sul serio la propria carriera esattamente come lei. E, la cosa più importante... facevano ancora sesso. Addirittura tra loro. Un po' di tempo in più da trascorrere insieme e la sua vita sarebbe stata perfetta.

8.

“Ah, se solo avessi un po’ più di tempo!” Eva avrebbe tanto voluto avere a disposizione qualche altra ora. Le amiche del martedì si erano messe d’accordo per andare all’aeroporto insieme. Caroline avrebbe fatto da chauffeur e sarebbe passata a prenderle una per una. La prima del giro sarebbe stata Eva.

Lo zaino pronto era già all’ingresso, ma la Supermamma stava ancora girando come una trottola per la sua spaziosa cucina perfettamente attrezzata incollando gli ultimi post-it: pentole, piatti, tazze, alimenti. Aveva appiccicato foglietti ovunque per i suoi familiari, che non avevano la più pallida idea di cosa significasse far da mangiare.

Seduti al tavolo, tre teenager osservavano annoiati i frenetici movimenti della madre. Accanto a loro, Frido sr. Il «senior» lo aveva aggiunto lui un paio di anni prima. Dopo che Eva aveva deciso i nomi di David e Lene, infatti, all’arrivo del terzo figlio il marito aveva insistito che stavolta scegliere toccava a lui. Così era nato Frido junior. All’anagrafe, lì per lì, non gli era venuto in mente niente di meglio. Era stato il suo ultimo tentativo di opporre una qualche resistenza all’efficienza di Eva e ai suoi previdenti piani familiari. Quando, venti mesi più tardi, era arrivata Anna a completare il nucleo familiare, la divisione dei ruoli era diventata ancora più chiara: Eva si occupava della famiglia e delle relazioni sociali, lui invece fungeva da superministro del Lavoro, delle Finanze e dell’Economia.

A quarantatré anni Frido era entrato nello staff direttivo di una compagnia di assicurazioni ed era anche diventato l’orgoglioso proprietario di un’abitazione che, con il suo enorme giardino, era l'ideale per una famiglia. Peccato che non avesse la più pallida idea di cosa succedesse, ogni giorno, a casa sua. Ora sfogliava con attenzione le diverse pagine di istruzioni scritte a mano che Eva gli aveva passato. «Allora, ricapitolando, il lunedì David ha il tennis e Frido jr il corso da chierichetto?»

Eva lo squadrò nervosa. "Non farti venire dubbi proprio adesso", ordinò a sé stessa. Il programma prevedeva dieci giorni di cammino. Più il viaggio di andata e quello di ritorno. Le amiche del martedì non erano mai state via così a lungo.

«Soltanto il venerdì è un po' dura, a scuola di Lene c'è il ricevimento dei genitori. Forse anche il mercoledì...»

«Mercoledì? Ma mercoledì proprio non posso. Ho la riunione del CDA.»

Per Frido la riunione del CDA era una specie di condizione cronica. Ricevimento dei genitori, accompagnamento dei figli, aiuto per gli addobbi al club di tennis, braccia o gambe rotte, desideri dei bambini: erano anni che Frido, ogni volta che doveva assolvere ai suoi doveri di padre, aveva la riunione del CDA. Non era mancanza di buona volontà, era semplicemente impegnato. «Eva, trova qualcuno che ti aiuti», continuava a predicare alla moglie. Lei, però, non aveva certo messo al mondo quattro figli per affidarli a una ragazza alla pari rumena.

«Questa io la chiamo divisione del lavoro», si difendeva Eva ogni volta che le sue amiche inarcavano un sopracciglio.

«Io, invece, la chiamo schiavitù», commentava Estelle senza troppi convenevoli. La viziata amica era il classico esempio di donna che metteva sempre troppa roba in valigia e poi la faceva portare a qualcun altro. Estelle non lavorava, delegava: i suoi compiti nella catena di farmacie acquisita con il matrimonio, le faccende domestiche, la sua vita. Fino ad arrivare al vibratore sul comodino che, come sottolineava di continuo, quanto a durata superava di gran lunga il marito.

Da lei la Supermamma avrebbe potuto imparare qualcosa, ma erano troppo diverse. Al contrario di Estelle, Eva cercava di nascondere i suoi cocenti sensi di colpa mostrandosi iperattiva: «Il cibo è pronto. Zuppa di pesce thailandese, arrosto di maiale e pasta con tre condimenti: vegetariana per David, al formaggio per Lene e ragù per tutti gli altri».

Aprì il freezer, dove un esercito di contenitori di plastica etichettati a dovere fremeva per entrare in azione. Di fronte a quell'unità congelata, Frido sgranò gli occhi come se avesse di fronte l'ottava meraviglia del mondo: rimase come impietrito, lui che non capiva nulla di cucina, figuriamoci di quella straniera. A nessuno venne in mente che forse la Supermamma si sarebbe meritata un complimento per l'instancabile impegno con cui si dedicava alla causa familiare. Nemmeno alla stessa Eva.

«Sei proprio sicura di voler affrontare una cosa del genere?»

"No, per niente", stava quasi per rispondere Eva, ma Anna, l'ultima arrivata, con cui la donna aveva un legame molto speciale, inaspettatamente le venne in aiuto dicendo: «Mamma, per me puoi andare. Non fa niente se sarò l'unica bambina sola nella giornata del Dolce-Mamma-Figlia. Davvero». Poi la piccola, che aveva nove anni, si avvicinò alla madre e le strinse le braccia intorno al collo con tenerezza.

Quando arrivò Caroline, la mamma alla quarta si sentiva distrutta. Ancor prima di aver percorso un solo centimetro del cammino previsto.

«Forse potrei cambiare il volo e raggiungervi dopo.»

«Eva, c'è sempre qualcosa. Prima il torneo di tennis di David, poi il concerto di Lene o la riunione del CDA...»

«Sì, ma pensa alla giornata del Dolce-Mamma-Figlia! Prova a immaginarti la scena di Frido che, nel bel mezzo di una seduta, si alza e se ne va per andare a sfornare una torta marmorizzata a scuola della figlia...» La voce di Eva sembrava disperata, ma Caroline non si lasciò commuovere più di tanto.

«Lo sai qual è la verità, Eva? Vuoi proprio sentirla? In tutti questi anni hai talmente viziato i tuoi familiari che ora non riescono neanche a riconoscere i propri calzini!»

Eva sapeva che l'amica aveva ragione, ma le sembrò comunque un atteggiamento un po' egoistico.

«Vedrai, Frido sarà bravissimo. Riuscirà a cavarsela alla grande nel vuoto di servizi creato dalla tua assenza.»

«Se lo dici tu...»

Caroline sospirò profondamente. Ogni anno la stessa storia. Prima le amiche del martedì discutevano una vita per trovare un posto e un periodo che andasse bene a tutte. E poi Eva, Kiki e Judith ci ripensavano.

«C'è troppo lavoro da sbrigare.»

«Proprio non riesco a partire.»

«Mi dispiace.»

Ormai quegli SMS Caroline li conosceva a memoria. Decidere di partire era sempre una questione di stato. E poi, alla fine, all'appello non mancava mai nessuno.

Prima venne abbracciato e sbaciucchiato a dovere ogni figlio, poi il marito, quindi di nuovo i ragazzi. Soltanto quando la famiglia si schierò all'ingresso del giardino per il saluto collettivo il passo decisivo poteva considerarsi compiuto. Caroline tirò un sospiro di sollievo. Era riuscita a far salire in macchina una delle amiche del martedì. Ora mancavano solo le altre tre.

9.

L'unica, oltre a Caroline, che non si faceva mai venire dubbi sulla partenza era Estelle. «I pellegrinaggi oggi sono all'ultima moda», spiegò entusiasta al marito. «Vuoi che resti la sola non-illuminata?»

Il problema di Estelle era un altro: nonostante i suoi venticinque metri quadrati di armadio, non riusciva a trovare niente da mettersi. Dopo essersi ripresa dallo shock iniziale, la *grande dame* passò all'azione. Cosa che, nel suo caso, significava chiamare qualcuno che risolvesse la grana al posto suo.

Due ore più tardi il suo PS, un Personal Shopper specializzato in ogni tipo di mise, si presentò sull'attenti nell'elegante quartiere di Hahnwald. Estelle abitava in una via in cui non c'erano case, ma solo ville. L'arredamento della sua dimora era esagerato quanto la proprietaria: giusto un tantino ampolloso e sovraccarico, con tutto quell'oro e quelle teste di medusa. La *grande dame* aveva un debole per l'ostentazione dell'ultrachic. Ovunque, statue, cordoncini, nappine, cuscini decorati e paillette di Versace, dai piatti per il dessert alle lenzuola.

«Tutto questo è merito soltanto di mio padre», ci teneva sempre a sottolineare Estelle. «È a lui che devo il fiuto per gli affari e il sesto senso per gli acquisti.» Nei confronti del genitore nutriva una sorta di venerazione. Dopo la guerra, Willi, un profugo della Prussia orientale, aveva accumulato una fortuna come commerciante di rottami metallici. In mezzo alle macerie della città bombardata, mettendo in pericolo la sua stessa vita, l'uomo aveva raccolto pezzi di ferro, supporti e stecche metalliche, per poi riciclarli. «Raccogliere, identificare, scegliere e rimettere in circolazione», era stato il suo motto.

Estelle ci aveva aggiunto la parte: «Mostra sempre quello che hai». Che senso aveva essere ricchi se nessuno lo notava?

«Dunque, quello che ci vuole», annunciò il PS prima ancora di varcare l'ingresso del castello, «è un look che dia un tocco di ironia all'antiquata immagine del giovane esploratore.» Il Personal Shopper conosceva alla perfezione i gusti di Estelle. Ogni volta che c'era in vista qualche grande evento mondano scattava subito al suo fianco. In realtà trovare una mise adeguata a un cammino contemplativo con secoli di tradizione alle spalle lo metteva un po' in difficoltà, ma se lo sarebbe tenuto per sé. In tempi di crisi non poteva certo permettersi di perdere una delle sue migliori clienti. L'idea di Estelle di risolvere la questione nel reparto trekking di un banale negozio di articoli sportivi non venne nemmeno presa in considerazione. «Tesoro, io ho una reputazione da difendere!» disse sibilando l'agitato PS, e si mise al lavoro.

Il giorno della partenza le amiche del martedì poterono ammirare il risultato dei suoi sforzi. L'enorme cancello scorrevole della villa di Estelle, che la proteggeva da sguardi indiscreti e da instancabili testimoni di Geova, si aprì con un ronzio e un attimo dopo si accesero i fari. La *grande dame* era una habitué delle grandi entrate in scena, ma stavolta, appena la videro, Caroline ed Eva si sentirono mancare il respiro.

«L'importante è valorizzare la mise con dettagli inaspettati», aveva suggerito il PS. In ogni dettaglio del look di Estelle si riconosceva la sua mano: pantaloni mimetici marroni che sottolineavano le curve – la conchiglia di san Giacomo in cristallo Swarovski che le brillava sul sedere ben modellato era il fiore all'occhiello di cui il Personal Shopper era orgogliosissimo –, giacca a vento con una dozzina di tasche multifunzione e inserti di pelliccia e, sulle spalle, un elegantissimo zaino Burberry color oro. Con sé Estelle aveva anche il suo barboncino. In braccio, come un bambino.

«Niente commenti», disse. «È una specie di mix fra Robin Hood e il Re Leone.»

Caroline scoppiò in una sonora risata. Era proprio questo

che amava dell'amica: il fatto che sapesse ridere di sé stessa. Anche se, ancor più volentieri, rideva degli altri. La sua lingua biforcuta avrebbe garantito un ottimo intrattenimento per i lunghi giorni di cammino. Ammesso che si riuscisse a staccarla da quel maledetto barboncino, che la donna stava ricoprendo di baci.

Il congedo dal marito calvo e rotondo come una palla, che aveva appena sistemato la valigia di Estelle nel portabagagli, fu molto più freddo. Soltanto un bacio soffiato. Lui, però, più basso di Estelle di almeno una testa, tirò la donna verso di sé e la baciò con una tale passione che fece arrossire le amiche.

«E io che pensavo che Estelle se lo fosse sposato solo per le sue farmacie», borbottò Caroline.

«E dopo così tanti anni di matrimonio», aggiunse Eva sospirando.

Più intensi diventavano i baci, più le amiche si convinsero che la storia del vibratore fosse esagerata. Come, del resto, tutto quello che faceva e diceva la *grande dame*.

«Per essere capiti bisogna sempre esagerare», ripeteva spesso e volentieri Estelle, spacciando queste parole per una citazione di Mao – Judith non doveva pensare di essere l'unica esperta di filosofia orientale.

Chissà fino a che punto sarebbero arrivati Estelle e il suo re delle farmacie se non fosse stato per la bicicletta che comparve all'improvviso e finì quasi per investirli. Era Kiki, che in teoria avrebbe dovuto essere l'ultima del giro.

«È molto più semplice così, almeno non dovrai arrivare fino a casa mia», spiegò rivolta verso Caroline.

Come al solito, aveva un aspetto trafelato. Indossava pantaloni da trekking con un vestitino e uno zaino colorato. Anche se ormai aveva superato i trentacinque, sembrava una ragazzina. Nel cestino della bici c'erano alcuni oggetti che doveva ancora infilare nel bagaglio.

«Strada facendo ho ancora un paio di cose da sbrigare», si difese prima che a qualcuno venissero in mente domande inopportune. «Allo studio negli ultimi tempi...»

Kiki faticò a trovare le parole adatte per raccontare quello che le era successo al lavoro di recente. E decise che non era il momento giusto per rivelare alle amiche il suo segreto. «Insomma, abbiamo avuto un sacco di lavoro», concluse.

Caroline scuoteva la testa mentre la osservava infilare le ultime cose nello zaino. Macchina fotografica, carta, penne, album da disegno, scotch e forbici. «Sembra che tu ti stia preparando a una fuga.»

«Hai intenzione di farmi il terzo grado?» replicò stizzita Kiki.

Caroline ed Eva si guardarono un po' sconcertate. L'amica doveva avere un motivo molto valido per lasciare da Estelle la bicicletta che usava ogni giorno. In generale, si stava comportando in modo strano. Perché aveva reagito in maniera così aggressiva?

«È in un'età difficile», commentò Estelle. «Ma, in fondo, chi di noi non lo è?»

Per la prima volta in Caroline s'insinuò un leggero dubbio: forse quell'anno avrebbe fatto meglio a restarsene a casa. Invidiava le persone che sapevano uscire di scena con nonchalance, cosa che a lei non era mai riuscita: era puntuale per natura e restava sempre fino alla fine, non importava quanto fosse amara. E così sarebbe stato anche stavolta.

Tutte insieme si misero in moto per andare a prendere Judith, che all'ultimo momento aveva deciso di fare un salto al cimitero. Ora si trovava di fronte alla tomba di Arne, curata con amore, e non riusciva a staccarsene. Nella camicia di flanella a quadri del defunto marito, decisamente troppo larga, sembrava ancora più sperduta.

«Non so se riuscirò ad affrontare questo pellegrinaggio», disse a Caroline, che si era assunta il compito di scollarla dalla tomba.

«Non vorrai mica lasciarmi sola con le altre... Non puoi farmi una cosa del genere!» replicò l'amica.

Judith non era molto convinta. «Credi che ce la farò a percorrere tutti quei chilometri a piedi?»

Caroline prese una candela dalla tomba e la mise nelle mani di Judith.

«Questa la portiamo a Lourdes per Arne. Così sarà come se ci fosse arrivato anche lui.»

Poi l'avvocato prese lo zaino di Judith, le mise un braccio intorno alla vita e la accompagnò all'uscita del cimitero, dove le altre tre amiche stavano aspettando.

Ci sono momenti, nella vita, in cui tutti i tasselli si ricompongono in un Tutto armonioso e sensato. Quello fu uno di quei momenti. Mentre le cinque donne si accomodavano sull'aereo, nella bomba di Arne era già iniziato il conto alla rovescia. Ormai la miccia era accesa. C'erano stati piccoli segnali di avvertimento, ma le amiche del martedì non li avevano colti. Al contrario, decisero di fare un brindisi con il modesto spumante messo a disposizione dalla compagnia aerea.

«Al pellegrinaggio delle amiche del martedì!»

«A Lourdes e alla Vergine Maria!»

10.

«Alla mamma!»

Mentre l'aereo si stava avvicinando alla costa mediterranea della Francia ed era ormai calata la notte, Frido sr e la piccola Anna erano seduti in cucina e brindavano con le loro tazze di cioccolata. A pagina otto delle istruzioni di Eva, infatti, era scritto che nei bambini il cacao conciliava il sonno.

Già al primo sorso, Anna storse la bocca. «Credo che la mamma ci metta il latte...»

Frido annuì serio. Dirigeva un reparto con centotrentadue dipendenti, eppure la preparazione di una cioccolata lo metteva in crisi. Aveva avuto problemi perfino ad accendere il fornello.

«Almeno è calda», ribatté continuando imperterrito a mandar giù quella brodaglia marroncina per dare il buon esempio alla figlia.

Anna chiuse gli occhi e lo imitò.

Dal piano di sopra arrivavano le grida di esultanza di Super Mario, a un volume che solo i teenager potevano considerare socialmente accettabile. A quanto pareva, i tre figli più grandi si erano riuniti in camera di David e stavano giocando alla Formula 1 con la Wii. Anche se in realtà Frido li aveva spediti a letto da un pezzo.

«Io non riesco a dormire se la mamma non mi dà il bacio della buonanotte», disse Anna in tono triste.

Frido avrebbe voluto risponderle: "Anch'io", ma non era certo il modo migliore per consolare la figlia. «E se andassimo a dare un'occhiata a dove si trova ora la mamma?»

Finalmente sul visino della bimba comparve un sorriso.

Anna e Frido individuarono sul computer portatile il cammino programmato dalle cinque donne: *le Chemin du Piémont Pyrénéen.*

«Da Colonia, stanno andando in aereo fino a Montpellier, dove passeranno la notte. Poi, domattina, prenderanno un autobus fino a qui.»

Frido fece una bella croce sul punto di partenza del cammino. Aveva messo una cartina sul desktop del computer della figlia in modo che lei, giorno per giorno, potesse segnare i progressi delle amiche del martedì. Gli occhi di Anna oscillavano perplessi fra lo schermo e il padre.

La croce si trovava in una specie di terra di nessuno.

«Papi, ma qui non c'è niente!»

«Ma sì, Anna, deve per forza esserci qualcosa!»

Era quello che sperava con tutto il cuore. Fosse stato anche solo una centralina telefonica. Frido aveva la spiacevole sensazione che la preparazione della cioccolata non sarebbe stato l'unico problema dei giorni a venire.

11.

Non era certo così che se lo erano immaginate. Un paio di rocce brulle che appartenevano al Massif de la Clape, una strada solitaria e una fermata degli autobus abbandonata. Cinque sguardi avviliti scrutavano il mattutino paesaggio francese. Le amiche del martedì si trovavano al punto di partenza del loro pellegrinaggio. Judith aveva insistito per iniziare nei dintorni della spiaggia di Narbonne, proprio dove Arne aveva cominciato il suo ultimo tour. Nei primi giorni il marito aveva preso ancora molti appunti sul diario e la donna sperava di trovare un riscontro per ogni dettaglio. Dopo il terzo giorno avrebbero coperto un paio di tappe con i mezzi pubblici, per poi camminare lungo il tratto da Saint-Lizier a Lourdes. Era un programma ambizioso: più di duecentocinquanta chilometri a piedi. E ora erano al punto di partenza: cinque donne di città nel bel mezzo del nulla.

Caroline portava un cappello, Kiki un fazzoletto da ragazzina, Judith un'espressione da funerale, Eva la solita disordinata coda di cavallo ed Estelle un paio di enormi occhiali da sole all'ultima moda. Fino a quando non si accorse che non vedeva niente. Così se li tolse e capì che non era colpa delle lenti scure. Non si vedeva niente semplicemente perché non c'era niente da vedere. A parte il paesaggio, ovvio: di quello ce n'era fin troppo.

L'autobus che le aveva condotte sin lì si stava allontanando all'orizzonte. Il rombo del motore diventava sempre più debole. La crescente calura di giugno faceva tremolare l'aria, le cicale frinivano, un coleottero frusciava tra le foglie sparse sul terreno arido. In lontananza, l'abbaiare di un cane. Di esseri umani, però, nessuna traccia.

«Be', perlomeno questo Cammino di Santiago non è affollato come quello che c'è in Spagna.»

Caroline fu la prima che ebbe il coraggio di dire qualcosa. Lo shock iniziale era ormai superato. Mentre Kiki immortalava la scena surreale con la macchina fotografica digitale che le era costata un occhio della testa, Judith ispezionò il ciglio della strada finché non trovò quello che cercava. Su un masso consumato dalle intemperie brillava una conchiglia di san Giacomo, un segno inconfutabile che erano nel posto giusto.

«Nel suo ultimo tour Arne deve essere partito proprio da qui», sussurrò la donna commossa.

Caroline capiva fin troppo bene cosa significasse quel momento per l'amica. Ce l'avrebbe messa tutta per rendere quel viaggio un successo. «Be', allora, cosa stiamo aspettando?»

Prese a braccetto Judith e insieme s'incamminarono così decise che le conchiglie appese agli zaini presero a dondolare senza sosta. Era la prima volta, dalla morte di Arne, che Judith sembrava felice. Era proprio la sensazione che ci voleva: affrontare l'immensità, lasciar defluire i sensi di colpa e camminare, camminare e basta. Ed essere, ancora una volta, vicina al marito. In quell'inizio c'era qualcosa di magico, quasi un che di divino.

Alcune persone durante i pellegrinaggi avevano il dono di stabilire un contatto con la trascendenza. Judith sperava tanto di essere una di loro, e si sentiva pronta per farlo. Proprio come Arne, si sarebbe completamente abbandonata a quel cammino. Sarebbe diventata un tutt'uno con la fatica, e con sé stessa.

«Ma dov'è il nostro sherpa?» Di colpo, l'osservazione di Estelle la riportò alla realtà.

«Ma quale sherpa?» replicò Caroline.

«Quello che porterà i nostri bagagli! Un cammino spirituale mi risulterebbe molto più leggero se qualcuno mi liberasse dei pesi esteriori!»

Caroline si limitò a sogghignare. «Sapevi benissimo a cosa stavi andando incontro.»

Estelle non fece una piega. «Be', valeva la pena di fare un tentativo, no?» disse mettendosi in marcia. Poi, sempre impassibile, iniziò a trascinare un'elegante valigia con enormi rotelle. «È un modello speciale. In pratica Yves me l'ha cucito addosso», spiegò sotto gli occhi incuriositi di Kiki.

«Un trolley a trazione integrale per ogni tipo di terreno! Perché diavolo non è venuto in mente a me?»

«Pensavo che tu ti occupassi solo di stoviglie usa e getta.»

«Finora. Adesso però nella nostra azienda è stato indetto un concorso interno. Thalberg è riuscito ad accaparrarsi un incarico importantissimo. Pensate un po', il nostro studio disegnerà i nuovi vasi dell'Ikea. Chi vince vedrà il suo progetto riprodotto in centinaia di filiali sparse per il mondo. È la mia grande occasione.»

Per Kiki, Estelle provava quasi compassione. Era solo questo nuovo progetto a renderla così nervosa? Erano anni che l'amica si dava da fare per la sua carriera e non era certo il primo concorso interno di cui fosse entusiasta. Finora, però, nessun progetto l'aveva davvero esaltata. Ed era più che comprensibile. Kiki disegnava oggetti per la casa: posate usa e getta, piatti di plastica, ombrellini da aperitivo, aggeggi di materiale sintetico che non avevano ancora un nome e prodotti di massa dei quali nessuno avrebbe mai detto che fossero opera di un designer. Un giorno sperava di riuscire a lasciarsi alle spalle il magico mondo delle merci usa e getta. Non solo nel lavoro, anche con gli uomini. Nello studio Thalberg, però, nel frattempo le nuove leve iniziavano a voler dire la loro: stagisti che non avevano ancora debellato i brufoli ma che, in compenso, erano molto motivati, pieni di idee e disposti a tutto pur di mandare in pensione Kiki. Stavolta, però, doveva farcela, a tutti i costi. «Il design è come gli sport praticati a livello agonistico», spiegò a Estelle, «a trent'anni sei già un ferro vecchio.»

La *grande dame* stava giusto per domandarle che fine si facesse una volta superati i trenta, ma Kiki aveva già riattaccato a parlare.

«Dovresti vederli i nostri stagisti», si lamentò. «Non fanno altro che girare per l'ufficio tutto il giorno con le loro bottigliette d'acqua e smanettare con i cellulari. Vanno alle feste solo per poter mettere le foto su Internet la mattina dopo», s'indignò Kiki. «Per loro l'unica cosa che conta è essere *connected*!»

Non disse che aveva cercato di fraternizzare con i giovani colleghi iscrivendosi a Facebook, ma al momento di inserire i dati relativi al suo status le erano venuti una marea di dubbi. «*Complicated*»: ecco quale sarebbe stato l'unico aggettivo adatto per spiegare, in parte, la sua condizione. Nel giro di una settimana fra gli amici del suo profilo si era ritrovata più ex di chiunque altro in un'intera vita. Poi, vedendo che un certo Matthieu di Rouen le aveva chiesto l'amicizia, aveva deciso di farla finita. Per niente al mondo avrebbe voluto condividere il suo «*complicated*» con lui e, in cambio, essere messa a conoscenza della sua meravigliosa vita matrimoniale con la sua ex ragazza, nonché attuale moglie, nonché madre della loro incantevole bambina. Ancor meno desiderava che i giovani colleghi dello studio, dei quali era diventata subito amica, in un certo senso la osservassero.

«Tesoro, anche tu stai invecchiando», constatò Estelle in maniera tutt'altro che delicata centrando il cuore del problema. Con lo sguardo eternamente rivolto al domani, senza accorgersene Kiki aveva accumulato una montagna di passato. E piano piano in lei stava maturando la consapevolezza che ormai la sua carriera di designer non sarebbe più decollata. A meno che non avesse presentato un progetto spettacolare. Così accese la macchina fotografica, pronta a immortalare ogni possibile fonte d'ispirazione per la sua linea di vasi. I caratteristici colori della Francia del Sud, gli odori del primo mattino, i rumori sommessi della natura... qualsiasi cosa poteva darle lo stimolo giusto per un'idea incredibile. Stavolta ce l'avrebbe fatta.

Eva era ancora alla fermata dell'autobus alle prese con il suo cellulare.

«Arrivo subito», gridò alle amiche.

Non aveva bisogno di testimoni. Sapeva che le altre le

affibbiavano spesso e volentieri l'etichetta di Supermamma, ma prima di mettersi in cammino libera e rilassata doveva sapere che a casa stava filando tutto liscio.

Così continuò a premere nervosamente i tasti e ad agitare il telefono. Si arrampicò su un blocco di rocce e alzò l'apparecchio al cielo. Ogni tentativo di stabilire un contatto con il campo-base di Colonia fallì. Nessun segnale.

Le amiche si girarono verso di lei ed Eva fece un cenno con la mano. «Eccomi!» gridò, affrettandosi a prendere lo zaino. Sollevandolo, la Supermamma cadde all'indietro. Forse ci aveva messo un po' troppa roba? Quando, gemendo dal dolore, riuscì a mettersi in movimento, le sue compagne di cammino erano già scomparse dietro la curva. Uno, due, tre, quattro. Il caldo le dava fastidio, lo zaino pesava, ma almeno per il momento le scarpe non le facevano male. In fondo non era ancora riuscita a mettere in fila più di cinque passi. Se con ognuno faceva settanta centimetri, quanti ne avrebbe dovuti compiere per arrivare fino a Lourdes? Quando sul display del suo cellulare comparve il risultato si pentì di essersi messa a fare quei calcoli. Ci sarebbero voluti ben quattrocentomila passi! Senza considerare il tragitto da percorrere in autobus e taxi. Eva ne era certa: non ce l'avrebbe mai fatta.

Eva non aveva idea che, appena dietro la curva, le altre avevano già deciso di fare una pausa. Involontaria. Insieme al primo bivio, infatti, erano arrivate anche le prime discussioni.

«Dobbiamo girare a sinistra, così arriviamo dirette al monastero», disse Judith. Estelle, intanto, da dietro stava cercando di sbirciare sul diario di Arne per leggere la descrizione della strada. Judith si girò bruscamente.

«Cosa c'è scritto di tanto segreto lì dentro?» disse la *grande dame* indignata.

Judith decise di ignorare quella provocazione. A differenza di quanto aveva temuto Arne, sua moglie trattava il diario come una reliquia privata. A proposito del monastero, per esempio, in fondo lui non aveva scritto niente di che. Raccontava nei minimi dettagli con quanto calore lo avessero accolto i monaci benedettini offrendogli pane, formaggio di capra e vino di produzione propria. E di come durante la messa l'aria risuonasse di canti gregoriani. Judith non vedeva l'ora di varcare l'ingresso della stessa abbazia in cui aveva trovato asilo il marito. Chissà, forse i monaci si sarebbero addirittura ricordati di quel pellegrino che assomigliava a un cow-boy del Far West.

«Non seguite la strada sulla sinistra ma procedete lungo il sentiero meno battuto verso ovest», disse Caroline disturbando i suoi pensieri. Stava leggendo ad alta voce una guida per pellegrini. Era tipico dell'avvocato. Non avrebbe mai accettato che fosse qualcun altro, e non lei, a sapere cosa andava fatto. «A destra, dobbiamo girare a destra.»

«A sinistra.»

Le dita di Caroline e di Judith indicavano in due direzioni opposte.

Finalmente Eva, grondante di sudore, raggiunse il gruppo.

«Attenzione. Maretta in vista», le sussurrò Kiki.

Judith e Caroline erano una di fronte all'altra con i loro libri in mano come due pugili su un ring in attesa del *gong* di apertura del combattimento. La prima era in preda a una rabbia crescente: come aveva osato Caroline intromettersi in quel modo?

«Per me è fondamentale percorrere la stessa strada di Arne!»

«Lo capisco, ma è la direzione sbagliata.»

«Quando inizi il Cammino di Santiago non puoi programmare nulla. Così diceva Arne. Devi essere aperto alle cose che ti capitano lungo la strada.»

Gli occhi delle altre tre facevano la spola fra Judith e Caroline come se queste ultime stessero disputando una partita di tennis.

«Io sono aperta a tutto, basta che seguiamo la direzione giusta.»

«È il cammino. È a me che Arne ha lasciato questo compito.»

«Ma si tratta di un itinerario prestabilito, che ha più di cent'anni. Arne non è certo stato il primo a percorrerlo.»

«Sei tu che accompagni me, non il contrario!» Judith aggredì Caroline con un impeto di cui nessuno l'avrebbe mai creduta capace, lei che era una creatura così fragile e minuta. Poi, con fatica, ignorando sia Caroline sia le altre, si avviò nella direzione indicata sul diario.

«Siamo qui per sostenere Judith», disse Kiki seguendo l'amica con un gesto di scuse in direzione di Caroline. Eva ed Estelle fecero altrettanto.

«Forse Arne conosceva una scorciatoia», si giustificò la Supermamma.

«I monasteri autogestiti mi hanno sempre affascinato da morire!» commentò Estelle avviandosi.

Le rotelle della sua valigia già crepitavano sulla ghiaia.

Caroline era andata apposta all'Ufficio Pellegrinaggi di Colonia. Aveva chiesto informazioni e si era comprata una guida *ad hoc*. L'unica disponibile sul percorso programmato dalle amiche del martedì era in francese. Si trattava, infatti, di uno dei Cammini di Santiago meno battuti. Caroline era sicura di avere ragione e fece un ultimo tentativo per convincere il gruppo. «Soltanto oggi dobbiamo percorrere almeno ventotto chilometri. Se sbagliamo strada già il primo giorno, a Lourdes non ci arriveremo mai.»

Nessuna reazione. Le altre ormai si erano schierate dalla parte di Judith.

Caroline rimase indietro irritata. Non erano passati nemmeno cinque minuti dall'inizio del pellegrinaggio e le amiche del martedì avevano già rischiato uno strappo. Troppo presto per mettere in discussione tutto, si disse l'avvocato.

Furibonda, iniziò a camminare a una certa distanza dalle altre. Superarono un masso con una conchiglia di san Giacomo ormai quasi completamente infestata dalle erbacce. Si vedeva soltanto la freccia... e indicava la direzione opposta.

12.

"A chi diavolo è venuta in mente questa maledetta idea del pellegrinaggio?" rimuginava Eva fra sé e sé. Alla fine la Supermamma aveva smesso di contare. Ormai su quel sentiero ombreggiato che sembrava infinito, attraverso i monotoni vigneti tipici del placido paesaggio collinare, si trattava soltanto di sopravvivere e, a ogni passo, di raccogliere le forze per il successivo. Il peso dei suoi peccati di gola le gravava addosso come un macigno. E non c'era di che sorprendersi. Eva li commetteva soprattutto di notte, aprendo il frigorifero. Durante i pasti invece riusciva ancora a contenersi. Dopo che aveva rimesso in ordine il campo di battaglia della cucina, steso i panni dell'ultima lavatrice, interrogato i figli sui vocaboli di latino e spedito questi ultimi nelle loro camere, però, non aveva più la forza di resistere alle tentazioni. Forse avrebbe dovuto cucinare meno: niente avanzi, niente tentazioni. Eppure, a Eva piaceva l'idea che la sua fosse una casa aperta, pronta ad accogliere qualsiasi ospite a sorpresa intorno a una tavola abbondantemente imbandita.

Probabilmente era un atteggiamento che si trascinava dietro dall'infanzia. Quando era adolescente, Eva non aveva mai osato invitare nessuno a casa sua. Non si poteva mai sapere, magari sua madre all'improvviso avrebbe fatto irruzione nella stanza vestita da teenager, si sarebbe lasciata cadere sul letto e avrebbe fatto scappare a gambe levate potenziali fidanzati dicendo: «Ciao, io sono Regine, la mamma di Eva». Regine si considerava non solo la migliore amica della figlia, ma anche l'incarnazione dell'eterna giovinezza. Insisteva che Eva e i nipoti la chiamassero sempre per nome, cosa che comunque non impediva ad Anna di saltarle fra le braccia in occasione delle sue temute visite esclamando: «Nonna!». Da quell'orecchio, la bambina proprio non voleva sentirci: per lei era lampante che Regine presto avrebbe compiuto settant'anni e che era sua nonna. E una nonna doveva essere chiamata nonna, fine del discorso. Ogni volta che assisteva a una di queste scene, Eva era certa che le nuove generazioni avessero davanti a sé un futuro molto più radioso del suo.

Regine sarebbe stata entusiasta di sapere che la figlia stava compiendo quel cammino alla ricerca di sé stessa. «Tre settimane in India, e poi riuscirò a sopportare altri undici mesi a Colonia», diceva sempre un tempo. Da bambina, Eva aveva la sensazione di rientrare fra le cose che la madre faceva fatica a sopportare. I periodi trascorsi da Regine negli ashram per lei erano piccole isole di felicità. In quei casi, infatti, veniva mollata all'inflessibile nonna Lore. La sfilza di regole fisse, che includevano anche la messa domenicale, era per Eva un programma alternativo estremamente piacevole, di cui adorava l'affidabilità, il senso di protezione e perfino i divieti. Lo stesso valeva per la chiesa. Quando la Supermamma aveva scoperto che Frido era un cattolico praticante, ne era stata felicissima. Con i suoceri e la numerosa famiglia di lui, che l'avevano accolta con calore, si era sentita subito a proprio agio. Famiglie come quella di Frido, Eva le aveva viste soltanto in televisione, soprattutto nei telefilm americani. Purtroppo Regine dopo cinque vacanze in India in tre anni si era stufata e aveva proseguito la sua ricerca di sé stessa a Colonia. Se solo Eva avesse potuto conoscere il proprio padre! La madre non aveva mai voluto dirle chi fosse e, ogni volta che la figlia tornava alla carica, lei replicava: «A chi vuoi che interessi ormai il modello tradizionale di famiglia borghese?».

«A me!» aveva timidamente confessato Eva.

Regine, però, non la stava nemmeno ad ascoltare.

Era una cosa da strapparsi i capelli: invece di guardarsi intorno e godersi quel paesaggio sconosciuto e incantevole, Eva continuava a torturarsi pensando alla madre. In realtà se l'era lasciata alle spalle da un pezzo, cercando ogni santo giorno di dare alla propria vita un aspetto totalmente diverso da quello predicato da Regine. A volte Eva pensava che le piacesse più l'idea di avere una casa aperta e ospitale, in cui i suoi figli non avessero paura di invitare gli amici, che la propria effettiva realizzazione. La grande abitazione vicino al parco che avevano acquistato un paio di anni prima era sempre piena di vita. Il parco giochi e il campetto da calcio della zona verde erano una grande attrattiva per tutti i ragazzini del quartiere e la sua porta era sempre la prima a cui bussare in caso di necessità: pipì, un bicchier d'acqua, cerotti, telefonate, una pompa per biciclette o un'altra scappata al bagno. Su tutto questo viavai, vigilava Eva. Probabilmente era l'unica, in tutta Colonia, che preferiva lasciare la porta di casa accostata per non dover andare ad aprire ogni volta che qualcuno suonava il campanello.

Camminare, sì, camminare. Ancora un passo, e un altro. Quanto mancava? Eva alzò gli occhi dal terreno polveroso e vide la luce alla fine del tunnel. Il sentiero di ghiaia iniziava a salire e dall'alto, ne era sicura, finalmente avrebbero scorto il monastero. Al giorno d'oggi, perfino i monaci erano dotati di telefono: così avrebbe potuto chiamare a casa. Si fece coraggio, raccolse le poche forze rimastele e affrontò l'ultimo sforzo. La prima tappa era quasi conclusa. In fondo, pellegrinare non era poi un'impresa così dura. Solo qualche metro.

Quando, una volta raggiunto il passo ricoperto da una fitta vegetazione, il suo sguardo scrutò l'avvallamento, privo di qualunque segno di vita come il tragitto percorso fino a quel punto, Eva capì di aver fatto un unico errore: aver detto di sì a quell'idea folle.

13.

«Non è grandioso?» commentò Kiki voltandosi verso l'affascinante panorama del Mediterraneo e della spiaggia di Narbonne che ormai si erano lasciate alle spalle. Al contrario di Eva, che gemeva e sospirava a ogni passo, a lei camminare non creava alcun problema. Il fatto che non si potesse permettere un'automobile si era dimostrato un grande vantaggio. Lo studio Thalberg si trovava in periferia, in una vecchia zona industriale. Le antiche sale di mattoni dove un tempo le carni venivano trinciate in bocconcini ora ospitavano, in un'ambientazione adeguata, agenzie di comunicazione e studi di design. Kiki andava al lavoro in bicicletta con qualsiasi tempo. Dodici chilometri all'andata, dodici al ritorno. Senza contare gli appuntamenti con i clienti e le scappate in produzione. Anche lì ci andava pedalando. Era preparatissima per un pellegrinaggio.

La calura le accarezzava la pelle. C'era odore di abbondanza, d'estate, di pini, di timo e di rosmarino. Che fosse Dio o il Big Bang il responsabile di quello spettacolo di luci e colori, ombre e profumi a Kiki era indifferente. Sulle grandi domande della vita potevano tranquillamente rompersi la testa gli altri, a lei bastava essere lontano da Colonia, dove non solo il tempo era spesso più nuvoloso che sereno.

Kiki non aveva raccontato nulla alle amiche del martedì. Loro non sapevano niente, né dei suoi problemi allo studio, né delle cattive notizie che ogni lunedì le arrivavano a casa svolazzando sotto forma di estratti bancari. Lavorava sessanta ore alla settimana e non aveva il becco di un quattrino. Thalberg dava per scontato che per i suoi dipendenti poter citare il suo rinomato studio sul curriculum fosse già una retribuzione con i fiocchi. Se Estelle non le avesse allungato un po' di soldi di nascosto, questa volta l'annuale viaggio di Kiki con le amiche sarebbe saltato.

«Perché ti lasci sfruttare in questo modo indegno?» l'aveva criticata la *grande dame* vedendo che la più giovane del gruppo non riusciva a stare lontana dal suo blocco da disegno nemmeno durante il pellegrinaggio.

«Un lavoro da Thalberg è come un posto nell'Olimpo del design», aveva risposto lei con occhi sognanti.

Sei anni prima, dopo il colloquio in cui aveva presentato il proprio book, il grande boss le aveva detto che aveva talento, e Kiki si era riempita di orgoglio. Thalberg... designer, art director e astuto uomo d'affari. Thalberg... premiato più volte dalla stampa come «designer of the year». Thalberg... i cui progetti venivano esposti nei più prestigiosi musei di design del mondo. Proprio quel Thalberg credeva in lei e pensava che i suoi lavori fossero freschi, innovativi, divertenti e ingegnosi. Quando Kiki gli aveva sentito pronunciare le parole «posto fisso», nella sua testa era scoppiato un tale trambusto che non aveva udito l'importo dello stipendio mensile. Molti designer sarebbero rimasti in mutande pur di lavorare con un mito come lui. Kiki era un passo avanti. Era già rimasta in mutande e ora, con la miseria che le dava Thalberg, cercava di sopravvivere.

«Sì, ma lui è eccezionale», diceva sempre per giustificarsi. «C'è così tanto da imparare. Dovreste proprio vedere come, con un paio di tocchi, riesce a trasformare un'idea mediocre in un progetto brillante.»

Si tenne per sé che l'ultima proposta mediocre finita fra le esperte mani del capo era sua. Quelle maledette posate di plastica per aerei! Già nella fase di progettazione era stata a un passo dal suicidio con uno dei modellini per i coltelli. Purtroppo erano troppo piatti, troppo fragili, troppo porosi, e soprattutto troppo brutti. «È evidente che lei non ha la più pallida idea di quali siano gli standard della business class di oggi», l'aveva stroncata Thalberg di fronte all'intero team.

"Del resto, come potrei..." aveva pensato Kiki. "Con quello

che mi paga al massimo posso permettermi un volo in economy, dove servono soltanto panini duri come la pietra.” Ovviamente non aveva avuto il coraggio di dare voce ai suoi pensieri. E comunque Thalberg era già passato alla scrivania successiva, dove il collega che aveva progettato i piatti abbinati aveva ricevuto lo stesso impietoso trattamento.

«Il design è come il decathlon. Bisogna imparare a sopportare gli improvvisi passaggi dalle stelle alle stalle.» Questo le avevano insegnato da studentessa. Ma Kiki ne aveva abbastanza delle sconfitte e non vedeva l'ora di sfondare. Doveva assolutamente fare qualcosa che le permettesse di emergere in mezzo a quell'esercito di soldatini agli ordini di Thalberg.

Alla base della collezione di vasi poteva esserci qualsiasi cosa. A ogni metro di cammino, Kiki scopriva nuovi soggetti da fotografare: una vite nodosa testimone delle vendemmie passate; una particolare formazione rocciosa sulla quale una lucertola prendeva il sole; un paio di orchidee selvatiche sul ciglio del sentiero o un maestoso rapace in volo verso le cime del Massif de la Clape.

«Sarà un avvoltoio che aspetta i primi cadaveri di pellegrini», commentò Estelle guardando con occhi compassionevoli la povera Eva. La *grande dame* era totalmente insensibile alle bellezze della natura.

«Cos'altro stai fotografando, adesso?» chiese sconcertata a Kiki quando la vide chinarsi su un pezzo di carta sbiadito dal sole.

«Guarda che sfumature, così indefinite. È come se qualcuno avesse aspirato via il colore», rispose l'amica entusiasta, pur sapendo che a Estelle i colori slavati piacevano soltanto se appartenevano alle collezioni di Emilio Pucci o di Missoni.

La giovane designer fotografava di tutto: dai vecchi pezzi di giornale alle libellule, le cui ali ricordavano una tavolozza. «A Thalberg piacciono i motivi naturalistici.»

«A Johannes Thalberg piace solo Johannes Thalberg», la mise in guardia Estelle, che ogni tanto si era imbattuta nel designer al club di golf. «È così vanitoso che l'unica cosa che vorrebbe è una bella foto di gruppo di sé stesso.»

Estelle non aveva tutti i torti, ma quell'atteggiamento affondava le radici anche nella storia personale di Thalberg. Il grande designer era originario di una piccola cittadina dell'Assia, che viveva all'ombra della fabbrica di scarpe locale. Tutti i padri e le madri ci lavoravano, a parte i Thalberg. Loro, infatti, erano i proprietari. Johannes Thalberg era cresciuto fra i dipendenti e fin dall'infanzia aveva imparato a sottolineare le differenze sociali. Alla fine il capo di Kiki aveva scelto un campo diverso da quello dei genitori e i soldi di famiglia si erano sposati a meraviglia con il suo giovane spirito imprenditoriale. In un settore come quello del design, in cui si dava del tu a cani e porci, con i suoi dipendenti Thalberg manteneva sempre un certo distacco.

Il concorso dei vasi era la grande chance di Kiki per puntare al tanto agognato salto di qualità e dimostrare il suo valore a Thalberg e alla stampa, che avrebbe parlato in lungo e in largo di quell'incarico dell'Ikea. Già s'immaginava l'articolo: «Un design divino». In rosso il titolo a caratteri cubitali, e sotto la storia di come fossero nati i suoi disegni. «L'idea mi è venuta durante un pellegrinaggio»: era una frase perfetta per un'intervista a «Schöner Wohnen». «Io non sono credente», avrebbe dichiarato all'impressionata giornalista, «ma è stato il viaggio a Lourdes a segnare la svolta della mia carriera.»

Non era male. Ora doveva solo farsi venire in mente qualcosa che le facesse guadagnare quel titolo. «Design divino»: era proprio questo che stavano cercando i suoi occhi, scrutando tutt'intorno.

Il mirino della sua macchina fotografica scovò su una pianta un insetto verde fosforescente. La testa triangolare rivolta verso il basso, le zampe anteriori piegate ad angolo, pareva attendere pazientemente che si avvicinasse una preda imprudente.

«È una mantide religiosa», spiegò Caroline. «Anche al Sud sono diventate rare.» Kiki non finiva mai di meravigliarsi della marea di nozioni che l'amica riusciva sempre a tirare fuori dal cilindro.

Estelle sgranò gli occhi. «Una mantide religiosa? Be', direi che è tipico di un Cammino di Santiago. Qui perfino gli insetti sono cattolici.» La *grande dame* ne aveva abbastanza del paesaggio. «Non dovremmo essere arrivate da un pezzo al famoso monastero di Arne?»

«Impossibile», chiarì Caroline brusca. «Stiamo andando nella direzione opposta.»

Lo disse a voce così alta che perfino Judith, che camminava da sola in testa al gruppo, non poté fare a meno di sentirla.

14.

Judith aveva la fronte imperlata di sudore. Non solo per il sole che, sempre più vicino allo zenit, accendeva i colori e paralizzava la vita lavorativa in quell'ondulato mare di viti. Non per quello che vedeva o sentiva. A preoccuparla erano le cose che non vedeva. L'idilliaco ruscello di acqua ghiacciata, il malridotto ponte dove Arne si era ferito, la traballante panchina all'ombra, il pino colpito da un fulmine dal cui ceppo stava nascendo nuova vita: fino a quel momento Judith aveva prestato la massima attenzione a rintracciare tutti i dettagli puntigliosamente annotati da Arne sul suo diario. Invano.

"Devi osservare meglio", si disse. Ma come poteva riuscire a cogliere qualcosa se alle sue spalle non la smettevano di chiacchierare neanche per un secondo?

«Nel caso non trovassimo il monastero», disse Estelle, «io qualche idea ce l'avrei. La mia assistente personale ha cercato su Internet tutti i ristoranti della zona.»

Così tirò fuori dallo zaino un paio di stampate e recitò in tono cerimonioso il menu del più vicino locale a tre stelle: «Paté di cervo con pistacchi, gamberi di fiume marinati al vermouth. A venti chilometri di distanza da qui. Potremmo farci viziare a dovere».

«Nei pellegrinaggi bisogna soffrire, altrimenti non serve a nulla», la rimproverò Kiki con tono da maestrina. «Solo così, alla fine del cammino, verremo assolte da tutti i nostri peccati.»

L'unica cosa che interessava Estelle più del buon cibo erano le buone storie. Non era da lei girare intorno alle cose. La vita era fin troppo breve per farlo, meglio andare dritti al punto: «Un altro naufragio sentimentale in vista?».

Kiki fece cenno di no. «Tanto per quando saremo di nuovo a casa il problema si sarà già risolto da solo.»

«Problemi che si dissolvono nell'aria?» intervenne Caroline con un'allegra cantilena. «A cose del genere ci credono soltanto i miei criminali, ma alla fine i conti non tornano mai. Del resto, se non mi danno retta, che vadano pure a sbattere la testa per la loro strada.»

Judith aveva capito benissimo che l'osservazione di Caroline era coniata su misura per lei. Avrebbe tanto voluto essere eloquente come l'amica avvocato, o avere sempre la risposta pronta come Estelle. Arne avrebbe senz'altro trovato qualcosa di divertente da replicare. Riusciva ogni volta a sdrammatizzare i momenti di tensione con una battuta.

Un fastidioso trillo s'intromise nei suoi pensieri cupi. Era il telefonino di Eva, che rispose sollevata. Finalmente un punto in cui c'era campo. «Frido! Tutto bene? Sono stata così in pensiero!»

La linea era talmente disturbata che la Supermamma era costretta a gridare. Judith e le altre dovettero sorbirsi l'intera conversazione. Non era difficile indovinare cosa agitasse tanto Frido all'altro capo della linea.

«Tesoro, ho preparato dei sughi pronti, ne sono certa.»

Nella sua sfilza di istruzioni ci fu una breve pausa. Judith non poteva credere all'infinita pazienza che l'amica aveva con il marito.

«Nel freezer, non nel frigo.»

«E nel ripiano di mezzo?»

«Quelle con la scritta rossa.»

Per Eva era troppo difficile parlare e camminare insieme. Era in debito d'ossigeno.

Mentre Judith continuava a imprecare, Kiki propose una scommessa. «Dieci euro che Frido non riesce a mettere in tavola nemmeno un pasto.»

Anche Estelle non credeva alle sue orecchie. «Perfino il mio barboncino riesce a trovare il suo cibo da solo.»

Le amiche origliavano ansiose gli sviluppi della conversazione.

«Esatto, proprio così! E adesso devi solo riscaldare il tutto», continuò Eva.

«Spero che sia in grado di usare un forno a microonde», disse Estelle temendo il peggio. Non aveva avuto il tempo di concludere la frase che Eva, indignata, gridò: «Frido, ma come ti viene in mente? Non nel microonde!».

«Estelle, forse quando torniamo dovresti provare a riprendere in mano una pentola», commentò Kiki ridacchiando.

L'amica reagì fingendosi sdegnata: «Ma io so cucinare! Nell'arte del tè nessuno può insegnarmi nulla».

Judith aveva fatto varie letture sui pellegrinaggi. Da ciò che ricordava, in quelle storie non c'era nessuno eternamente attaccato al telefono che teneva una conferenza ai familiari rimasti a casa sull'uso di un microonde e la conseguente perdita di antiossidanti e possibili danni collaterali come l'arteriosclerosi, il cancro o la cataratta.

Nel frattempo, il viso di Eva era diventato rosso pomodoro.

«Sapevo che per Frido sarebbe stato difficile», bisbigliò alle amiche, «ma non credevo che in queste cose fosse una specie di analfabeta.»

Scuotendo la testa, la Supermamma mise mano al microfono e azionò la modalità voce-da-moglie-paziente: «Allora tesoro, devi riscaldare il sugo a bagnomaria. Prendi una pentola, quella meno profonda, e riempila d'acqua. No, non la rossa. Esatto, proprio quella. Dai cinque ai sette minuti. Sì sì, chiamami pure quando vuoi, non c'è problema».

Ormai Judith non ascoltava più. Aveva scoperto qualcosa. Ecco, lì, un po' più avanti, sulla destra, quello doveva essere il ponte. La stretta passerella sul torrente aveva una ringhiera arrugginita che sporgeva in maniera pericolosa. Era lì che Arne si era ferito la mano destra, ne era sicura. Le pellegrine erano sulla strada giusta. Quando accarezzò l'affilato metallo, le fu di nuovo chiaro perché si era imbarcata in quell'avventura.

Dopo due ore di marcia a ritmo serrato, la passerella rispuntò all'orizzonte, e Judith non sapeva più cosa pensare. La ringhiera ricurva con i pericolosi spunzoni era ancora lì, stavolta alla loro sinistra. In quel momento, Judith si sentì sollevata di non aver condiviso con le amiche i dettagli del diario.

15.

Basta, era troppo, avevano assolutamente bisogno di una pausa. Sfinita, Judith si lasciò cadere all'ombra di un grande pino.

Eva si tolse le scarpe e iniziò a massaggiare i suoi poveri alluci. Per i piedi, la remissione dei peccati era un lavoro massacrante. Soprattutto per le punte.

«Sono diventati insensibili», si lamentò.

Estelle, distesa sul prato con gli arti allungati come un morto a galla, arricciò il naso disgustata: «Con l'odore che hanno, credevo che fossero già passati a miglior vita da un pezzo».

Perfino Kiki, abituata a cercare e a trovare sempre il lato positivo di ogni situazione, appariva nervosa. «Sono ore che giriamo in tondo», commentò con uno sguardo di rimprovero in direzione di Judith.

Finalmente Estelle diede voce a quello che Caroline predicava da ore: «Abbiamo decisamente sbagliato strada».

Judith evitava di incontrare lo sguardo dell'amica avvocato. Anche a lei le cose non tornavano, si era resa conto delle incongruità del loro percorso, ma era una faccenda che riguardava soltanto lei e Arne. Così cercò di salvare il salvabile e sbottò: «E anche se fosse? L'importante è quello che succede dentro di te, non fuori».

A quel punto, anche Estelle si tolse le scarpe. Vesciche. Orribili vesciche. Carne viva!

«Arne dice che il cammino di pellegrinaggio fa emergere

sentimenti che uno non si aspetterebbe mai», proseguì Judith come se niente fosse.

«L'unica cosa che sento io è la voglia di uccidere qualcuno», affermò la *grande dame.*

«Devi compiere il tuo cammino con consapevolezza», le spiegò Judith in tono mite. «Così il corpo si sintonizza in maniera naturale con un ritmo di vita diverso dal solito. Solo in questo modo ti riscopri come qualcosa di nuovo.»

Quella litania esoterica, quel tono di voce quasi alitato e grondante di saggezza fecero sbottare Estelle: «E chi è che lo dice? Arne? Il profeta Arne? Dai qua, fammi vedere!».

Incuriosita, la *grande dame* allungò una mano verso il diario, abbandonato sul prato. Prima che potesse raggiungerlo, però, Judith lo afferrò e se lo strinse al petto. L'eredità di Arne riguardava soltanto lei.

«Volevo solo sapere quali sfide spirituali mi aspettano», si difese Estelle.

Judith sentiva ribollire dentro di sé sensazioni di impotenza e rabbia. Ma per quale stramaledetto motivo aveva deciso di portarsele dietro? Avrebbe potuto affrontare il pellegrinaggio da sola. Per lei era già abbastanza difficile seguire le orme del marito senza le interferenze delle amiche del martedì, ma i loro lamentosi commenti, le critiche ottuse e il costante chiacchiericcio di sottofondo avvelenavano l'atmosfera. Si allontanò un po' dal gruppo e provò a concentrarsi sulla ragione che l'aveva spinta a recarsi in Francia: dare al diario di Arne una degna conclusione.

Con cautela aprì il bloc-notes e svitò il cappuccio della stilografica del marito. Da quando, alle elementari, aveva rovinato tutti i quaderni con una Pelikan, non aveva più usato penne del genere. L'oggetto lasciatole in eredità da Arne era un modello a stantuffo davvero antiquato. Lo prese in mano e, invece di riempire la pagina con frasi sagge e ben formulate, il suo primo contributo all'amato diario fu una bella macchia blu cobalto. Judith sentì gli occhi riempirsi di lacrime. Erano sempre le piccole cose a farla entrare in crisi: la radio che trasmetteva la loro canzone, una lettera della Volvo che invitava Arne alla presentazione di un nuovo modello, la scodella per la colazione che lui riempiva di latte per attirare il gatto del vicino sul loro balcone. E ora quell'orribile macchia d'inchiostro. Arne sarebbe senz'altro riuscito a tirarne fuori qualcosa di positivo. Come quando, nella loro prima vacanza, le aveva predetto il futuro dalle nuvole che incombevano sul mar Baltico.

«Modestamente, di letture di nubi me ne intendo», aveva detto assicurandole che quelle formazioni nel cielo assomigliavano a una torta Foresta Nera. «Ci aspettano lunghi anni di felicità e dolcezza», le aveva quindi sussurrato all'orecchio un attimo dopo. E Judith gli aveva creduto. Fino a quando non era successo quello che era successo.

Ormai si era stufata di rimuginare. Doveva riuscire a liberarsi del passato. Non voleva più sentire la mancanza di Arne. Alcune persone per ricordare si mettevano a scrivere, lei invece voleva scrivere per dimenticare. Le nuvole e tutto quello che era venuto dopo. Non ci voleva una gran fantasia per capire cosa significasse quella macchia: assomigliava a un nuvolone carico di pioggia. Gli dei erano pronti per scagliare fulmini su di lei.

Così Judith sfogliò rapidamente il diario e ricominciò da capo. Giovedì 17 giugno. Poi, si fermò di nuovo. Cosa avrebbe dovuto scrivere sul primo tratto di cammino percorso? Nonostante avesse seguito con la massima scrupolosità le indicazioni di Arne, era finita comunque fuori strada. Cercò di convincersi che fosse solo colpa della stanchezza se non riusciva a farsi venire in mente nulla da scrivere.

16.

«So io di cosa abbiamo bisogno!» esclamò Eva esultante. Arrivata per ultima, con una sola occhiata capì che le amiche avevano il morale a terra. Judith era seduta nella posizione del loto con i palmi rivolti verso il cielo e gli occhi chiusi.

«Si preoccupa più per Arne che per le persone ancora vive!» fu il commento della *grande dame* al singolare comportamento dell'amica.

Eva, invece, la difese: «Estelle, Judith ha perso il marito. Le sarà pur concesso di esagerare un po', non trovi?». Era in ansia per lei. Judith era la *drama queen* delle amiche del martedì e già ai tempi di Kai preferiva di gran lunga parlare dei suoi problemi anziché risolverli. Dopo la morte di Arne, invece, era ammutolita. Il fatto che una come Judith non avesse più voglia di aprire bocca era tutt'altro che un buon segno.

Eva si tolse il pesante zaino. A Colonia, nel frattempo, era arrivato in tavola un pasto caldo. Adesso che si era tranquillizzata, poteva pensare un po' a sé stessa e alle sue amiche, che avevano urgente bisogno di conforto. Lasciando tutte a bocca aperta, come per magia la Supermamma tirò fuori dallo zaino un picnic con i fiocchi. E una tovaglia di plastica supersottile nella quale Kiki riconobbe uno dei suoi primi progetti per lo studio Thalberg. Nel giro di pochi minuti, i motivi decorativi quasi scomparvero per lasciare spazio a una marea di prelibatezze: olive, salame, tortini di pasta sfoglia, cracker al formaggio, minimuffin con pomodori secchi e insalata di carote e noci. Tecnicamente, trascinarsi dietro tutte quelle cose in un pellegrinaggio era da irresponsabili. In quel momento, però, quell'arma segreta culinaria avrebbe salvato diversi umori.

«Ora sì che capisco Frido. Anch'io, al suo posto, non ti lascerei andar via. Sei eccezionale», commentò Estelle sospirando.

Eva si girò timidamente. «Sono giusto due cosine, non vale neanche la pena di parlarne», minimizzò. In realtà la pianificazione e l'allestimento di quel picnic l'avevano impegnata per giorni. Senza considerare la fatica che le era costata accollarsi uno zaino così pesante.

La Supermamma riempì i piatti di plastica e si rallegrò che le altre apprezzassero le sue pietanze. Dopo interminabili ore di marcia, anche un semplice posto all'ombra sembrava il paese dei balocchi. Le amiche del martedì si stiracchiarono godendosi l'ozio, gustarono i prelibati bocconcini serviti da Eva e fecero vagare lo sguardo oltre le colline. Dal verde intenso si ergevano rocce impervie, l'aria ronzava nella calura di mezzogiorno e le cicale frinivano con la loro monotona cantilena. C'era odore di polvere asciutta, di rosmarino e di vacanza. Alla stanchezza subentrarono sensazioni rigeneranti. Erano via, lontane da Colonia, dove avrebbero potuto riempire un libro intero descrivendo la bruttezza di Barbarossaplatz.

Sarebbe stato un picnic perfetto, se avesse partecipato anche Judith e se non fossero esistite le tecnologie moderne, che riescono a stanarti sempre e ovunque. Eva stava giusto per addentare il primo boccone quando il suo telefono squillò. E, ovviamente, lei rispose all'istante. La torturante sensazione che a Colonia potesse essere successo qualcosa non le dava tregua.

«Ciao Lene... Come dici? Hai preso quattro in matematica? Ma come è potuto succedere?» Eva sospirò. Nonostante fosse una Supermamma, a volte anche catastrofi di piccole dimensioni riuscivano a farla entrare in crisi.

Aveva appena cominciato a fare una bella ramanzina a Lene quando si accorse delle occhiate al vetriolo delle amiche. Perché la stavano fissando con un'aria così sprezzante? Loro non avevano nessuna voce in capitolo: Estelle aveva due figliastri che vivevano lontani da Colonia; i figli di Caroline – ovviamente – erano perfetti; Kiki era ancora alla ricerca di un padre come si deve e Judith aveva riflettuto così a lungo sull'avere figli che alla fine era diventato troppo tardi. Non avevano la più pallida idea di cosa significasse stare dietro a quattro ragazzi negli studi. Regine diceva sempre che i problemi dei nipoti erano dovuti alla mancanza di stimoli. Se un bambino non veniva sollecitato nella maniera giusta nei periodi cruciali dello sviluppo, era normale che crescendo facesse fatica. Certo, a parole sua madre era un fenomeno, ma Eva cosa avrebbe potuto fare di più rispetto a quello che già aveva fatto? Portare tutti e quattro i figli ai corsi di musica per la primissima infanzia, a baby-nuoto e a lezione di cinese? Per non parlare dei test d'intelligenza in caso di problemi scolastici.

A volte aveva l'impressione di essere l'unica mamma che, vedendo i cattivi voti dei figli e la loro avversione cronica per la scuola, non pensava che fossero dei talenti incompresi. «Sottorendimento»: era così che gli insegnanti chiamavano quel fenomeno. Lene era semplicemente nella fase della pubertà e a volte nient'altro che pigra. Ma questo la autorizzava a fregarsene di lei? Non voleva essere come Regine, che scompariva per settimane infischiandosene di tutto. Eva era disperata: da quando era arrivata in Francia, ogni cinque minuti le veniva in mente sua madre.

17.

«Quando l'ho conosciuta, Eva voleva andare a fare il dottorato in un ospedale nel centro di Parigi. Poi ha sposato Frido, ha sfornato un figlio dopo l'altro e non è riuscita a finire nemmeno il corso di francese», brontolò Estelle.

Caroline replicò senza peli sulla lingua: «Be', se è per questo non ci sei riuscita nemmeno tu».

«Almeno io ci ho provato. Credevo perfino di essere portata, fino a quando non mi sono ritrovata a dover comprare un biglietto dell'autobus in Francia.» A quel punto, Estelle inserì una pausa a effetto.

«E...?» domandò impaziente Kiki.

«Non mi ricordo bene cosa ho detto, ma l'autista deve aver capito qualcosa tipo: "Togliti i pantaloni".»

Le amiche esplosero in una risata. Neanche l'occhiataccia di traverso di Judith riuscì a contenere il loro scoppio di ilarità.

«Ah, allora è per questo che ora ti sei messa a imparare il polacco», la stuzzicò Kiki.

«Ma no, quello è per riuscire a intendermi con la mia governante... Ripete sempre la stessa frase e io non ci capisco un'acca.»

«Be', almeno sei riuscita a scoprire cosa dice?» intervenne Caroline.

Estelle rispose imitando la domestica: «No paura, mio marito bravo incollare pezzi».

E le altre riscoppiarono a ridere.

«Voi proprio non riuscite a tenere la bocca chiusa neanche per un secondo, eh?» le rimproverò Judith.

A Caroline la risata restò bloccata in gola. Estelle e Kiki, invece, sottolinearono il cattivo umore dell'amica.

«Forse è una reazione allergica al paesaggio», commentò la *grande dame*. «Tutto questo polline, l'aria buona... magari non le fanno bene.»

Judith, però, ne aveva abbastanza. «Forse per voi è tutto uno spasso», rincarò, «ma non per me. Io voglio compiere questo cammino come lo aveva fatto Arne. Me l'ero immaginato così bello e... e adesso non so nemmeno dove siamo!»

Il suo viso s'inondò di lacrime. La stanchezza e la disperazione accumulate nelle ultime ore esplosero. «E mi ero anche ripromessa di essere forte...»

L'allegria si spense in espressioni turbate. Kiki continuava a mordersi il labbro inferiore. Si sentiva in colpa. Estelle molto meno. Più di una volta aveva avuto da ridire sul fatto che adesso Judith considerasse il defunto marito una specie di santo, mentre in passato spesso si era sentita soffocata dal suo amore. Questo, però, ormai l'amica sembrava averlo dimenticato. Con grande sollievo di Caroline, Estelle si risparmiò ulteriori commenti. Perfino la *grande dame* era in grado di capire quando era abbastanza.

L'avvocato, invece, si avvicinò a Judith e l'abbracciò. In quel momento, non le interessava nulla di sapere sempre le cose meglio degli altri. Non con quindici anni di amicizia alle spalle e, davanti, quattrocentotrenta chilometri da percorrere fino a Lourdes. Anzi, per la precisione, quattrocentoventisette. Caroline, infatti, sapeva esattamente dove si trovavano.

«Forse non sappiamo che strada abbia fatto Arne, ma almeno sappiamo dove voleva arrivare.»

Judith quasi non reagì, le sue forze erano allo stremo.

«Non ha senso. Questo pellegrinaggio rende solo tutto più difficile», disse fra i singhiozzi. «L'unica cosa che vorrei, adesso, è tornare indietro.»

Caroline tirò fuori la sua guida. «Be', è proprio quello

che dobbiamo fare. Qui vicino c'è la provinciale. È la via più breve per tornare sulla strada giusta. Sono solo un paio di chilometri.»

Estelle si lasciò cadere in un gesto teatrale. «Povera me, ma perché il Pronto intervento ancora non arriva?»

18.

Dicono che con il passare del tempo i cani assomiglino sempre di più ai padroni. A quanto pareva, valeva anche per i contadini e i loro animali. Quando, lungo il desolato sentiero di ghiaia, la strana coppia s'imbatté in cinque signore con l'aria di provenire dalla grande città, tutte sudate e completamente sole, non si capì bene chi dei due fosse più sorpreso: se il taciturno contadino o la pecora che, dal rimorchio di un trattore, fissavano il singolare gruppo di pellegrine arricciando il naso. Senza bisogno di spiegazioni, l'uomo intuì che il caso richiedeva un autentico atto di carità cristiana. Così, sempre in silenzio, aprì la ribalta del piano di carico e spinse la pecora di lato. Poi, con un semplice gesto, invitò le cinque donne sfinite a prendere posto sul suo rimorchio.

Judith salì e fece capire che per quel giorno era disposta a dimenticare il diario e le sue indicazioni. Caroline ed Eva la seguirono. Perfino Kiki rinunciò a perseverare nel percorso verso la remissione dei peccati. Come prima tappa, avevano dato abbastanza. Anzi, la loro forse era già stata una piccola impresa. A ogni modo, era arrivato il momento di fermarsi.

Soltanto Estelle era perplessa. Non si poteva mai sapere quale sanguinosa vendetta covassero le pecore francesi. Questa, per esempio, avrebbe potuto essere imparentata con l'agnello di Pauillac che lei si era sbafata la sera prima a Montpellier. Un gustoso agnello al latte con confettura di cipolle. Da allora sembrava essere passata un'eternità, come fosse il ricordo di un'esistenza precedente, di una vita bella e serena. Il rimorchio, tutto lercio, appariva da vicino molto meno invitante. Ma aveva davvero la possibilità di scegliere?

L'orribile pensiero di dover fare anche solo un altro passo la convinse a dimostrare un eroico coraggio e a dichiarare guerra alla sua contadinofobia. Mentre la *grande dame* cercava di sistemarsi il più lontano possibile dalla pecora, Eva si era già accomodata sul sedile di pelle, dove decise di gustarsi i resti del picnic che si era persa a causa della telefonata di Lene.

Il traballante veicolo si mise in movimento. Il vento soffiava sulla faccia di Estelle il penetrante odore della pecora, il motore cigolava. Dall'abitacolo del guidatore arrivava lo stridulo suono della radio. Con una voce che sembrava provenire da un altro mondo, Les Poppys cantavano che nulla era cambiato. *Non, non, rien n'a changé.* La melodia, semplice ma allegra, riportò un po' di vita fra le donne.

«Questo pezzo lo avevamo tradotto al corso di francese», disse Kiki. Estelle ricordava vagamente di aver visto in televisione da piccola quel gruppo formato da un coro di bambini.

Kiki iniziò a battere le mani a ritmo e a cantare. *Mais tout a continué, mais tout a continué.* Tutto è rimasto come prima, proseguiva il testo. Nulla è cambiato. *Non, non, rien n'a changé.*

Perfino Judith si lasciò contagiare dall'allegria della canzone. Insieme a Eva ed Estelle intonò il ritornello, mentre Kiki si cimentò nella parte della voce solista, lanciandosi nelle strofe. Ovviamente la giovane designer non conosceva tutte le parole, ma in compenso si dimenava in ampi gesti drammatici. Soltanto Caroline, pur sorridendo, non si unì al coretto: «Non riesco mai ad azzeccare il tono giusto».

Le bastava stare a guardare le sue «ragazze». E mentre loro continuavano a cantare quel vivace motivetto, il trattore e il rimorchio solcavano il dolce paesaggio collinare passando accanto a un paio di sperduti escursionisti, segno che le cinque amiche non erano state le uniche a scegliere quel Cammino di Santiago un po' fuori mano.

Estelle era felice: forse il rimorchio del trattore era il posto migliore per gustarsi appieno l'unicità e la bellezza del panorama. E il posto migliore per sentire quanto fossero unite. Dopo quindici anni di profonda amicizia potevano confessare l'un l'altra verità che in altri contesti avrebbero rischiato di istigare a un omicidio.

Non, non, rien n'a changé. Nulla era cambiato. Qualunque cosa fosse successa, tutto sarebbe rimasto uguale.

Estelle fece ciondolare i suoi martoriati piedi fuori dal rimorchio. Qualcuno le stava accarezzando la schiena. Quando girò la testa, incrociò due umidi occhi di pecora che fissavano estasiati l'inserto di pelliccia della sua giacca. Proprio come aveva detto Judith, «i pellegrinaggi ti fanno scoprire nuovi lati di te stessa».

In quel momento, la *grande dame* scoprì che il suo gusto nel vestire incontrava il favore degli ovini.

19.

Il trattore frenò sussultando di fronte al loro primo alloggio, l'Auberge Sainte-Marie. Ce l'avevano fatta. La prima meta era stata raggiunta. Sempre senza pronunciare una parola, il taciturno contadino aprì la ribalta e fece scendere le donne.

L'atmosfera del villaggio dava quasi l'impressione di essere tornati al medioevo. Nelle strette viuzze erano adagiate, strette l'una accanto all'altra, casette a due piani di pietra grezza grigia, color ocra e giallo opaco. Le malridotte facciate erano lo specchio di un'infinita battaglia contro il decadimento: sembrava che venissero curate e pulite soltanto le parti strettamente necessarie.

Caroline era contenta di essere arrivata. Nel tragitto attraverso il villaggio il trattore si era pericolosamente avvicinato ai muri delle case, ma il contadino non aveva sentito alcun bisogno di rallentare. I segni sull'intonaco esterno delle abitazioni dimostravano che non tutti i guidatori riuscivano ad azzeccare la distanza giusta dai muri. Forse era per questo che le case avevano pochissime finestre, e molto piccole. La loro grandezza sembrava dipendere più dallo spazio disponibile che dalle leggi estetiche e della simmetria.

Le facciate di pietra non avevano un aspetto molto ospitale e le finestre erano in gran parte sbarrate da persiane e tapparelle. Le antenne satellitari sui tetti a scandole indicavano che nel paese non c'era molto da fare. Il mondo arrivava soltanto via satellite.

L'Auberge Sainte-Marie era affacciato su una piazza dove si trovavano anche una chiesetta, una *charcuterie* che esponeva in vetrina salumi d'ogni tipo e un piccolo chiosco dove si potevano ricevere non solo notizie dal mondo esterno, ma anche gli ultimi pettegolezzi locali. Che quel giorno riguardavano cinque signore straniere appena sbarcate in paese perché si erano perse.

Caroline guardò con attenzione la statua in legno della protettrice della struttura, per la quale era stata ricavata una nicchia nella parete in muratura dell'ingresso dell'ostello. Maria era raffigurata come una signora vestita di bianco, il cui abito svolazzante era fermato da una fusciacca azzurra. Su ogni piede aveva una rosa dorata. Così la Vergine era apparsa in una grotta alla quattordicenne Bernadette Soubirous nel 1858. Cercando la storia su Internet, Caroline non aveva potuto fare a meno di pensare che nel mondo secolarizzato mettendosi in cammino verso Lourdes qualcuno non avrebbe trovato altro che un santuario con lo stesso nome della figlia di Madonna...

All'avvocato la vicenda di Bernadette non era parsa particolarmente illuminante. «Non vi prometto di rendervi felici in questo mondo, ma nell'altro», aveva detto la Vergine alla ragazzina. In questo modo, in pratica Maria si lavava le mani da qualsiasi possibilità di verifica delle sue affermazioni.

Caroline, però, aveva grosse difficoltà a lasciare da parte la sua deformazione professionale per cui bisognava sempre verificare la dimostrabilità e la plausibilità di ogni singola parola. Le storie vaghe la rendevano nervosa, perché significavano fatica, complicazioni, lavoro extra e sorprese spiacevoli in tribunale. Soltanto i clienti che non volevano assumersi le loro responsabilità si affidavano alle voci.

Già il fatto che la misteriosa apparizione avvenuta a Lourdes confermasse un dogma promulgato quattro anni prima, ovvero quello dell'Immacolata Concezione, era una coincidenza un po' sospetta. «*Que soy era Immaculada Councepciou*», aveva risposto la Vergine sospesa sulla parete rocciosa di fronte agli occhi di Bernadette quando la ragazzina le aveva chiesto come si chiamasse. «Io sono l'Immacolata Concezione.»

Un'altra cosa che Caroline proprio non capiva. La definizione ovviamente non si riferiva a Gesù, ma alla stessa Maria. Non solo, dunque, Gesù era, secondo la Chiesa, il prodotto del parto di una vergine, ma con il dogma del 1854 Pio IX aveva posto tra i fondamenti della fede il fatto che Maria fosse esente dal peccato originale fin dalla nascita per un atto di grazia divina. Questo anche se la gravidanza della nonna di Gesù, Anna, era stata perfettamente naturale. Caroline aggrottò la fronte: nonostante il normale rapporto sessuale, un'immacolata concezione? Per accettare una cosa del genere si doveva per forza essere cattolici.

Con una simile argomentazione, che faceva acqua da tutte le parti, un avvocato penalista avrebbe combinato ben poco. Del resto, era così che funzionava con la religione. O ci credevi o non ci credevi, fine del discorso. A ogni modo, Caroline non credeva a una sola parola del racconto di Bernadette che, fra l'altro, non conteneva nessuna allusione all'acqua miracolosa di Lourdes. Anche riguardo a quest'ultima, comunque, l'avvocato non si faceva troppe illusioni. Aveva letto, infatti, che nella fonte gli scienziati non avevano individuato nessuna composizione mineraria particolarmente rilevante. Nel linguaggio comune, l'acqua che sgorgava da quella sorgente poteva semplicemente essere definita «potabile». Ma, in un modo o nell'altro, Caroline doveva rassegnarsi all'idea che le persone credessero alla storia di Bernadette e che avessero perfino scelto di dare quel nome a vari ostelli.

Il grido di gioia di Judith la strappò dai suoi pensieri: «Sainte-Marie! Siamo di nuovo sulla strada di Arne!». La donna saltò giù dal rimorchio raggiante, incredula per quell'inatteso colpo di fortuna. «Dormiremo dove lui ha passato la notte. Forse non abbiamo percorso proprio lo stesso tragitto, ma ora siamo tornate sui suoi passi. Lo troverete fantastico», promise alle amiche. «Ad Arne era piaciuto moltissimo. Hanno una cantina, letti morbidissimi, bagni spaziosi. Proprio quello che ci vuole dopo una lunga giornata di cammino. Lui non voleva più ripartire.»

Il tono della sua voce era tornato normale. L'insicurezza

che si era diffusa in lei durante la prima tappa era come volata via in un baleno. Erano tornate sul tragitto di Arne e Judith era pronta a riprendere il controllo della situazione. Tutto si era sistemato.

Fino al momento in cui Ginette, la responsabile dell'ostello, il volto segnato da una vita passata sotto il sole del Sud, non aprì la cigolante porta di una stanza. Caroline non ebbe bisogno di ispezionare più a fondo la struttura. Le bastò un'occhiata per rimuovere gli ultimi dubbi: nel diario di Arne c'era qualcosa che non quadrava. Ed era ben più di un errore di direzione.

20.

«Io prendo quello di sopra!» annunciò entusiasta Kiki. Quindi, con slancio, si arrampicò sul letto a castello più vicino all'unica, appannata finestra, trascinandosi dietro lo zaino. Le altre non si erano ancora riprese dallo shock. Quanto a lusso, la camera offriva gli stessi comfort di una modesta cella per monaci, non solo per l'enorme crocifisso attaccato a una parete. Una lampada al neon illuminava impietosa i deprimenti dettagli dell'arredamento: tre letti a castello, un tavolo sghembo, un armadio con sei grucce e ante che non si chiudevano bene. Il tutto di un'elegantissima formica. Sui letti c'erano coperte di lana infeltrita che sembravano pezzi da collezione dell'anteguerra.

«Una mia amica ci fa delle borse. Vanno a ruba come il pane appena sfornato», disse Kiki esaltata. Non aveva né il tempo né la voglia di preoccuparsi dell'arredamento di una stanza. Di quello che aveva scritto Arne nel diario non gliene importava nulla. Non vedeva l'ora di mettersi a lavorare al suo primo progetto. Aveva visto così tanti colori e forme interessanti, assorbendo il «suono» del paesaggio! Kiki dava grande importanza ai rumori e alla musica. All'inizio dell'Accademia di design, nella sua prima presentazione, si era resa ridicola facendo partire un CD per dimostrare quale sensazione voleva suscitare con il progetto di un divano. Tutti gli altri avevano passato ore e ore a rifinire oggetti in spugna di poliuretano per poi dipingerli con cura. Ormai esistevano da un pezzo apparecchi che, premendo un semplice tasto, trasformavano progetti al computer in modelli tridimensionali.

Kiki era di buonumore. La giornata le aveva regalato una

marea di spunti: si trattava soltanto di tradurli in un'idea concreta. Lì poteva lavorare molto meglio che nello studio di Colonia, dove era sempre circondata da colleghi che la distraevano. In quella stanza c'era silenzio. Fin troppo.

Judith, che all'arrivo all'*auberge* aveva sprizzato entusiasmo da tutti i pori, dopo aver visto quella stanza a sei letti non aveva più spiccicato una sola parola.

Estelle era sparita al piano terra per cercare qualcosa da bere. Quando rispuntò, agitava entusiasta il suo ritrovamento: un cartone di vino.

«È stata l'unica cosa che sono riuscita a trovare nella cosiddetta cantina», raccontò mentre distribuiva i bicchieri appena riempiti.

Caroline sollevò il suo. «Brindiamo a questa fantastica catapecchia. Come avrebbe fatto Arne», proclamò in tono festoso.

Non lo aveva inteso in maniera cattiva, ma Judith si sentì subito attaccata.

Aveva uno sguardo di pietra, ma l'avvocato fece finta di niente. «Il vino non è poi così male», commentò.

«Caroline, cosa stai cercando di insinuare?» domandò invece Judith rabbiosa.

«Forse che Arne non percepiva più le cose come erano nella realtà?» si difese l'altra. Non voleva litigare, ma l'amica era già sul piede di guerra: «Ce l'aveva allo stomaco, non al cervello!».

Kiki sospirò. A volte avere a che fare con Caroline, e con quel suo amore quasi patologico per la verità, non era facile. Che importanza aveva l'esattezza con cui Arne aveva descritto la strada e l'albergo? Avevano un tetto sopra la testa, stavano bene, avrebbero trascorso dieci giorni di ferie in Francia e il vino era squisito. Cosa volevano di più dalla vita?

"Non ti immischiare. Lascia a Judith le sue illusioni", stava per dire Kiki all'amica, ma poi quest'ultima tornò alla carica: «Non trovi un po' strano che le indicazioni del diario non quadrino?».

Kiki non era l'unica ad avere la sensazione che non sarebbe

finita bene. Eva continuava a passare in mezzo ai due galli da combattimento mescendo vino. Accentuando il suo buonumore, cercò di appianare il conflitto prima che scoppiasse: «Ci sono così tanti Cammini di Santiago e portano tutti alla stessa meta».

Judith spinse Eva da parte.

«Probabilmente hanno cambiato gestione», replicò quindi con orgoglio.

Estelle, intanto, stava ispezionando il suo letto con la punta delle dita: «Be', direi che questa coperta non la cambiano da almeno sette mesi». Preparata per qualsiasi evenienza, tirò fuori dalla valigia un provvidenziale insetticida.

«Dove volete arrivare?» domandò Judith.

«Credi davvero», si giustificò Caroline, «che Arne possa aver pensato che questo era un posto di lusso?»

«Dopo un giorno passato a scarpinare? Assolutamente sì», intervenne Kiki divertita. E diceva sul serio. Lei si era già sistemata e aveva attaccato al muro un paio di schizzi buttati giù lungo il cammino. Trovava tutto grandioso. A parte le critiche delle amiche. Al piano di sotto, il litigio proseguiva sugli stessi toni. Caroline non voleva cedere, tanto meno Judith: «Arne era un malato terminale, sapeva che sarebbe morto. In quelle condizioni, qualunque cosa ti sembra un dono. Ogni incontro con l'universo, perfino con la creatura più insignificante, è un miracolo».

Nella stanza si diffuse un odore fortissimo e a Judith mancò l'aria, tanto che non riuscì a proseguire. Estelle stava spruzzando all'altro mondo un'insignificante creatura che, insieme alla sua grande famiglia, si era nascosta nel letto della *grande dame*. Fino a quando non notò lo sgomento delle amiche. Piena di sensi di colpa, guardò prima Judith e poi la strage che aveva provocato fra quei poveri insetti.

«Potremmo sempre convertirci al buddismo», propose Estelle pentita. «Loro credono alla reincarnazione.»

Judith lasciò la stanza sbattendo la porta. Eva la seguì, non prima di aver rimproverato le sue compagne di viaggio.

«Questo avresti potuto risparmiartelo», sibilò. Nessuno

capì bene a cosa si riferisse, se alle puntigliose domande di Caroline o all'anarchico umorismo di Estelle.

«Ben fatto», si congratulò Kiki con Caroline rivolgendo il pollice verso l'alto. «Adesso Judith ha un altro motivo per singhiozzare tutta la notte.»

«Ma se non dico nulla, domani finirà peggio di oggi», si difese l'altra.

Estelle, però, era già pronta a estremizzare il pensiero appena formulato dall'avvocato: «Una volta non ti era capitato un cliente che aveva falsificato un intero diario?».

«Forse Hitler?» intervenne Kiki.

Caroline scoppiò a ridere: «Estelle intendeva lo scassinatore seriale. Era convinto di potersi scrivere gli alibi da solo».

La *grande dame* annuì. «Chissà, forse Arne aveva qualcosa da nascondere.»

21.

Per tutto il giorno Caroline aveva cercato un modo per convincere Judith ad attenersi in maniera meno pedissequa alle discutibili annotazioni del diario di Arne. Alla fine aveva optato per le maniere forti.

Ora si rimproverava di non essere riuscita a formulare le sue idee in modo più diplomatico. Seduta su una panca fuori dall'*auberge*, sorseggiava del vino contemplando la vita serale del paese. Gli ultimi raggi di sole rivestivano d'oro le grigie facciate delle case. Faceva caldo, ma non troppo. Lungo una viuzza due giovani, cercando di mettersi in mostra con gesti plateali e urla, seguivano una coppia di ragazze che ridacchiavano. Vicino alla chiesa, gli anziani erano riuniti per la chiacchierata serale. Tutti gli occhi erano rivolti verso Caroline, ma lei nemmeno se ne accorse.

Stava litigando con sé stessa. Perché aveva avuto una reazione così forte? Invidiava a Kiki il suo modo di prendere le cose: non faceva mai domande superflue, e probabilmente per lei non avrebbe fatto alcuna differenza se fossero arrivate a Lourdes, a Timbuctu o da nessuna parte. Viveva alla giornata godendosi quello che le portava in dono il destino. Eppure, nel suo lavoro era ambiziosa. Perché Caroline non riusciva ad avere un atteggiamento più rilassato? Kiki era amata da tutti. Lei, nel migliore dei casi, era stimata, spesso temuta e ancora più spesso osteggiata.

Nel suo lavoro le tattiche e le attese strategiche le riuscivano alla perfezione, e sapeva sempre dire la cosa giusta al momento giusto. Perché nella vita privata non era così?

«È a questo che servono le amiche. Per distrarsi dal lavoro», si disse per placare i rimorsi. Le bugie facevano parte della sua professione quanto l'amen di una chiesa. Ogni giorno era messa a confronto con false testimonianze e mezze verità, con scuse e belle parole. La legge difendeva i bugiardi. *Nemo tenetur se ipsum accusare*, era così che si diceva. Nessuno è costretto ad accusare sé stesso e a collaborare alla dimostrazione della propria colpevolezza. Ormai alle bugie nelle aule di tribunale si era rassegnata, ma nella vita privata era allergica a ogni minima frottola.

Invece di pensare a Judith e ad altre domande spiacevoli, si concentrò su Philipp. Era tutta la sera che cercava di contattarlo. Arne era stato suo paziente ed era possibile che avessero parlato dell'ultimo pellegrinaggio. Ovviamente il marito aveva un cellulare, ma lo usava solo in casi di estrema necessità e spesso si dimenticava di metterlo in carica. Non aveva una grande considerazione delle tecnologie moderne, e l'idea di poter essere raggiungibile a qualunque ora al di fuori degli orari di visita e dei turni di guardia non lo entusiasmava per niente. Di tariffe telefoniche, poi, non voleva proprio sentir parlare.

Caroline aveva provato a chiamarlo allo studio per quattro volte e per quattro volte la sua assistente le aveva propinato sempre la stessa, melodiosa risposta: «Il dottor Seitz è impegnato in una visita a domicilio».

Chissà, forse a Colonia era scoppiata una terribile epidemia che impediva ai pazienti di raggiungere lo studio di Philipp in maniera autonoma.

Non era affatto insolito che per due giorni non riuscissero a parlarsi. Non erano una di quelle coppie che avevano un canale di comunicazione preferenziale. Né nel quotidiano, né quando erano fuori per lavoro. Caroline non era il tipo da tempestarlo di telefonate, SMS e e-mail solo per sincerarsi che fosse ancora vivo e che l'amasse. Ora, però, il fatto di non riuscire a raggiungerlo la irritava. Sperava tanto che lui potesse aiutarla.

Si appoggiò allo schienale sospirando. La serata era ancora piacevolmente calda. Da una finestra aperta risuonava a gran voce il «Journal de 20 heures», che da qualche tempo veniva presentato da una donna, non più dal mito dei TG francesi Patrick Poivre d'Arvor, il quale aveva accompagnato Caroline per così tanti corsi di lingua. Un gruppetto di bambini stava giocando a calcio tra due cassonetti dell'immondizia strapieni e a ogni goal i ragazzini gioivano come se la nazionale francese avesse appena vinto i Mondiali. Una voce li richiamò in casa per la cena. Gli anziani restarono dov'erano, seduti su una sporgenza del muro della chiesa a commentare gli eventi della giornata. "Strano", pensò Caroline, "nelle piazze di paese del Sud si vedono sempre e soltanto uomini." Anche per le amiche del martedì, comunque, le serate miste non erano mai state un successo. Appena i mariti si univano a loro, diventava tutto più complicato.

Caroline si ricordò con orrore della prima comunione di David, il figlio maggiore di Eva, che era stata celebrata in grande stile. In grande stile per Eva significava che non aveva invitato soltanto le amiche del martedì più la numerosa famiglia di Frido, ma anche la sua eccentrica madre. Caroline non aveva ancora dimenticato la propria reazione la prima volta che l'aveva incontrata, per l'appunto a quella festa. Regine era senza parole per il fatto che la figlia onorasse una tradizione cattolica contro la quale lei aveva combattuto con tutte le sue forze. «Sembra proprio di essere a casa di nonna Lore», aveva commentato ancora all'ingresso in un tono tutt'altro che lusinghiero. Regine e la religiosissima famiglia di Frido, che aveva popolato la cerimonia con un esercito di figli e nipoti, si erano scambiate parole ben poco carine. Nel bel mezzo di questa baraonda stavano le amiche del martedì con i loro uomini.

Mentre Kiki aveva spezzato prima il cuore e poi il naso – entrambe le cose senza volerlo – al fratello più giovane di Frido, Estelle e il suo re delle farmacie in più occasioni si erano pentiti di non essersi portati dietro una confezione maxi di tranquillante per distribuirla ai numerosi bambini. O a Regine, che aveva scelto proprio Philipp per rielaborare la sua traumatica infanzia improntata al cattolicesimo. Non riusciva a darsi pace per il fatto che la figlia che aveva educato all'apertura verso il mondo imponesse a suo nipote David un gesto così dogmatico come la prima comunione.

«Già la confessione...» aveva gridato Regine nell'orecchio di Philipp per sovrastare il rumore dei bambini. «Da piccola, dovevo chiedere scusa perfino per colpe che non ricordavo. Dio sa già quali peccati dovrai confessare prima ancora che li commetti.»

Sfuggito alle grinfie di Regine, Philipp si era malauguratamente imbattuto in Kai, che correggeva una frase su tre di ciò che diceva la povera Judith. «Quello che hai appena detto è vero solo in parte», ripeteva in continuazione. Tre giorni dopo, lei aveva chiesto il divorzio.

Per la povera Eva, quella festa si era conclusa con un mezzo esaurimento nervoso. Il giorno seguente, la Supermamma aveva annunciato che in futuro tutte le cerimonie religiose sarebbero state festeggiate soltanto con i parenti più stretti. Anche gli uomini delle amiche del martedì non avevano certo entusiasmanti ricordi di quel pomeriggio. Da allora, cercarono sempre di tenersi alla larga dagli incontri delle cinque donne. Cosa che a queste ultime andava più che bene.

L'unico che aveva sempre avuto una voglia matta di partecipare alle riunioni del martedì era Arne. Spesso, dopo aver accompagnato Judith in macchina a Le Jardin, era rimasto non solo per un bicchiere, ma per l'intera serata. La fortuna di Judith era che Arne cercasse in tutti i modi di dimostrarle che aveva intenzioni serie. La sua sfortuna, che ci provava ventiquattr'ore su ventiquattro. Più di una volta Caroline si era meravigliata di quanto fossero in simbiosi. Dopo Kai, però, qualsiasi cambiamento era un progresso. Judith non era una persona forte: se non aveva una spalla a cui appoggiarsi, crollava. Strano che non ci avesse ancora pensato: per tanti anni l'amica era passata da un uomo all'altro, ma dopo la morte di Arne per la prima volta stava gestendo la sua vita da sola. Era normale che ce la stesse mettendo tutta per riuscirci.

Pur sapendo che non era la cosa migliore da fare, Caroline provò di nuovo a raggiungere il marito. Nel frattempo, l'assistente era andata a casa e al suo posto rispose la segreteria telefonica: «Studio del dottor Seitz. Al momento non sono raggiungibile. In caso di emergenza, si prega di chiamare il 118».

Caroline chiuse la comunicazione irritata. Non aveva bisogno del 118, ma di Philipp. In quel momento, avrebbe tanto desiderato che la sua relazione fosse un po' più simile a quella fra Judith e Arne.

La viuzza si era svuotata, le luci nelle case erano spente. Nella nicchia della parete tremolava la fiammella di una candela. La Vergine Maria guardava Caroline con un tiepido sorriso. Aveva tutte le ragioni di essere di buonumore. Era stata lei, infatti, a convincere così tante persone a mettersi in cammino verso Lourdes. «Dite ai sacerdoti che si costruisca qui una cappella e che ci si venga in processione», aveva detto Maria a Bernadette alla sua tredicesima apparizione. Dopo la diciottesima, la Vergine non si era più mostrata, abbandonando le persone con i guai che aveva procurato loro. Maria aveva chiamato, Arne avrebbe voluto raggiungerla e Caroline in quel momento ne stava pagando le amare conseguenze.

Scoraggiata, l'avvocato ripose il telefono. Sperava che il suo sesto senso per le menzogne per una volta la stesse ingannando. Dietro il fatto che le indicazioni del diario di Arne non tornassero doveva esserci un motivo. Un motivo razionale.

22.

Kiki troneggiava dal suo letto a castello e disegnava. Il pellegrinaggio le dava una piacevole scusa per non progettare direttamente al computer. Lei aveva studiato in un'epoca in cui s'imparava con carta, penna e righello, e la computerizzazione del suo campo l'aveva travolta, cogliendola impreparata. Alla fine era riuscita a impratichirsi nei concetti-base, ma non era nulla in confronto alla naturalezza con cui i designer più giovani utilizzavano i nuovi programmi. Ogni volta che le cose si mettevano male, riprendeva in mano la penna e si sentiva un nonnetto, una specie di dinosauro in via d'estinzione.

Lo sguardo di Kiki si soffermò sulle amiche e immortalò la scena con la sua macchina fotografica. Judith dormiente, una candela sul comodino a illuminare una foto di Arne. Accanto, un bicchiere pieno di vino e fiori freschi. Anche in Francia la donna aveva eretto un piccolo altare al marito defunto. Dormiva serena. Nel letto a castello di fronte, invece, Eva sembrava in coma profondo. Erano ore che non si muoveva di un millimetro. Ancora un *clic*. Sul display comparve l'immagine di Estelle che dormiva con una maschera blu sugli occhi, i piedi incrostati che spuntavano da sotto le coperte. Kiki sogghignò. Vedendo quella foto, la *grande dame* l'avrebbe odiata. Riguardò le immagini in memoria scorrendo gli eventi della giornata a ritroso. Aveva registrato ogni cosa: le facce sconvolte delle amiche all'ingresso nella stanza, Estelle sul trattore accanto alla pecora, il picnic da favola, la mantide religiosa, la prima foto di gruppo, il brindisi sull'aereo, la partenza. Poi, all'improvviso, come uno shock, spuntò un'istantanea: Kiki abbracciata a Max, un ragazzo molto alto con un viso dai lineamenti classici, i capelli biondi spettinati e un sorriso allegro, la faccia priva di qualsiasi segno del tempo. A ventitré anni, del resto, era un po' difficile avere già le rughe.

Commossa, Kiki continuò a sfogliare i suoi ricordi digitali: una coppia di innamorati pieni di vita in una tenda, su un trampolino, mezzi nudi di fronte allo specchio di un bagno. Momenti spensierati e felici immortalati con l'autoscatto o allungando un braccio. Kiki osservò quelle istantanee così ingenue e rilassate sorridendo, fino a quando non si accorse di cosa stava facendo. A quel punto, premette con energia il tasto CANCELLA. Max scomparve dalla memoria della sua macchina fotografica, proprio come era scomparso dalla sua vita. Ormai era acqua passata. Nessuno doveva sapere cosa era successo fra loro.

Alcuni minuti dopo, Kiki stava dormicchiando con la testa che vagava fra Max e il lavoro. Percepì appena il rumore di due gatti che soffiavano uno contro l'altro e, in lontananza, gli undici rintocchi del campanile del paese. La luce che illuminava la foto di Arne si spense in silenzio. Nella stanza regnava una pace divina. Poi, all'improvviso, un trillo straziante. Ormai per le amiche del martedì quella suoneria era tanto familiare quanto odiosa. Ovviamente, si trattava del cellulare di Eva.

Sistemando le sue cose prima di cena Caroline aveva notato che lo spazio fra il posto di sopra e quello di sotto del letto a castello era stato pensato più per pigmei che per alti avvocati di Colonia. In quel momento, però, purtroppo i suoi riflessi non tennero conto di quella constatazione serale e, tirandosi su, sbatté la testa contro il letto di sopra.

Il telefono di Eva continuava a squillare senza pietà. La rumorosa suoneria era senz'altro un relitto dell'epoca in cui i telefoni si trovavano ancora nel corridoio ed erano assordanti perché bisognava sentirli da ogni punto della casa. Quei tempi, però, ormai erano passati da un pezzo ed era una vita che gli apparecchi non avevano più un posto fisso. Anzi, spesso erano proprio dove uno non li avrebbe mai cercati.

Tra innumerevoli scuse, Eva sgusciò fuori dal letto imprecando. Non avrebbe mai voluto dormire di sopra: un po' per la terribile goffaggine con cui sarebbe salita sulla scaletta, un po' per la paura di dover scendere di notte. E infatti, scendendo in maniera scomposta, atterrò con tutto il suo peso sull'avambraccio di Judith, che gemette dal dolore.

Dove diavolo era l'interruttore? E quello stramaledetto cellulare? L'unica cosa che trovò immediatamente fu lo spigolo del comodino. Ci sbatté contro con il ginocchio, e il vino le inondò i piedi nudi. Eva gridava, Caroline sospirava e Kiki tirò un cuscino addosso alla Supermamma. Soltanto Estelle continuò a dormire beata come se niente fosse. Cosa che non le avrebbe impedito, l'indomani a colazione, di lamentarsi di non aver chiuso occhio.

Alla fine fu Caroline che, al buio, riuscì a trovare il telefono di Eva. Prese il chiassoso aggeggio e lo fece volare fuori dalla finestra con una traiettoria ad arco. Dal cortile arrivò un grugnito d'indignazione. Aveva centrato in pieno un maiale.

23.

Nella sua vita Ginette aveva ospitato una marea di gente. Nei vari decenni in cui aveva gestito l'ostello Sainte-Marie aveva imparato a capire le persone al volo. Quando, poco prima di mezzanotte, si ritrovò davanti una donna grassottella e confusa a piedi scalzi, in pantaloni corti del pigiama e maglietta, le indicò subito il telefono nel corridoio con un semplice gesto.

Da quanto tremava, Eva quasi non riusciva a comporre il numero di Colonia. Ogni fibra del suo corpo era come assalita da un misto di freddo, stanchezza ed esaurimento. Anna rispose al primo squillo.

«Avevi detto che potevo chiamarti a qualsiasi ora», si scusò la bambina. Eva aveva avuto il giusto presentimento. Quella chiamata a tarda notte poteva provenire solo da casa.

«Cosa è successo?»

«Mami, nella mia camera c'è un lupo mannaro!» rispose Anna con una vocina tremante.

Un lupo mannaro. Ma certo. Era risaputo che quei mostri li si poteva combattere soltanto dalla Francia. Forse Frido aveva permesso alla bambina di guardare un film con i grandi?

«Topolino, perché non vai da papà?»

«Papà dice che i lupi mannari non esistono... se non ci crede, come fa a trovarli?»

Ah, ecco. La questione era molto semplice. Se uno non credeva ai lupi mannari poteva continuare a dormire indisturbato, anche se era a soli dieci metri di distanza dal potenziale pericolo.

«E David e Lene?»

«Se vado da loro, mi prenderanno in giro...»

Eva sapeva benissimo che i lupi mannari non c'entravano nulla. La bambina aveva nostalgia della madre, come a quest'ultima mancavano la piccola e il resto della famiglia. Ma in una simile situazione, questo non consolava nessuno.

«Lo sai, Anna, cosa mi cantava nonna Lore quando non riuscivo a dormire?» Eva si accovacciò sul pavimento di pietra, appoggiò la schiena al muro freddo e canticchiò una breve melodia. Aveva una bella voce, dolce. Ginette, che stava risistemando la cucina, si fermò ad ascoltare commossa. Proprio come la bambina dalla lontana Colonia. Anna non riusciva a parlare, il dispiacere le stava strozzando la gola. Anche così, senza scambiarsi altre parole, Eva sapeva benissimo cosa stesse provando la figlia.

«Anche a me manchi. Mi mancate tutti. Striscia dentro al lettone e dai un bacio a papà da parte mia. Buonanotte tesoro.»

«Mami, ma tu stai piangendo?» le domandò Anna sospettosa.

Eva si asciugò con le dita le lacrime che le stavano scorrendo sulle guance e mentì: «No, topolino, non sto piangendo».

Appena Eva riattaccò, il suo sguardo venne rapito da un foglietto di carta ingiallito: accanto al telefono era appeso l'orario dei pullman locali. Quegli enormi caratteri rosa le stavano annunciando che esisteva una via di salvezza. Soltanto una riga s'impresse a fuoco negli occhi della Supermamma. 8.15: PARTENZA DIREZIONE AEROPORTO.

24.

Il sole stava salendo lentamente dietro le colline dorando le grigie facciate, una Vespa solitaria sferragliava per le strade strette, due galli si sfidavano nel canto. Ed Eva ancora non sapeva cosa fare. Era come se dentro di lei ci fossero due Eva, impegnate in un vivace scambio di opinioni.

"Vedrai, il secondo giorno andrà meglio", disse una.

"Camminare? Per carità di Dio! Non un solo metro ancora, per favore", si fece sentire l'altra.

"Anna se la caverà benissimo da sola. L'unica che non ci riesce... sei tu."

"Tornatene a casa! Ti sei dimenticata le istruzioni per l'asciugatrice."

"Le altre mamme ce la fanno benissimo, guarda Caroline. Perché tu non dovresti?"

"Vuoi mollare proprio adesso? Vuoi essere l'unica che molla?"

"Sei una perdente."

«Eva, sveglia! È ora di alzarsi!»

Questa non era più una voce interiore, ma Caroline che la stava chiamando.

«Perché? È già così tardi?» farfugliò Eva. A un certo punto, tra frasi di incoraggiamento e autoaccuse senza speranza, doveva essersi addormentata.

«Sono le sette e mezzo. Se ci mettiamo in cammino subito dopo colazione, prima che arrivi il sole di mezzogiorno avremo già alle spalle il pezzo più faticoso», la spronò Caroline.

Eva si lasciò cadere all'indietro sul cuscino, sfinita. Ma qual era il segreto delle sue amiche? Caroline era fresca come una rosa, Judith stava recitando la sua preghiera mattutina di fronte allo pseudoaltare danneggiato di Arne e perfino Estelle era già truccata.

«Arrivo subito», disse quindi la Supermamma alle altre, che con una gran voglia di caffè e una fame da lupi sparirono in direzione della sala della colazione.

Forse erano state le parole «sole di mezzogiorno», o forse l'idea di dover affrontare qualcosa di faticoso... Quando la porta si richiuse dietro le amiche, Eva seppe con certezza cosa doveva fare. Aeroporto, casa: era un pensiero troppo allettante.

Sconsolata, passò al vaglio le sue articolazioni doloranti e, maldestra come al solito, scese dal letto a castello atterrando pesante come un sacco di patate. Poi scoprì che non era l'unica il cui sacro fuoco del perfetto pellegrino quel mattino lasciasse a desiderare. Kiki, che aveva lavorato fino a notte fonda, dopo la sveglia di Caroline si era riaddormentata.

Di nascosto e senza fare rumore, Eva si mise a raccogliere le sue cose. Per ogni pezzo che scompariva in fondo allo zaino, il suo cuore si alleggeriva un po'. Era stata un'ingenuità dare per scontato di poter affrontare un pellegrinaggio senza una preparazione adeguata e un allenamento regolare. L'indomani, a Colonia, si sarebbe iscritta in palestra. Entro un paio d'anni, quando i figli fossero stati un po' più grandi, avrebbe fatto un altro tentativo con un corpo temprato e in forma. Erano il posto sbagliato e il momento sbagliato: lei era soltanto un peso, una palla al piede.

Nervosa, Eva controllò l'orologio: le otto meno cinque. Era giunta l'ora di chiudere il capitolo pellegrinaggio. Si mise lo zaino in spalla e, anche stavolta, cadde all'indietro, finendo proprio contro il letto di Kiki. Eppure, il terremoto di media entità che fece vacillare la struttura, già traballante, non distolse l'amica dal suo sonno beato.

In punta di piedi, Eva sgusciò fuori dalla stanza e scese le scale a fatica. Ancora qualche passo e avrebbe raggiunto l'uscita. La iella, però, continuava a perseguitarla impietosa. Le porte della sala della colazione erano spalancate e, cosa ancor peggiore, dal loro tavolo le amiche del martedì avevano una vista diretta sul corridoio.

Presa dal panico, Eva si nascose in un angolo buio, in cui la polvere accumulata da decenni non vedeva l'ora di infilarsi nel suo naso e procurarle un bell'attacco di starnuti che l'avrebbe tradita. Aveva abbastanza energie per andarsene, ma non la forza per giustificare la sua decisione di fronte alle compagne.

Nel frattempo le amiche del martedì avevano capito perché i francesi non avessero una parola specifica per indicare la colazione. Lo spuntino della mattina veniva chiamato semplicemente *petit déjeuner*, un «piccolo pranzo», e abituarcisi non era per niente facile. Estelle masticava disgustata un pezzo di baguette con il formaggino, Caroline beveva il Ricoré, una bevanda fatta con una strana polverina a base di caffè e cicoria, e Judith non aveva toccato nulla. Era assorta nel confrontare una cartina con le indicazioni del diario.

Erano le 8.02. Eva esitò: doveva correre il rischio di essere scoperta mentre si dirigeva verso l'uscita? Di certo le amiche non l'avrebbero lasciata andare tanto facilmente. E lei non aveva voglia di affrontare la pioggia di argomentazioni che le avrebbero riversato addosso. La sua unica possibilità era l'uscita sul retro. Avrebbe chiamato Caroline dall'aeroporto. Così decise di tentare il tutto per tutto: con un movimento deciso raggiunse la porta laterale, la aprì e sgattaiolò fuori.

Era uscita! Ce l'aveva fatta! Con gli occhi chiusi si appoggiò per un attimo alla porta che si era richiusa alle sue spalle. Aspettò di capire se dall'altra parte dell'uscio si muovesse qualcosa. Inspirò profondamente, poi aprì gli occhi e capì che i veri problemi iniziavano proprio in quel momento.

25.

Per i suoi quattro figli Eva non fungeva soltanto da madre, cuoca, infermiera, autista, lavandaia e donna delle pulizie. Era anche un prezioso sostegno nei compiti. Di recente, per esempio, aveva aiutato Frido jr a studiare l'origine dei modi di dire tedeschi. Il più interessante era stato *Schwein haben*, letteralmente «avere un maiale», ma in senso lato «avere fortuna». Una delle varie teorie diceva che quell'espressione era riconducibile alla tradizione dei tornei cavallereschi medievali di regalare un maiale al perdente come premio di consolazione. Fu in quel momento, sul retro dell'ostello, che la donna si convinse dell'assoluta attendibilità di quella teoria.

Quel giorno, infatti, il destino sembrava averle riservato una sorte analoga: Eva aveva incassato una sconfitta, e ora si beccava il maiale. Dal nome sul collare scoprì che si chiamava Rosa, e si era piazzata di fronte a lei con la sua stazza imponente. L'uscita laterale non era stata pensata per i viaggiatori che tagliavano la corda di nascosto: era l'ingresso al fangoso recinto esterno di Rosa. Visto che l'animale sembrava avere una certa fame e probabilmente aveva già svaligiato la cucina diverse volte, la porta che dava sul recinto aveva un meccanismo che impediva di aprirla dall'esterno. In compenso, però, il recinto dava direttamente sulla strada. Bastava raggiungerla e svoltare a destra per ritrovarsi all'ingresso principale dell'*auberge*. Da lì alla fermata del pullman erano solo cento metri. Davanti a Eva, però, c'era Rosa. La Supermamma era in trappola, la sua via di fuga sbarrata.

Ormai erano le 8.03.

La donna fece un passettino e sprofondò fino alla caviglia

in una melma puzzolente. Quel mostro a forma di maiale emise un grugnito di disapprovazione. Certo che quando erano nel piatto quegli animali sembravano molto più docili.

«Sciò... *allez*... sparisci... *disparez*!»

Quella vocina tremolante a Rosa non fece né caldo né freddo. Anzi, incuriosita, avanzò verso Eva sulle sue zampe corte, sempre più vicina, il grugno luccicante per il fango.

«Non ordinerò mai più maiale. *Ç'est promis*. Sul serio», la supplicò Eva.

Perché diavolo non aveva seguito quel maledetto corso fino alla fine? Forse l'animale capiva solo ordini in francese. Il morbido grugno di Rosa, umido e scivoloso, toccò la mano di Eva. La donna chiuse gli occhi e iniziò a piagnucolare. In quella situazione, avrebbe tanto desiderato avere anche solo un pizzico di fortuna – e di maiale – in meno.

Doveva assolutamente superare quella maledetta bestia... *Subito!* L'unica arma a sua disposizione erano le scorte di cibo. Tutti i viveri – biscotti, salame stagionato, cracker – comprati la sera prima per rimpinguare il suo zaino-dispensa potevano servirle da munizioni. Forse tirarli fuori le avrebbe facilitato le cose. Incerta, Eva scaricò di fronte al muso di Rosa, entusiasta, l'intero arsenale. Fino all'ultima briciola.

Il pullman era già arrivato in paese, il rumoroso clacson stava strombazzando per le viuzze.

Appena Eva provò a fare un passo avanti, Rosa cercò di addentarla. Probabilmente l'animale pensava che tenesse nascosto qualche altro bocconcino nello zaino.

A quel punto, la Supermamma esplose in un grido disperato: «Di più! Di più! Sempre di più! Non è mai abbastanza! Ti ho già dato tutto quello che avevo. Adesso, stupido maiale, fammi passare! *Fous le camp!*».

Impressionato da quella sparata, il maiale si fece da parte. Eva non poteva credere ai suoi occhi: Rosa le stava lasciando campo libero. Sorpresa dall'inaspettata vittoria, la donna si mise lo zaino in spalla e, per la prima volta, non cadde all'indietro. Anche quella per lei era un'esperienza nuova.

Senza i chili di provviste sulle spalle, non le fu difficile scavalcare la staccionata e raggiungere la strada. Gli anziani, che ormai sembravano un tutt'uno con la parete della chiesa, drizzarono i loro colli rugosi e avvicinarono le lenti agli occhi stanchi: finalmente in quel minuscolo paese stava succedendo qualcosa.

Eva stava per superare con passo felpato l'ingresso dell'*auberge* quando venne fermata di nuovo. La responsabile dell'ostello, che si stava fumando una sigaretta, le si piazzò davanti. Dalla tasca del grembiule tirò fuori, lercio, il cellulare di Eva. La speranza che nessuno notasse la sua fuga si volatilizzò nell'aria scoppiando come una bolla di sapone.

«Ci sono tre tipi di pellegrini», esordì Ginette in tono minaccioso. «I turisti, che passano da una vacanza all'altra come se niente fosse; i mistici, che a ogni passo si sentono più vicini al loro cuore...»

Il pullman la superò diretto verso la fermata. Le porte si aprirono. Eva era indecisa tra la fretta e le buone maniere. Poi cercò di afferrare il telefono, ma l'albergatrice non era disposta a ridarglielo senza prima aver terminato la sua conferenza religiosa. Nervosissima, Eva iniziò a snocciolare le giustificazioni che si era preparata: «Trovare sé stessi non è mai stato affar mio. Mia madre ancora si sta cercando. Ha provato qualsiasi cosa: Mao, danza esoterica, sesso tantrico. Io non voglio essere come lei. Non voglio essere una che se ne va in giro quando la sua famiglia ha bisogno di lei».

L'albergatrice annuì. Eva apparteneva senz'altro alla terza categoria di pellegrini. «E poi ci sono gli eterni indecisi, che al primo problema iniziano ad accampare scuse.»

Dal volto di Ginette traspariva con chiarezza la delusione per la debolezza di Eva. Oppure la Supermamma se lo stava soltanto immaginando? Non importava. Almeno era riuscita a recuperare il cellulare.

Eva si precipitò verso il pullman, bussò contro una porta e, con suo grande sollievo, la fecero salire.

Sfinita, sprofondò nel sedile. Ce l'aveva fatta. Gli altri viaggiatori, quattro gatti, arricciarono il naso per la scia di cacca di maiale che Eva, senza accorgersene, aveva trascinato con sé a bordo. Poi si affrettò a pulire il display del suo cellulare. La schermata di benvenuto le indicò venti chiamate perse, da parte di tutti i componenti della famiglia. Più tre di Regine. Il primo SMS era di David, che senza giri di parole andava dritto al punto. «Mamma, sai dove sono finiti i miei calzini da tennis?» le scriveva quasi in tono di rimprovero. «Li avevo messi sul pianoforte e ora sono spariti.»

Nello specchietto esterno era riflesso il volto dell'autista. Eva trasalì. Per caso esistevano dei sosia segreti? La catenina d'oro e la camicia di servizio rosa le diedero la netta impressione che quell'uomo fosse la copia spiccicata di Frido. Ed era come se, con un ghigno diabolico, le stesse comunicando che era pronto a riportarla all'ovile.

Il pullman lasciò la piazza del paese. Senza Eva.

«È come con Rosa», disse la Supermamma a Ginette, rimasta come fossilizzata esattamente dov'era prima. «Bisogna sempre far capire bene dov'è il limite. Altrimenti finiscono per divorarti.»

Quindi, Eva consegnò all'albergatrice il suo cellulare: «Se dovesse chiamare qualcuno... purtroppo l'avrò perso. Non m'importa quanto possa sembrare stupido».

Ginette sorrise soddisfatta: «Poi c'è sempre qualche pellegrino che riesce a sorprenderti».

Eva era raggiante. Anche lei aveva stupito sé stessa. Ed era da tempo che non accadeva.

26.

«Per un attimo, ho avuto paura che facessi lo zaino e tagliassi la corda», confessò Caroline a Eva quando la donna prese il suo posto al tavolo della colazione. La Supermamma era entrata nella sala con passo deciso. Come se il suo tentativo di fuga non avesse mai avuto luogo. Non era facile darla a bere allo scaltro avvocato.

«Ho sconfitto il mio cane da porcaio interiore», annunciò Eva, «e anche il porco qui fuori. Cosa sarà mai, a confronto, il paio di chilometri che ci aspetta fino a Lourdes?»

Eva mangiò con il dovuto appetito. Pellegrinare richiedeva molte energie. Così, la donna spezzettò la baguette, la mise in un'enorme tazza, ricoprì il tutto con latte caldo e Ricoré e iniziò a darci dentro con il cucchiaio con espressione beata. La sensazione in bocca era di una tale morbidezza da far pensare subito alla dentiera. Quella specie di zuppa era calda e dolce, e conteneva senz'altro un mare di calorie, che come per magia l'avrebbero portata fino alla tappa successiva.

In cucina, Ginette era china sul diario che Judith le stava mostrando. L'albergatrice scosse la testa decisa. E lo stesso fecero la cuoca e il fornitore di bevande chiamati in causa per un'occhiata veloce. Il bloc-notes passò di mano in mano, la cartina disegnata venne valutata, girata e disapprovata. Anche dagli ospiti dell'ostello Judith non ottenne altro che una perplessa alzata di spalle.

Piano piano, si avvicinò a Caroline.

«Forse hai ragione tu», confessò con un sorriso infelice, «l'importante è che arriviamo a Lourdes.»

Caroline rimise insieme le sue informazioni. «Ho già dato un'occhiata alla tappa di oggi», comunicò alle amiche. Judith annuì a denti stretti. Eva, preoccupata, faceva oscillare lo sguardo dall'una all'altra. Di conflitti fra le amiche del martedì ce n'erano sempre stati. Anzi, forse non era mai successo che fossero tutte d'accordo su qualcosa. La cosa più inquietante, però, era il silenzio. Era come fissare un parabrezza rotto dopo il lancio di un sasso. La rottura era evidente, ma non le sue dimensioni.

Caroline si alzò. Era il momento di mettersi in cammino. Quindi, si girò intorno con sguardo indagatore. Dove diavolo era finita Kiki?

27.

Le gambe scoperte abbronzate, il fisico ben proporzionato, lo sguardo seducente: Kiki non aveva problemi ad andarsene in giro mezza nuda per il giardino, dove aveva appeso i suoi vestiti perché prendessero aria. Non aveva neanche così tanta fretta. E, in fondo, non aveva alcun motivo di averla. Nessun'anima viva si stava interessando a lei, neppure Rosa che, piena come un uovo, giaceva nel fango intorpidita.

«Questa bestiolina indolente ti ha davvero creato problemi?» avrebbe domandato in seguito a Eva dopo aver sentito il suo drammatico racconto. Kiki era fatta così, trovava sempre il lato positivo di ogni situazione. Dopo essersi svegliata, si era avvicinata alla finestra e aveva fatto vagare lo sguardo sui tetti a scandole. Il naso le prudeva per il sole, alla parete vicina al suo letto erano appesi degli schizzi promettenti e Colonia era lontanissima. Cosa pretendeva di più?

Aveva appena recuperato i vestiti stesi in giardino quando due braccia le circondarono la vita da dietro. Spaventata a morte, Kiki si girò di scatto. Di fronte a lei c'era un giovane con i capelli biondi spettinati e gli occhi luccicanti che sprizzavano gioia. Si trattava dello stesso ragazzo che la sera prima aveva cancellato dalla sua memoria virtuale. Max. Pervaso dal suo solito, fastidioso buonumore.

«Non sei contenta?»

Nessuna spiegazione, nessun chiarimento: niente di niente. Soltanto: «Non sei contenta?».

Forse anche la piccola Bernadette, vedendo la Vergine Maria, aveva provato più o meno le stesse sensazioni di Kiki in quel momento. L'apparizione che stava di fronte alla giovane designer, però, era in tutto e per tutto terrena. In un decimo di secondo, Max produsse in lei quello che chilometri e chilometri di marcia, il giorno prima, non erano riusciti a fare: una sensazione di debolezza universale. Le ginocchia molli come un budino, il polso che batteva all'impazzata, la mente completamente vuota. In un attimo, tutto il sangue che rendeva possibile il concepimento dei pensieri era stato risucchiato via dal cervello. All'improvviso, il volto e il collo di Kiki si riempirono di macchie rosse.

«Max», riuscì infine a spiccicare la donna sotto shock, incapace di formulare frasi più complesse. Poi, accorgendosi di essere ancora in mutande, si affrettò a recuperare il suo vestito.

«Hai fatto proprio bene a scappartene via dallo studio. È sempre in un ambiente nuovo che vengono fuori le idee migliori», disse Max.

In quel momento nella mente di Kiki più che trovate geniali c'era solo una marea di banalissime domande. Innanzi tutto: come aveva fatto Max a scoprire dov'era? Non aveva rivelato a nessuno, allo studio, dove avrebbe trascorso le ferie.

«Ma chi ti ha detto... nemmeno noi sapevamo dove avremmo dormito», balbettò la ragazza confusa.

«La figlia della tua amica mette tutto sull'homepage del suo blog. Con tanto di orari.»

Il cellulare di Max iniziò a squillare e lui frugò nella borsa a tracolla. Non era il telefono che stava cercando, ma la stampata del computer che avrebbe spiegato come era riuscito a raggiungere Kiki. Sulla cartina che Frido aveva preparato e messo online sul computer della figlia, il percorso di Eva era segnato nei minimi dettagli. La giovane emise un gemito. Sapeva da un pezzo che Eva aveva difficoltà a separarsi dalla sua famiglia: Kiki, invece, non aveva problemi a lasciarsi tutto alle spalle. Solo Max non lo capiva. «Ti ho detto che è finita.»

Lui, dati alla mano, la corresse. Senza neanche un pizzico di rancore nella voce. «A dir la verità hai scritto un SMS: "Non può funzionare. Mi dispiace. Kiki". Sei misere parole.»

«Non c'era altro da dire», si difese lei.

Max non si scompose, mantenendo un atteggiamento sereno e amichevole alquanto destabilizzante. Lei ne aveva già avuto fin sopra i capelli a Colonia, e neanche nel peggiore degli incubi Kiki avrebbe potuto immaginare che questa situazione le si sarebbe ripresentata in maniera così brusca in Francia.

Paul Simon conosceva *Fifty ways to leave your lover*, cinquanta modi per lasciare un amante. Forse Kiki avrebbe dovuto riflettere un po' di più sulle altre quarantanove alternative prima di decidersi per la soluzione via SMS.

In realtà, lei aveva soltanto cercato di evitare i tipici dialoghi da separazione in cui, con il volto inondato dalle lacrime, ci si fa prendere dalla situazione dicendo cose tipo: «Almeno restiamo amici». E anche le liti violente o la scopata d'addio. Voleva che la storia con Max finisse prima che fosse troppo tardi. Sapeva benissimo che lui non avrebbe gradito il suo SMS. Ma come poteva immaginare che l'avrebbe ignorato di sana pianta?

«Non credo a una sola parola di quello che hai scritto», sorrise lui sfacciato. «Neanche una. Nemmeno a "Kiki". La Kiki che conosco non taglierebbe mai la corda in quel modo.»

La ragazza s'innervosì. Cosa ci faceva lui lì? Perché le era corso dietro? E il suo cellulare, che continuava a squillare imperterrito, la agitava ancora di più.

«Perché diavolo non rispondi?» sbottò.

«È solo mio padre», spiegò Max conciso. «Si agita sempre quando non sa dove sono.»

A ogni frase, scoppiava un'altra bomba.

«Te ne sei andato senza avvertire nessuno?» disse lei cercando di tradurre le mezze frasi di Max in qualcosa di sensato.

Il telefono smise di suonare. Kiki era sempre più nel panico.

«Gli spiegherò tutto quando torno. Se ci avrò capito qualcosa...» promise Max.

Kiki non rispondeva più. Dietro il recinto spuntarono quattro facce incuriosite: le amiche del martedì pronte per una nuova tappa. Caroline stava agitando nell'aria lo zaino della quinta.

Quanti secondi le restavano prima di dover spiegare alle compagne di viaggio la presenza di Max? Cosa poteva dire in sua difesa? Max aveva torto. Lei aveva rimuginato per ore sul suo SMS e intendeva sul serio ognuna di quelle sei parole. Soprattutto il «non può funzionare».

28.

«Ma che diavolo sta facendo Kiki?» domandò Caroline stupita.

Dal giardino le quattro donne stavano osservando l'amica parlare arrabbiata con un ragazzo e fare gesti strani, come a mimare uno stormo in volo. Nessuna traccia dell'atteggiamento rilassato che Caroline le aveva invidiato la sera prima.

«Volete sapere cosa diavolo sta facendo?» ripeté Estelle. «Be'... litiga. Con Max Thalberg.»

La *grande dame* si godette gli occhi spalancati e increduli delle amiche.

Perfino Judith per un attimo dimenticò le sue pene. «Thalberg? Come studio Thalberg?»

«Come il Thalberg per cui lavora Kiki?» rincarò la dose Caroline.

«Ecco a voi l'erede al trono. In persona. Sarà lui a rilevare l'azienda non appena avrà terminato gli studi a Londra.»

Eva fornì un'interpretazione tutta sua della scena: «Probabilmente sono questioni di lavoro. Kiki aveva lasciato qualcosa in sospeso».

«Sì, sì, magari tu credi pure all'Immacolata Concezione», la prese in giro Estelle.

Solo a quel punto, Eva capì. «Vuoi dire che Kiki... ma lui è troppo... quanti anni ha?»

Caroline sintetizzò la faccenda: «Abbastanza grande per avere una carta di credito, abbastanza giovane per crearci un sacco di guai».

La *grande dame* si fece rapire da altri pensieri. Il suo sguardo scrutò il ragazzo con evidenti segni di apprezzamento. «Be', in fondo posso anche capirla. Se avessi qualche anno di meno...»

Il suo pensiero rimase incompiuto. Sapeva che era già sufficiente a scioccare la Supermamma.

«Dài Eva, scherzavo. Non gestisco mica un asilo nido», disse Estelle ridacchiando.

«Basta con le stupidaggini», intervenne Caroline. Stava sventolando il bagaglio di Kiki. Il segnale che erano pronte a partire.

«Il bello dei pellegrinaggi è che si conosce un sacco di gente nuova», disse Kiki mettendosi lo zaino in spalla. Il suo sorriso sembrava falso. Per niente al mondo avrebbe ammesso che il ragazzo al suo fianco era il suo amante che le era penosamente corso dietro. Eppure, si sentì in dovere di fornire una spiegazione.

«Lui è...» iniziò Kiki decisa, per poi fermarsi e voltarsi verso l'ospite a sorpresa nella speranza che lui stesse al gioco: «Com'è che era il tuo nome?».

«Max Thalberg», le venne in aiuto Estelle. «Visto che te lo porti a letto, potresti perlomeno ricordarti come si chiama...»

Kiki restò a bocca aperta. In realtà avrebbe dovuto immaginare che l'amica non conoscesse soltanto il suo capo, ma l'intera famiglia.

«Max al club di golf è una specie di leggenda, da quando ha rubato il tosaerba e alla buca numero sette la sua pallina è finita nello stagno delle anatre», spiegò Estelle.

Il ragazzo fece un ghigno sfrontato. «Ma avevo solo nove anni...»

A irritare Eva, invece, era qualcos'altro: «Se Kiki si porta dietro il suo ragazzo, anch'io avrei potuto invitare Frido», rinfacciò piccata alle amiche.

A quel punto, Kiki mise in chiaro come stavano le cose: «Io non l'ho affatto invitato».

Estelle non lo trovava poi così drammatico: «Le sorprese sono sorprese. Dài Kiki, l'importante è che tu sia felice».

«Be', se proprio volete saperlo non sono neanche felice», ruggì lei incamminandosi con passo deciso, seguita dalle altre.

Per un attimo Max non si mosse, spostando il peso da una gamba all'altra. Poi prese la sua borsa a tracolla e si avviò dietro le donne a debita distanza.

29.

«Il Cammino di Santiago regala al pellegrino incontri eccitanti, paesaggi mozzafiato e un'esperienza spirituale unica», aveva letto Eva nella guida di Caroline. Quel giorno, regalò alle amiche del martedì una passeggiata per la Narbonne medievale, distante diciassette chilometri da Narbonne Plage, il punto di partenza della tappa precedente. La Supermamma invidiava i turisti che, sulle loro case galleggianti, venivano cullati verso una comoda vacanza lungo il Canal de la Robine. Loro sì che avevano tempo per la famosa cattedrale, per gli assolati *cafés* all'aperto, per le rovine romane e per la quotidianità francese. A Eva sarebbe piaciuto un mondo trascorrere le giornate andandosene a spasso per il mercato a curiosare fra le bancarelle con i prodotti locali: tutte quelle verdure, la frutta, le spezie, le carni e i frutti di mare scintillanti. Dopo il disastro della prima tappa, il Cammino di Santiago avrebbe invece riservato alle amiche del martedì un programma intenso e un percorso tutt'altro che scintillante: stavano procedendo verso una strada pianeggiante molto trafficata. Dietro i complessi industriali alla loro sinistra c'era l'A61, l'arteria a quattro corsie che collegava il Mediterraneo all'oceano Atlantico. Che caldo... e che puzza! Era quel genere di strada che solo a guardarla ti scorreva fin dentro le membra prosciugandoti le forze. L'unica felice sembrava Estelle. Su quella specie di pista da corsa asfaltata tutta dritta una valigia con le rotelle appariva come l'unico accessorio adatto a un pellegrinaggio.

Dalle labbra serrate di Judith Eva intuì che probabilmente sul suo diario Arne non aveva mai citato la parola «autostrada». I camion le superavano strombazzando, alzando proprio sulle loro facce una spirale di polvere e gas di scarico. Il proprietario di un chiosco, che per un motivo imperscrutabile si chiamava Le barracuda e secondo l'insegna offriva *salades, frites, panini et grillades*, fischiò loro dietro senza alcun pudore. Gli operai dell'autofficina di fianco sollevarono le visiere dei loro berretti da baseball chiazzati d'olio per osservare meglio la singolare formazione di donne. Con espressioni che variavano dalla curiosità alla derisione. A ogni modo, i volti sogghignanti rivelavano che su quella strada non capitava spesso di incontrare escursionisti con conchiglie di san Giacomo attaccate allo zaino. Al limite avrebbero potuto capire un pellegrinaggio verso Graceland, l'ultima dimora di Elvis. Ma non verso la tomba di un apostolo morto da duemila anni!

Eva poteva immaginarsi che impressione potessero suscitare in un osservatore esterno: cinque donne viziate e benestanti alle prese con un pellegrinaggio perché avevano già fatto e visto ogni altra cosa al mondo. Chissà, forse perfino il frugale arredamento dell'Auberge Sainte-Marie era una scelta consapevole. L'astuta Ginette, la quale sapeva benissimo cosa spingesse le persone a mettersi in cammino, offriva ai suoi ospiti esattamente quello che cercavano: fatica, zero comfort e scomodità. Proprio quel genere di esperienze che erano perfette da raccontare a casa di fronte a un buon bicchiere di vino rosso.

"Tipico dei pellegrinaggi", pensò Eva. Lei, però, non stava seguendo nemmeno il percorso tradizionale, quello in direzione di Santiago de Compostela, dove i viandanti ormai facevano parte del paesaggio. Si stava invece trascinando su un tragitto secondario sconosciuto e mal segnalato. In un certo senso, rispecchiava la sua esistenza: da un bel pezzo, infatti, aveva l'impressione che la sua vita stesse procedendo su una corsia laterale.

Le amiche sembravano non badare alle prese in giro. Estelle era quasi tentata di rilasciare un autografo al malizioso gestore del Barracuda.

Quando finalmente attraversarono un cavalcavia e si lasciarono alle spalle il grigio cemento dell'autostrada per immergersi tra le brulle colline, Eva si sentì sollevata. Dietro di loro scomparvero Narbonne e il fracasso della A61. I piccoli arbusti tipici della macchia mediterranea vennero sostituiti da una folta vegetazione. Sul sentiero, le ombre degli alberi danzavano nella brezza estiva: da una parte cipressi alti e affusolati di un verde intenso, dall'altra fruscianti latifoglie. Per chilometri e chilometri nessun paese, città o osservatore indiscreto. Si vedeva soltanto il monastero benedettino di Fontfroide, dove i religiosi erano stati soppiantati da un ristorante nuovo di zecca. Le amiche del martedì erano sedute quasi da sole sotto un soffitto a volta di stuoia di rafia. Un paio di tavoli più in là stavano pranzando due centauri italiani sfuggiti al tran tran quotidiano in sella alla loro vecchia moto Guzzi. Più che alle verdure fresche che aveva nel piatto, Eva stava facendo caso alla cameriera, che serviva i due ingrigiti Easy Rider con la stessa espressione scocciata con cui si occupava delle cinque pellegrine. Il cibo, però, era fantastico.

Il pasto era iniziato con un'insalata *mesclun* di lattuga, cavoli e petali di fiori, con abbondante olio d'oliva, limone e pane fresco. Poi una bistecca con gratin di patate e, per finire, sorbetto alla fragola. Judith stava spizzicando un'omelette. Solo con estrema fatica le donne resistettero alla tentazione di ordinare una bottiglia di vino per accompagnare il confortevole pasto. Non avevano ancora compiuto nemmeno la metà del percorso previsto per quel giorno. Probabilmente avrebbero trascorso il resto della giornata lì se non fosse stato per il pullman della Spatz, una ditta di Fulda che all'improvviso aveva scaricato nel parcheggio dell'abbazia un esercito di agguerriti pensionati tedeschi. Dal cartello attaccato sotto il parabrezza, le amiche del martedì capirono che i vecchietti stavano partecipando al TOUR OCCITANIA E CATALOGNA, che avrebbe toccato il Sud della Francia, Andorra e la Spagna settentrionale. Andavano parecchio di fretta: tre paesi in nove giorni, si prega di servire i pasti in quindici minuti e le bevande subito. *Zac, zac.*

«A quell'età non si può più sprecare neanche un minuto di tempo», disse Eva giustificando l'impazienza dei pensionati. Non appena si levarono i primi rumorosi lamenti sulla lentezza del servizio, però, le amiche del martedì tagliarono la corda. Verso un posto più silenzioso e in cui non rischiassero di incontrare penosi connazionali.

A ogni passo che compiva, Eva era sempre più rilassata. Nel paesaggio deserto, privo di operai e gestori di chioschi ammiccanti che potessero osservarle nella loro impresa madida di sudore, camminava come liberata. Del resto, senza il pesante zaino, lo era comunque. La Supermamma si riempì d'orgoglio e dopo la pausa pranzo si mise a trottare accanto a Caroline. Alle loro spalle c'era Kiki, il cui volto sembrava dire soltanto una cosa: «Che nessuno provi a rivolgermi la parola!».

30.

Kiki non vide nulla. Né il monastero di Fontfroide, collocato in un pittoresco avvallamento fra le verdeggianti colline; né le meravigliose vetrate che tingevano di una luce multicolore le austere sale; né il chiostro ricoperto di piante con le arcate e le doppie colonne; né il roseto. Fu in sé stessa che la giovane scoprì qualcosa di nuovo: la sensazione del rimorso.

Come era potuto succedere tutto quel casino con Max? Fra loro non era stato nemmeno amore a prima vista. Del resto, quando lei era arrivata allo studio Thalberg lui era ancora un liceale cresciuto tutto d'un colpo, le braccia esili che ciondolavano sul corpo magro e sproporzionato, come se appartenessero a qualcun altro. I modellisti dai quali veniva parcheggiato ogni tanto perché prendesse confidenza con i concetti base dell'azienda lo consideravano un caso senza speranza. Per Max lavorare con le mani significava al massimo annotarsi sui palmi qualche dritta per il prossimo compito in classe.

Kiki era quasi caduta dalla sedia quando il suo capo, qualche settimana prima, le aveva comunicato che il ragazzo avrebbe trascorso le vacanze estive dell'università nel suo reparto. Nel campo del design la crisi finanziaria aveva colpito duro: in numerose aziende i fatturati erano crollati, diversi compratori italiani erano falliti, molte fidate riviste di design, che avevano sempre elogiato i loro prodotti, avevano chiuso i battenti. In un periodo in cui i dipendenti fissi venivano rimpiazzati da stagisti a costo zero dover inserire il figlio del capo, nonché suo futuro successore, nel proprio reparto non era affatto un buon segno.

Kiki aveva cercato di immaginarsi che tipo sarebbe stato Max. Aveva visto arrivare – e, nella maggior parte dei casi, andare di nuovo via – innumerevoli praticanti. C'erano i timidi, sempre muti come mosche per timore reverenziale; i lecchini, disposti a fare qualunque cosa, a patto che fosse il capo in persona a dirglielo; e gli ambiziosi, il cui ego smisurato non giovava alle loro capacità relazionali. Poi c'erano quelli bravi, che con i loro progetti freschi, innovativi e intriganti potevano diventare un pericolo per lei. In quale categoria sarebbe rientrato Max?

A prima vista, lui le era sembrato uno dei timidi. Nelle prime riunioni la sua presenza era passata quasi inosservata, tanto era abbottonato. Questo, prima del brainstorming per il restyling di un famoso hotel vicino alla stazione.

Thalberg aveva insistito perché tutti i dipendenti tirassero fuori qualcosa. Così Kiki e il suo team si erano messi a lavorare. I colleghi si stavano rompendo la testa sul target e sulle fasce d'età di riferimento, sulle analisi del marketing e sulle ultime ricerche riguardanti gli effetti dei colori e i trend del settore alberghiero. Un altro designer si stava arrovellando su come distruggere la vecchia hall, simile a un peluche, per arredarla con progetti chiari e rettilinei, quando nello studio risuonò una strana musica.

Max si era alzato e aveva fatto partire un CD. «Prima di mettere tutto a ferro e fuoco, bisogna sviluppare delle sensazioni rispetto agli spazi», aveva detto quasi scusandosi, ma in tono deciso.

Invece di essere invaso da sterili teorie, lo studio si era riempito di una melodia malinconica. Sullo sfondo un contrabbasso e in primo piano note di pianoforte che saltellavano leggere come piume. Un collega si era messo a picchiettare sull'orologio, mentre gli stagisti si prendevano a spintoni ridacchiando dietro le scrivanie. Se Max non fosse stato il figlio del capo, tutti avrebbero avuto una chiara opinione su quella specie di perdita di tempo e l'avrebbero espressa all'istante. Kiki, invece, era sprofondata nella musica. La canzone le aveva fatto venire in mente un pavimento bagnato e una notte solitaria. Una donna che dopo una serata di balli sfrenati scivolava a piedi nudi nella hall dell'hotel con i suoi tacchi a spillo in mano e ordinava un ultimo drink al bar. La melodia era malinconica, eppure incredibilmente serena.

Sbalordita, Kiki aveva sollevato la testa dalla sua pila di carte. Per quattordici lunghi giorni aveva lavorato fianco a fianco con Max, in pratica senza mai notarlo. Soltanto in quel momento si era accorta che lo sproporzionato ragazzo di un tempo era diventato un uomo di bell'aspetto, vestito in maniera un po' trasandata come a voler sottolineare che non aveva nulla a che spartire con i soldi dei nonni e le costose camicie su misura del padre. Dal suo portamento si capiva che da tempo aveva messo da parte il violoncello impostogli dalla madre per dedicarsi allo sport. Ma la sensibilità musicale non l'aveva persa.

Kiki aveva capito subito cosa volesse esprimere Max con quella melodia. La canzone descriveva benissimo l'atmosfera un po' all'antica che rendeva l'hotel unico. Era davvero necessario spazzarla via? In pratica, quel brano era un'arringa senza parole a favore di un restyling basato sul fascino antiquato e misterioso che la struttura già emanava.

«Che canzone era?» aveva domandato Kiki dopo che le note conclusive si erano spente nella stanza e l'ultimo stagista era tornato al suo computer.

«Jazz svedese», spiegò Max. «Un ricordo dell'estate.»

Kiki non aveva avuto bisogno di ulteriori spiegazioni: era come se in quel brano si materializzassero gli infelici amori estivi. Anche lei avrebbe potuto intonare un pezzo in proposito. Per esempio un brano dei Les Poppys.

Quando, quella stessa sera, aveva cercato su YouTube «Jan Johansson: *Visa Från Ytanmyra*» e riascoltato la canzone, aveva capito perché la donna della hall avvolta dalle tenebre fosse così felice: probabilmente al party appena lasciato aveva incontrato la sua anima gemella.

Quei ricordi riportarono il sorriso sul volto della taciturna Kiki, fino a quando non si accorse che Caroline, camminandole accanto, la stava osservando. In silenzio. Kiki, però, si sentì costretta a fornire una spiegazione: «Sì, quando è iniziato tutto sapevo quanti anni aveva. Sì, lo so, i problemi non si risolvono da soli. Avevi ragione tu», sputò fuori la ragazza il più velocemente possibile.

«Kiki, guarda che nessuno ti sta rimproverando niente», rispose Caroline, stupita dall'impetuosa reazione dell'amica.

Non ce n'era bisogno. Kiki si rimproverava da sola. Alcune persone credevano che la vita privata e quella professionale potessero essere separate in maniera netta. Era una cosa che lei non aveva mai capito: come si poteva lavorare con qualcuno senza che nascessero dei sentimenti? Progettare qualcosa significava trasformare sentimenti in oggetti tangibili.

Mentre i suoi colleghi avevano insistito con la loro idea di mettere tutto a ferro e fuoco e si erano dati da fare per concretizzarla, Kiki e Max avevano lavorato a una controproposta. Le discussioni su spessori e trasparenze, colori accesi e più naturali, materiali e sensazioni si erano smorzate in una schermaglia rilassata. Le prese in giro erano diventate complimenti inaspettati, le occhiate rubate al di sopra delle tazze da caffè sguardi più lunghi e contatti apparentemente casuali. Kiki sentiva ancora il profumo del suo aftershave che copriva la puzza della stanza delle fotocopie quando, finalmente, il plotter aveva sputato fuori il risultato del loro lavoro. Nel momento in cui si erano chinati sulla presentazione ormai ultimata, le loro teste si erano toccate.

Ci erano volute tre settimane prima che Thalberg si esprimesse. Nessun apprezzamento, nessun commento. Soltanto un messaggio fra le righe che le aveva fatto intendere che da quel giorno le avrebbero affidato compiti più impegnativi. Così le era arrivata l'e-mail con l'invito a presentare un progetto per la linea di vasi dell'Ikea.

Max e Kiki avevano festeggiato il successo in grande stile nel bar del «loro» hotel, dove un pianista aveva creato il sottofondo adeguato per conversazioni maliziose. Al momento di salutarla, lui l'aveva baciata sulle labbra. E, un secondo dopo, l'aveva scongiurata di perdonarlo. «Non devi scusarti», aveva risposto Kiki. Quello era stato l'inizio. L'inizio della fine. E l'origine di tutti i problemi che l'avevano seguita fino in Francia. Non solo in senso figurato.

«E meno male che i pellegrinaggi dovevano far volare via ogni preoccupazione», si lamentò Kiki. Si era girata, e aveva constatato che Max era ancora lì, e camminava dietro di loro. Non sapeva se ridere o piangere. Il freno di emergenza che aveva tirato dopo sei settimane di relazione clandestina non aveva funzionato.

31.

«Nella tua vita sembra tutto così facile», disse Kiki a Caroline in tono di ammirazione. «Hai una carriera, due figli meravigliosi e un matrimonio che funziona.»

Caroline si girò. In realtà sul tema Philipp avrebbe avuto qualcosa da dire. Eccome.

«Il dottor Seitz è partito per un corso di aggiornamento dell'Associazione dei medici generici», le aveva comunicato l'assistente quando Caroline aveva chiamato quella mattina.

«Scusi, come ha detto?»

«Signora Seitz, il corso si svolge sempre intorno al 15 giugno. Da più di dieci anni...» aveva aggiunto la donna con un malcelato tono di rimprovero. «Le manda i suoi saluti. Ha detto che la chiamerà appena torna.»

Quindi Philipp, il giorno prima, aveva telefonato alla sua assistente e non alla propria moglie? Probabilmente era perché si trattava di una telefonata locale. Philipp soffriva di un'acuta fobia per le tariffe delle compagnie telefoniche. Da quando, sette anni prima, durante una vacanza in Italia era stato bombardato di telefonate da una paziente alquanto molesta pagando centinaia di euro, era fermamente convinto che le chiamate all'estero con il cellulare fossero un salasso, e le compagnie telefoniche associazioni a delinquere da boicottare sempre e comunque. Il fatto che, nel frattempo, quel tipo di tariffe fosse calato non lo aveva neanche sfiorato: continuava a usare il cellulare solo in casi di estrema necessità. In pratica, mai.

«Caroline è fortunata ad avere il marito che ha. Philipp è

sempre stato autonomo, non come Frido», convenne Eva. Aveva il fiatone e camminare le risultava sempre più difficile.

Le amiche avevano ragione: Philipp cucinava, Philipp faceva la spesa, Philipp sapeva dov'era l'aspirapolvere e come si usava. Portava le sue camicie in lavanderia e, già che c'era, acchiappava anche i completi di Caroline. Solo le telefonate non erano il suo forte.

Sua moglie, però, in quel momento era arrabbiata nera per la storia del corso e per il commento dell'assistente. Non riusciva a darsi tregua. Magari lui gliel'aveva detto, e lei se n'era dimenticata. O le era sfuggito perché aveva la testa ancora in tribunale e le gambe già al pellegrinaggio. Forse ormai il marito la considerava una cosa così scontata che non aveva ritenuto necessario parlarne. Tanto anche lei era via.

Caroline lasciò evaporare nell'aria i complimenti di Eva e Kiki. Invece di parlare del suo matrimonio e della fobia telefonica di Philipp, decise di cambiare argomento: «Ma cosa ha combinato Max? Perché sei tanto arrabbiata con lui?».

«Voleva presentarmi ai suoi genitori. Alla partita di golf domenicale», spiegò Kiki in tono drammatico.

Caroline scoppiò a ridere: «Be', direi che è un motivo più che valido per lasciarlo!».

«Non c'è nulla da rendere ufficiale. Figuriamoci, poi, con suo padre. È stata solo una tresca, uno stupido errore.»

«Max sembra vederla diversamente», commentò Eva, che si era appena girata. Kiki e Caroline seguirono il suo sguardo. Il ragazzo aveva recuperato terreno e camminava accanto a Judith, che gli stava facendo vedere la foto di Arne. La donna raccontava, gesticolava e rideva. Era da un bel po' che non appariva così tranquilla.

«Ma che diavolo sta facendo Max?» domandò Kiki irritata.

«Quello che noi abbiamo cercato di fare, invano, per mesi: sta rasserenando Judith», riconobbe Caroline.

In effetti, dalle retrovie, arrivavano sonore risate.

«Ma non può riuscirci», obiettò Kiki.

«Judith invece sembra felice di avere qualcuno con cui parlare di Arne e che non faccia domande sul diario», ribatté Eva.

La Supermamma avrebbe fatto meglio a non parlare. Subito dopo, infatti, perse il ritmo e si sentì mancare il fiato. Caroline la squadrò con occhio critico.

«Tutto bene, ora mi riprendo», la rassicurò Eva ansimando. Chiederle un pellegrinaggio multitasking era troppo. Poteva fare una cosa sola: o camminare o parlare.

«Max sembra un bel tipo», affermò Caroline.

«Ma ha ventitré anni», la interruppe Kiki. «Quando lui è nato, io avevo tredici anni e avevo già ricevuto il mio primo bacio con la lingua. Da Robert. Il bacio più ripugnante di tutta la mia vita. Ci ho messo un intero weekend per riprendermi da quell'incontro così "umidiccio". Capisci? Mentre io ero alle prese con il mio primo dramma amoroso, Max ancora strillava per avere il ciuccio.»

Eva si limitò a ridere.

«Ma Kiki, che importanza ha, oggi come oggi, la differenza d'età?» osservò Caroline scuotendo la testa.

La risposta della designer partì come sparata da una pistola: «Ha importanza! Per me ha importanza eccome! In questo sono un tipo all'antica».

Anche senza parlare, Eva non riusciva più a tenere il ritmo delle amiche. Dopo Fontfroide, ora il gruppo stava affrontando la lunga salita del Mont Grand. I centoquarantacinque metri di dislivello per Eva si stavano facendo sentire. Rallentò. Le rimase soltanto la forza di cercare di considerare quella fatica una cosa che aveva davvero voluto.

«Vado a dare un'occhiata a cosa combinano gli altri», mentì.

32.

Eva rimase indietro, mentre Caroline e Kiki proseguirono con lo stesso ritmo continuando a parlare. Per un momento la Supermamma si ritrovò all'altezza di Judith e Max e riuscì a cogliere qualche brandello della loro conversazione.

«Io e Arne ci siamo incontrati in una libreria specializzata in filosofia esoterica», raccontò Judith. «Non mi scollava gli occhi di dosso. Poi, con un libro in mano, si è avvicinato e mi ha detto: "Forse questo potrebbe piacerle". E aveva ragione.»

Quando Eva notò quanto suonasse felice la voce di Judith, si sentì in colpa. Tutto a un tratto capì che Max stava riuscendo in qualcosa che loro non erano più state in grado di fare: ascoltarla con attenzione quando raccontava del marito. Forse, in maniera subliminale, le amiche si aspettavano che dopo così tanti mesi lei si decidesse a cambiare argomento. Max, invece, era diverso. Non aveva nessuna opinione: né su Arne, né sulla durata adeguata del periodo di lutto, né sul diario.

«E fin dal primo momento ha capito che era quello giusto?» domandò il ragazzo.

Judith era diventata così emotiva riguardo a quella storia che, spontaneamente, aveva accolto Max nel suo cuore. «Perché non ci diamo del tu? Io sono Judith.»

«Max», si presentò lui.

Il suo sguardo volò in direzione di Eva, che arrancava più o meno alla loro stessa altezza. Parlare le era impossibile, al limite poteva alzare un braccio. Sebbene fosse stato introdotto ai segreti delle amiche del martedì da poco meno di un'ora, il ragazzo già sapeva chi era.

«E lei è Eva, giusto?»

La donna annuì. Provò a immaginare cosa potessero aver raccontato sul suo conto Kiki e le altre. Cosa si poteva dire? Non lo sapeva nemmeno lei: con quattro figli in cinque anni e mezzo, tra parti, bilance e lavatrici aveva smarrito sé stessa. Eva restò ancora più indietro. Non riusciva a tenere nemmeno il ritmo di Judith e Max.

«Scusate, dovrei andare un attimo da...» Da chi doveva andare? Stupidamente, le venne in mente solo un infantile «dalla mia piccola tigre del Bengala». Un altro di quei modi di dire di Frido jr di cui la Supermamma avrebbe dovuto spiegare l'origine. In realtà, quello era stato l'unico caso in cui aveva fallito. Tigre del Bengala era il soprannome di un carro armato della Wehrmacht della seconda guerra mondiale. Eva non aveva la più pallida idea di cosa potesse c'entrare la politica espansionistica di Hitler con un bisogno impellente. La teoria di David che entrambe le cose fossero una merda le sembrava un po' troppo ardita.

«Dovrei andare un attimo dalla mia piccola tigre del Bengala»: era l'espressione più idiota che Eva avesse mai sentito e non esprimeva neanche lontanamente quello che aveva dentro in quel momento.

"Scusate, dovrei un attimo stramazzare al suolo": ecco quale sarebbe stata la cosa giusta da dire.

Da dietro si avvicinava l'acuto sferragliare della valigia di Estelle, che di lì a poco la superò spedita.

«Eva, mi dispiace, ma se rallento perdo il mio ritmo perfetto.»

In un attimo la *grande dame* era già lontana. La Supermamma era scivolata di nuovo in ultima posizione. Un posto che nei giorni a venire non avrebbe più perso.

33.

Così per Eva passarono giorni e chilometri. La strada scorreva attraverso monotone e infinite foreste di pini, che ormai la donna conosceva a menadito, o circondata da distese di ulivi e vigneti. Caroline, che come al solito era sempre fastidiosamente ben preparata, snocciolava una dopo l'altra le varie attrazioni della regione: chiese con affreschi antichi e monasteri ormai abitati soltanto da filippini. Le numerose rovine fornivano a Caroline il gradito pretesto per raccontare dei catari, la comunità religiosa che ottocento anni prima, in quelle zone, aveva coltivato in segreto la sua dottrina fino a quando il papa non aveva dato ordine di annientarla in quanto eretica. Eva scorse i secoli in rapida successione. Mentre l'amica avvocato continuava a parlare dello sterminio dei poveri catari, privati dei loro titoli nobiliari e dei loro castelli, e dell'intensificazione della viticultura, lei combatteva con sé stessa.

Il suo spirito era pronto, ma la carne debole. A ogni giorno di pellegrinaggio che passava cresceva in lei la consapevolezza di non esser tagliata per quella forma di espiazione. Correre da un posto all'altro, disfare lo zaino, rifarlo; nel mezzo, una notte in un *gîte*, un *hôtel* o un *auberge*. Stanze più o meno belle, la cena, un bicchiere di vino, la colazione, e poi di nuovo pronti a scattare. Quando, il terzo giorno, arrivarono nel pittoresco centro di Lagrasse, che sembrava rimasto fermo al XIV secolo, anche Eva si sentì una specie di paese medievale. Un paese raso al suolo. Non riuscì a fare nemmeno un giro al mercato che, come ogni sabato, si teneva per le vie locali. Del tratto in pullman e poi in taxi fino a Carcassonne, e quindi alla volta di Fanjeaux, che le cinque donne, più Max, si concessero per riprendere fiato, non recepì quasi nulla, e lo stesso accadde il giorno successivo a Mirepoix. Stremata, era rimasta incollata alla sedia sotto le arcate di legno di un bar a bere una Perrier Citron, mentre le amiche giravano per la piazza quadrata, la chiesa e i negozi negli edifici a graticcio a due piani e Max si rilassava su un prato. Dalle case decorate, donne stupende e bestie orribili sembravano guardarla con disprezzo. Come poteva godersi un solo momento, se un attimo dopo bisognava ripartire per rimettersi in marcia?

Camminare, camminare, camminare. La strada, le amiche e i loro problemi scomparivano nello stato crepuscolare del continuo sforzo fisico. La vera sfida, però, per Eva sarebbe arrivata dopo le dolci colline delle prime tappe e un confortevole viaggio di due ore e mezzo da Mirepoix a Saint-Girons: i Pirenei. Certo, soltanto i primi contrafforti, ma era già abbastanza. Con passo pesante, si trascinò in cima al Col de Portet d'Aspet, una vetta che aveva messo a dura prova i nervi di molti corridori del Tour de France ed era costata la vita a un ciclista italiano. Era soltanto il sesto giorno. Mancavano ancora centocinquanta chilometri.

All'improvviso, a Eva venne in mente una filastrocca per bambini: «E uno e due e tre, un cappello un bastone e un re; avanti, indietro, sinistra e destra, una stella una casa e una finestra. E uno e due e tre...».

Un tempo con quei versi insensati aveva spronato David e Lene quando le loro gambette non volevano più saperne di muoversi. In seguito, quando erano nati Frido jr e Anna, Eva aveva smesso di pescare nella cesta dei persuasivi trucchetti materni. Con quattro figli, non poteva permettersi di motivare ognuno di loro singolarmente. A volte, sopraffatta dal mare di richieste dei ragazzi, perdeva la pazienza. Era stufa. «E uno, e due, e tre.»

Nel luccichio del rigoglioso paesaggio collinare, il sentiero ondeggiava e il sole cuoceva i suoi tessuti muscolari. Eva frugò nello zaino in cerca della borraccia. Niente acqua. Non le era rimasta una sola goccia d'acqua. Non ce la faceva più. Lei non era forte come le amiche, le quali, neanche a dirlo, la stavano aspettando al bivio. Non le restava che ricorrere all'ultima spiaggia del pellegrino, ovvero congiungere le mani e levare una giaculatoria al cielo.

«Ti prego, san Giacomo, aiutami tu! Aiuta la povera anima di una pellegrina!» implorò la Supermamma mettendoci più pathos che poteva.

Ovviamente, non accadde nulla. Dopo un altro paio di metri, la donna si lasciò cadere sull'arido terreno sabbioso. In ginocchio. Non ce la faceva proprio più. Forse con l'apostolo bisognava usare un altro tono. Sempre più disperata, ripeté la sua richiesta: «*Cher saint Jacques*, fa' qualcosa, sbrigati. *Beam me up*, teletrasportami!».

Anche stavolta, nessun risultato.

Eva decise di tirare fuori il pollice. Era un tentativo disperato. In quella landa desolata, infatti, mentre camminavano non era passata una sola automobile. Intorno a lei c'erano solo immensità e solitudine. Da qualche parte un cane stava abbaiando. Una formica le camminava su una mano, ma lei era troppo debole per opporre qualsiasi resistenza. Si tolse lo zaino e cadde su un fianco.

Era arrivata al capolinea del suo pellegrinaggio. Giaceva a terra immobile come se avesse raggiunto la sua ultima destinazione. Gli uccelli le trillavano sulla testa. Se il loro cinguettio fosse diventato più rumoroso, presto sarebbe arrivato ai rapaci, pronti a colpire una facile preda. Da un momento all'altro, Eva si aspettava di veder comparire all'orizzonte, silenziosa, un'aquila. Invece, percepì il roco borbottio di un motore in avvicinamento. I freni stridettero e la donna sollevò la testa a fatica.

Dopo che la nuvola di polvere si fu posata, nel fulgore della luce apparve un veicolo a tre ruote color rosso fuoco. Sul pianale tintinnavano alcune bottigliette di Orangina, e i pomodori e la frutta locale erano rotolati a causa della brusca frenata. Una cesta piena di baguette si capovolse. Cosa diavolo era? Una visione? Una fata morgana che portava alla follia i viandanti? La porta del passeggero, cigolando, si aprì. Come al rallentatore.

Il tutto ricordò a Eva la scena di un western che i suoi figli più grandi adoravano. Era l'attimo prima dello *show down* finale. Il vento sollevava sabbia e pagliuzze di fieno nella polverosa piazza del paese. I duellanti si tenevano ben nascosti. La musica faceva drizzare i capelli. Stava per succedere qualcosa. La tensione si respirava nell'aria.

Quello, però, non era un western ed Eva non avrebbe fatto male a una mosca. Senza sprecare altri pensieri, si alzò, chiamò a raccolta le sue malridotte membra e si trascinò fino all'Ape. Sul sedile del guidatore c'era un tizio muscoloso con gli occhiali da sole a specchio e la barba di almeno cinque giorni. Sebbene il suo mezzo non andasse oltre i quaranta all'ora, aveva il fascino di un temerario Easy Rider. A prima vista non è che ispirasse una gran fiducia. A Colonia, quello sarebbe stato il momento giusto per darsela a gambe urlando. L'uomo le tese la mano e si presentò senza troppi convenevoli: «Jacques».

Eva si illuminò. «Lo so.»

Senza esitare, la Supermamma sistemò lo zaino all'interno della traballante Ape. L'incredibile naturalezza con cui la donna salì a bordo e prese posto accanto a lui colse di sorpresa Jacques, che esplose in una sonora risata e si tolse gli occhiali da sole. Emerse un volto amichevole, segnato dal sole, con innumerevoli rughe. Per quanto rideva, fu costretto ad asciugarsi le lacrime. Proseguendo a ridere, le disse: «Miracoli non ne posso fare. Però posso portarla al nostro hotel».

Eva annuì. Non aspettava altro. Si sporse fuori dal finestrino, alzò gli occhi al cielo e disse un'unica parola: «Grazie».

34.

Se Eva pregava, Estelle imprecava. "Questo stupido aggeggio..." inveì tra sé e sé. La *grande dame* stava litigando con la sua valigia. Non erano nemmeno a metà percorso e lei ne aveva già abbastanza di quel fastidioso dondolio. Yves aveva pensato proprio a tutto. Peso contenuto, rotelle mobili e adatte a tutti i terreni, morbide e di diametro consistente, come quelle dei Rollerblade. Sulla parte posteriore erano stati nascosti gancetti per lo zaino. Estelle era fermamente convinta di non avere più l'età per girare il mondo con lo zaino in spalla. A essere sinceri, quell'età non l'aveva mai avuta. All'epoca in cui i suoi compagni di studi andavano alla ricerca della pace interiore dai guru indù, lei già puntava sui letti belli e pronti. Sia a casa, sia in vacanza. Non aveva mai capito perché a Kiki piacessero tanto i viaggi senza soldi, senza organizzazione e senza itinerario. Ogni anno, da paesi lontani, l'amica riportava indietro qualche bel souvenir. Matthieu se l'era squagliata da solo; il resto del ricordini, perlopiù di natura materiale, scompariva nei suoi frequenti traslochi. Un set di bicchieri, che si era portata dietro dal Messico, aveva vissuto il proprio momento di gloria la sera in cui una moglie gelosa era andata a stanare Kiki a casa sua per parlarle. Quando la ragazza aveva dichiarato di non avere la più pallida idea che la sua nuova fiamma fosse sposata, nemmeno la polizia le aveva creduto.

Per l'ennesima volta, a Estelle sfuggì la presa sul manico estraibile, che finì per terra con un sonoro schiocco. Le rotelle erano rimaste di nuovo incastrate. La donna si chinò, raccolse il manico e si sforzò di rimettere in piedi la valigia prendendola per la forcella. Le faceva male la spalla e le vesciche sulle mani stavano diventando sempre più grandi. Tutti quei chilometri ininterrotti di pendenza avevano trasformato il trolley in piombo. Caroline aveva dei cerotti nello zaino, ma era qualche metro più avanti. La *grande dame* decise di fermarsi e sedersi su una pietra. E meno male che quelle stramaledette rotelle mobili avrebbero dovuto «rendere il trasporto un piacere»! In realtà, era una tortura. Irritata, cambiò la mano, quando il gracchiare di un clacson la costrinse a spostarsi sul ciglio della strada. Alle sue spalle si stava avvicinando una specie di mini pick-up arrugginito. Uno dei tanti che circolavano nella zona. Questo, però, di particolare aveva la testa di Eva che spuntava dal finestrino. L'amica che, da quando aveva incontrato Frido, non aveva avuto occhi per nessun altro uomo, era seduta all'interno di un minuscolo abitacolo quasi incollata a uno sconosciuto ed era radiosa, come se avesse appena incontrato la Vergine Maria. Cosa diavolo aveva in mente?

«Non vale, è un comportamento scorretto», si lamentò Estelle.

L'Ape, però, stava già crepitando verso Judith, che restò altrettanto delusa dal fatto che la Supermamma avesse osato abbandonare il gruppo.

«Così non otterrai mai nulla dal pellegrinaggio», le gridò dietro in tono di rimprovero. Il buonumore di Eva rimase inalterato. In fondo aveva pensato anche alle amiche: «Ho già provveduto a un posto dove dormire. Anche per Max».

Il giovane Thalberg era ormai diventato un membro fisso del gruppo. In un modo tutto suo. Non era da lui giocare in prima linea. Non si immischiava, si manteneva a distanza, a volte per un paio d'ore diventava quasi invisibile. Ma al più tardi quando c'era da salire su un pullman, ricompariva. Rimase a fianco delle amiche del martedì. E quando Eva lo superò con l'Ape spingendolo a lato della strada, lui la salutò ridendo.

«Jacques ha un alloggio per noi», disse quindi passando accanto a Caroline e Kiki. «Ci vediamo lì.»

L'Ape si allontanò, la nuvola di polvere si dissolse, il rumore del motore si spense. Restarono solo il sentiero e le donne che marciavano. Pietra dopo pietra. Passo dopo passo. Metro dopo metro. Nel silenzio raccolto uno schiocco metallico, e poi le imprecazioni di Estelle. Nessuno si girava. I rumori che accompagnavano il loro cammino ormai erano diventati familiari e inscindibili. Come il fulmine e il tuono.

35.

Il piccolo veicolo a tre ruote avanzò dondolando con tutta calma sul sentiero accidentato. Jacques raccontava: dell'allevamento di ovini che la sua famiglia gestiva da quattordici generazioni, delle orme di orso rinvenute il giorno prima, delle pecore squartate e delle accese discussioni. Nella zona non esistevano più associazioni contrarie alla salvaguardia degli orsi, eppure di recente uno degli ultimi esemplari con cui era stata ripopolata la regione era stato ucciso a colpi di fucile da un cacciatore impazzito.

Jacques avrebbe potuto far ingoiare a Eva qualunque rospo, o perfino un orso (tanto per restare in tema): lei, però, ascoltava solo la metà di quello che lui le stava raccontando con tanti fronzoli. Allo sfinimento era subentrata l'improvvisa consapevolezza della precaria situazione in cui si era messa. Si era separata dalle amiche e si era fatta rapire da un selvaggio sconosciuto di cui conosceva a malapena il nome. Non aveva la più pallida idea di dove la stesse portando, né di cosa le sarebbe successo. Senza rifletterci neanche per un momento si era messa nelle mani di un estraneo come una teenager affamata di avventure. Era una sensazione grandiosa.

Mentre fuori erano in agguato orsi immigrati dalla Slovenia e cacciatori con qualche rotella fuori posto, lei era al sicuro. Incuriosita, osservava l'uomo alla guida. Non era più così giovane, ma neppure vecchio, proprio come lei. La vita gli aveva lasciato sul volto innumerevoli segni. I segni delle tempeste e delle avversità che l'uomo aveva fronteggiato.

Dal contatto con la sua coscia, Eva sentiva il calore che lui emanava. Ci mancava poco che gli appoggiasse la testa sulla spalla. Prima che la donna potesse compiere quel gesto temerario, però, l'Ape frenò con un roco cigolio davanti a un'imponente costruzione di pietra grigia con il fascino di una vecchia azienda agricola. I tre piani dell'Auberge de la Paix erano stati costruiti a ridosso della rocciosa collina e si affacciavano su un piccolo uliveto. Le chiome sporgenti degli alberi, le cui radici affondavano nell'arido terreno pietroso, testimoniavano una tradizione centenaria e anni di duro lavoro. All'ingresso campeggiava l'immagine smunta di una colomba con un ramoscello di ulivo nel becco.

«Prima qui venivano spezzettate, macinate e spremute le olive», spiegò Jacques. «Quando i miei genitori hanno comprato l'appezzamento, negli anni Sessanta, il frantoio ormai era in rovina. Il loro sogno era creare un punto d'incontro per i giovani di tutto il mondo. È da lì che viene il nome patetico. E i dormitori...»

Un ostello? Con dormitori? Per la comunione dei popoli? Per carità di Dio. Perché non si era informata meglio su dove avrebbe portato le sue compagne di viaggio? Avevano già alle spalle un paio di notti scomode e si meritavano qualcosa di meglio di un alloggio pensato per un target giovanile. Il fatto che lì si potesse fare festa tutta la notte senza che nessun vicino battesse ciglio alle amiche del martedì non sarebbe piaciuto, neanche un po'.

Eva si guardò intorno con occhio critico: in giardino c'erano panni stesi ad asciugare e una gabbietta per uccelli vuota che penzolava da una trave; le panche e i tavoli di legno erano infestati dalle tarme e i ragni continuavano a tessere la loro tela indisturbati. Perché avrebbe dovuto cercare un'altra sistemazione? A lei il frantoio di Jacques piaceva da morire.

Mentre scaricava le provviste, l'uomo esortò Eva ad accomodarsi su una delle sedie di paglia sotto il platano che sembravano messe lì apposta per oziare. «Rilassa la schiena, non fare nulla e goditi la vita», furono le istruzioni di Jacques.

Eva ubbidì e si gustò quella pace. Era il momento che bramava da una vita. Quanto tempo era passato dall'ultima volta che aveva avuto un attimo per stare da sola con sé stessa? Non doveva camminare, non doveva preoccuparsi per nessuno, non doveva fare la spesa. Dalle sue telefonate quotidiane risultava che a Colonia la routine familiare stava procedendo senza intoppi. Frido ce la stava mettendo tutta: ormai aveva lasciato perdere il perfezionismo di Eva. La tavola della colazione, stando ai racconti di David, la sera era tale e quale a come l'aveva lasciata al mattino. L'ambizioso piano alimentare della Supermamma era stato soppiantato dal ben più rapido Pizzaservice a domicilio.

«È già tanto se la mattina riesco a portare i bambini a scuola in orario e io ad arrivare al lavoro puntuale», aveva confessato il marito. «Ho fatto tardi persino alla riunione del CDA. E indovina cos'è successo? Nulla. Il mondo non è crollato.»

Eva si era messa a ridere al telefono. Si era immaginata Frido nel suo impeccabile completo a tre pezzi Oggi-ho-la-riunione-del-CDA, le scarpe cucite a mano tirate a lucido, che si affannava per la cucina con l'obiettivo di portare a termine il tour de force mattutino nei tempi stabiliti. Probabilmente in ufficio aveva preparato una tabella Excel per ottimizzare le varie fasi. E, ogni mattina, falliva per la sveglia che non suonava, il latte che traboccava dal pentolino o le trecce di Anna.

«Lene dice che sembro una Pippi Calzelunghe che ha appena messo le dita nella presa della corrente», aveva raccontato Anna. «Però papi oggi ha fatto meglio di ieri.» Nonostante i problemi di acconciatura, la bambina sembrava divertita. «È bello che papà abbia più tempo per noi», disse alla madre.

Eva si congratulò con sé stessa per aver dato al marito una chance per dimostrare il suo valore come intrecciatore di capelli e cacciatore di lupi mannari. Forse, occupandosi sempre di tutto, privava addirittura Frido e i bambini di qualcosa. In quel momento a Colonia stavano succedendo cose dell'altro mondo, eppure del tutto normali. Niente per cui valesse la pena di preoccuparsi.

Eva si raggomitolò nella sedia di paglia, chiuse gli occhi e assaporò la pace divina che piano piano si stava diffondendo in lei. Da una finestra rotta alle sue spalle, rattoppata con una lamina di alluminio, arrivavano rumori di cucina: ante che venivano aperte e chiuse, stoviglie che sbattevano, un coltello che picchiava energico su un tagliere di legno, grasso che sfrigolava. Dall'interno sgorgava un'allettante nuvola di odori, in cui aglio, timo e alloro si mischiavano all'olio d'oliva. Quelle cose la interessavano più di qualsiasi momento di ozio. Stare seduti, tacere, meditare e far perdere tempo all'Altissimo? Non era roba per lei.

Incuriosita, la donna entrò in casa. Un corridoio incredibilmente alto con massicce travi scure e un lucido pavimento di terracotta rossa la condussero verso la cucina. Sulla parete di pietra imbiancata era appesa una serie di strumenti a testimonianza dell'originaria funzione dell'edificio.

Foto ingiallite raccontavano la movimentata storia del frantoio e dei suoi gestori. Se nel periodo di passaggio fra il XIX e il XX secolo davanti alla casa avevano posato lavoratori con lo sguardo serio e provato dalla fatica, poi era stata la volta dei soldati in uniforme durante la seconda guerra mondiale. Gli scatti in bianco e nero erano armoniosamente posizionati accanto a immagini a colori del dopoguerra e a lucidi ritratti più recenti. Le famiglie delle foto – senz'altro gli ex proprietari – con il passare dei decenni si erano ridotte sempre di più, fino a quando, negli anni Sessanta, non erano state soppiantate da una colorata comunità hippie. Un ragazzo nudo con i capelli arruffati faceva un'impertinente linguaccia al fotografo. Accanto, una coppia davanti a un variopinto furgoncino Volkswagen. Lei tutta colorata, con una criniera di ricci neri domata a fatica da una fascia; lui con i capelli lunghi ornati di piume e i pantaloni a zampa. Forse erano i genitori di Jacques?

L'immagine accanto, ben in vista, era ancora più misteriosa:

vi compariva Jacques in mezzo a uno strano gruppo di uomini con lunghe toghe rosse. Che razza di associazione era? In quella zona esistevano ancora confraternite segrete? Eppure gli individui sembravano tutt'altro che santi; piuttosto, membri della corte costituzionale che si erano dati appuntamento per il carnevale di Colonia. Al posto dei soliti bavaglini bianchi tipici dei giudici supremi tedeschi, gli uomini della foto portavano al collo, legata con un nastro verde, una ciotola di terracotta smaltata.

«I membri dell'Académie Universelle du Cassoulet», spiegò una voce alle spalle della donna. Eva si spaventò. Jacques si era avvicinato senza farsi sentire. Lei era così assorta nella contemplazione delle foto che non si era accorta di nulla.

«*Cassoulet?*» replicò la donna. Era per i soffitti alti che la sua voce le suonava diversa? O era la presenza di lui a renderla nervosa?

«Era la specialità di mia nonna», spiegò Jacques. «Lei veniva da Castelnaudry, la Mecca del *cassoulet.* Stasera potrai assaggiarlo.»

«È per quello che c'è quest'odore così buono? Posso dare una mano?» domandò Eva entusiasta. Curiosare fra le pentole altrui era molto più eccitante che fissare gli ulivi seduta su una sedia di paglia. Forse poteva imparare qualcosa di nuovo. Invece di rispondere, Jacques le aprì la porta della cucina.

36.

«A ogni passo, una risposta», c'era scritto su un sito Internet per rendere più attraente agli occhi del potenziale pellegrino l'infinita marcia a piedi. "Che esagerazione", aveva pensato Caroline a casa. In quel momento, la frase acquisì un significato diverso. Non era un'esagerazione, era un'assurdità.

Nella testa della donna, infatti, a ogni passo si formavano nuove domande e nuovi dilemmi. Gli ultimi giorni avevano dimostrato che quindici anni non bastavano per conoscere a fondo una persona. Oppure era colpa del cammino? I pellegrinaggi facevano davvero emergere lati del carattere che la quotidianità teneva nascosti? Tre ore prima avrebbe scommesso qualunque cosa che Eva non sarebbe mai salita sulla macchina di un estraneo verso una meta sconosciuta.

«A ogni passo, una nuova domanda», ecco cosa avrebbero dovuto scrivere. Non solo Eva sembrava cambiata. Anche l'atteggiamento di Kiki, che con il passare dei giorni era riuscita a non scambiare con Max una sola parola, le appariva sempre più misterioso. Lo trattava come se fosse un pezzo di tappezzeria, davanti al quale sfilava ogni giorno senza degnarlo di uno sguardo. Caroline aveva visto una marea di uomini andare e venire al fianco della giovane amica, ma lei non si era mai comportata in maniera così strana.

«*Viens ici! Viens ici! Vite. Vite. Vite!*»

Voci concitate strapparono Caroline ai suoi pensieri. Due contadine stavano gridando qualcosa facendo ampi cenni. In un francese stentato, quasi incomprensibile. Negli atti di un processo, per persone del genere spesso si usava la terribile formula «background migratorio». Entrambe muovevano le braccia con una tale agitazione che Kiki e Caroline, le quali stavano camminando spalla a spalla, pensarono che come minimo ci fosse un orso impazzito che si stava avvicinando alle contadine con l'intenzione di prenderle in considerazione come pasto di mezzogiorno.

Senza capire bene cosa stesse succedendo, Caroline e Kiki cercarono rifugio saltando, intrepide, oltre lo steccato del recinto che separava il campo dalla strada. Questo a dimostrazione del fatto che la storia della comunicazione fra culture diverse è sempre piena di equivoci. Non c'era alcun pericolo. Al contrario: le contadine volevano aiutarle a ogni costo. Convinte, infatti, che tutti i pellegrini fossero poveri e campassero di elemosina, insisterono in maniera concitata nel voler offrire loro delle vettovaglie.

Le amiche del martedì, però, avevano appena mangiato. Al banco panetteria di un supermercato Intermarché dell'ultimo paese si erano gustate un enorme sandwich con il formaggio fuso chiamato *croque monsieur*. Le contadine, tuttavia, non vollero sentire ragioni. Da quello che Caroline riuscì a interpretare dalle loro frasi smozzicate e dialettali venne fuori che le donne erano fermamente convinte che aiutare un pellegrino redimesse dai peccati quanto mettersi in cammino di persona. Dio teneva conto delle buone azioni. Quanto fossero esausti, affamati e bisognosi d'aiuto i pellegrini, nel loro immaginario aveva un'importanza limitata.

Non ci fu verso di convincerle. Nonostante il supermercato di Portet d'Aspet avesse già soddisfatto appieno le loro esigenze di rifocillamento, Caroline e Kiki furono costrette ad addentare una mela acerba (le vettovaglie a disposizione non prevedevano altro). Le contadine si fecero il segno della croce soddisfatte. E Caroline e Kiki tornarono al loro cammino. A ogni passo, un'avventura.

37.

L'esperienza appena condivisa del morso della mela non impedì a Caroline di tornare alla carica con l'argomento che la stava occupando da giorni: «Quello che non capisco della storia di Max è...».

«Certo che tu non la smetti mai di fare domande, eh? Era proprio destino che diventassi avvocato», disse Kiki ridendo.

Caroline non si lasciò depistare. «Sono anni che cerchi qualcosa di stabile...» proseguì.

L'amica la interruppe subito. «Cosa credi che succederà quando Max mi presenterà al mio capo come futura nuora?»

La risposta di Caroline fu lucidissima: «Be', calcolerà quanti anni avete di differenza».

«No, mi licenzierà!» la corresse Kiki.

L'avvocato aveva una sua visione dei fatti: «Atti osceni con un subordinato? No, non funzionerebbe. Max è ampiamente maggiorenne».

Kiki non era in vena di scherzare. Sapeva che le amiche non approvavano il suo comportamento usa e getta con gli uomini. Lei però, in fondo, non era immorale; semplicemente, non amava la teoria. Con i progetti, era la stessa cosa. Alcuni colleghi vedevano subito il prodotto finito davanti ai loro occhi, ma non Kiki. Lei doveva disegnare, provare, doveva vedere cose, soppesare il materiale con le sue mani. Prima di qualunque pensiero o decisione, lei doveva sentire. Come faceva a sapere se amava qualcuno se non provava che sensazioni le dava il loro rapporto? L'amore non è un sentimento che ti piove addosso, ma qualcosa che bisogna fare e sperimentare. Proprio come nelle arti e nei mestieri:

nessuno diventa un bravo pasticciere se passa tutto il giorno con il naso incollato alla vetrina senza mai assaggiare le dolci prelibatezze del palato.

«Tu ami in base al metodo euristico per prove ed errori. Sperimenti in maniera sistematica tutti gli uomini e speri che prima o poi ti capiti quello giusto.»

Prove ed errori? Tutto chiaro. In questo, Kiki aveva una grande esperienza. Ma cosa diavolo era l'euristica?

«L'euristica è l'arte di arrivare a una buona soluzione con conoscenze limitate e poco tempo a disposizione», le spiegò Caroline.

Ora sì che Kiki aveva capito. In pratica, lei non sapeva nulla, e il tempo le stava sfuggendo di mano. «Ma perché capitano tutti a me?» si lamentò. «Ogni volta che conosco qualcuno, o è sposato, o pensa soltanto alla carriera, o è un dongiovanni incallito. E ora un teenager...»

A ogni modo, era un discorso ingenuo: come si poteva, a trentasei anni, avere ancora un'idea romantica dell'amore? Su ogni rivista femminile c'era scritto che le relazioni stabili avevano tremende controindicazioni, per esempio calzini sporchi sotto il divano, tubetti di dentifricio lasciati aperti e sesso monotono. Come si poteva trovare attraente un uomo se lo si vedeva dedicarsi con tutto sé stesso alla pulizia degli spazi interdentali o al taglio delle unghie dei piedi? Non c'era da sorprendersi che tutte le commedie romantiche finissero con l'abbraccio della coppia di innamorati e frasi tipo «Finché morte non ci separi». Quello che veniva dopo poteva essere definito «lavoro per una relazione». Negli inizi, Kiki era una campionessa, ma la resistenza proprio non faceva per lei.

«Tu, Max, lo ami?» domandò Caroline a bruciapelo.

Kiki rispose cambiando discorso e l'amica non riuscì a capire come stessero davvero le cose.

«Se Thalberg mi caccia, non troverò mai più un lavoro. Chi mi assumerebbe? A quarant'anni nel mio campo sei un vecchio bacucco e decisamente troppo caro. Dovresti vedere i nostri stagisti. Dopo la crisi, fanno carriera in un battito di ciglia e a Thalberg costano la bellezza di trecento euro al mese.»

«Sì, ma tu lo ami?»

Kiki lanciò una rapida occhiata a Max, che camminava dietro di lei a distanza ravvicinata e le fece un allegro cenno di saluto. Lei arrossì. Caroline fece un ghigno.

«No, ovvio che no», disse poi la ragazza allontanando qualsiasi sospetto. «Ovvio che non lo amo.»

Poi il telefono di Caroline squillò e Kiki si rallegrò di quella brusca interruzione. Chi delle due era più sollevata? Kiki, che finalmente si liberava dell'infallibile perspicacia di Caroline, o quest'ultima, che aveva visto il display illuminarsi con il nome giusto?

«Philipp! Finalmente!»

38.

«Ahia, ahia, ahia!» si lamentava Estelle. A ogni passo, una tortura. Non erano i piedi a farla disperare. Con sua grande sorpresa aveva trovato il ritmo giusto, non troppo faticoso. Ormai continuare a camminare le sembrava quasi normale. Aveva soltanto bisogno di un po' di intrattenimento, cosa che per la *grande dame* significava avere qualcuno con cui parlare.

"Sola con me stessa è così noioso", ammise tra sé e sé, iniziando a salutare ogni pellegrino, escursionista o vacanziero che incontrava per strada e che sembrava padroneggiare il tedesco. Con alcuni condivise il cammino per ore.

Estelle andava matta per gli intrighi amorosi. Così rimase affascinata dal brizzolato ex ministro che pellegrinava perché, dopo due mandati, non era stato riconfermato né dal suo partito né dalla sua famiglia. «Non ho messo piede a casa per otto anni. Nemmeno il cane mi riconosceva più come parte della baracca», si lamentò. Purtroppo Estelle lo aveva perso di vista durante una pausa per mangiare.

In compenso, in una drogheria della catena 8 à Huit, dove anche a tarda ora si poteva rimediare qualcosa da bere o da mettere sotto i denti, aveva incontrato il responsabile sinistri di un'assicurazione che aveva deciso di prendersi una pausa dalle sfortunate sorti dei propri clienti. Al suo seguito c'era Hanna, una parrucchiera fresca di divorzio che aveva le idee molto chiare su cosa si aspettasse da quel pellegrinaggio: voleva incontrare Dio, oppure un altro uomo. Insomma, la donna fantasticava alla stessa maniera sui due «signori della creazione». A Estelle dispiaceva non sapere con quale dei due avrebbe avuto più fortuna. A un bivio, Hanna e l'assicuratore erano spariti senza lasciare tracce. Spesso la *grande dame* si imbatteva in coppie di insegnanti della Renania-Palatinato in vacanza. Erano quasi tutti sulla sessantina, insegnavano tedesco e geografia e si portavano dietro rotoli di carta igienica e stampate da Internet piene di nozioni di storia dell'arte. Con simili individui ci si incontrava, ci si presentava, si discuteva di faccende molto personali per un paio di chilometri e alla fine ci si salutava con un lapidario «le auguro una buona giornata».

«Sono l'unico pellegrino che non soffre di una crisi esistenziale acuta», aveva constatato Estelle dopo un paio di giorni. Neanche una banale scaramuccia matrimoniale. Suo marito aveva tantissime qualità: sapeva guadagnare soldi; sapeva acquistare dipinti e anche appenderli, staccarli o spostarli; sapeva chiudere i buchi del trapano ormai superflui sulla parete, parcheggiare la macchina nuova e portarle la colazione a letto. E rideva delle sue battute. Cosa pretendeva di più dalla vita?

"Forse pellegrinare fa bene perché uno si accorge che gli altri se la passano molto peggio", ipotizzò la *grande dame.*

Non era né la visione d'insieme della propria esistenza né il camminare in sé che la stavano facendo impazzire. Il problema era la valigia, che rimaneva incastrata a ogni asperità del terreno. E le sue mani, che bruciavano. Sulla destra erano già comparsi i primi ematomi.

Tra il popolo degli escursionisti le vesciche erano un argomento di conversazione molto gettonato. Uno degli insegnanti consigliò a Estelle di infilare nella vescica un ago legato a un filo e di fare un nodo: nel giro di un giorno, il filo avrebbe assorbito il liquido e la pelle si sarebbe seccata. Era d'aiuto, ma faceva un male cane. La moglie dell'insegnante avrebbe giurato sull'efficacia di impacchi fatti con la propria urina, Judith invece puntava più sugli stratagemmi mentali.

«Devi concentrarti sulla sensibilità corporea del dolore e non sui sentimenti a esso collegati», le aveva detto l'amica una mattina in cui la *grande dame* stava cercando di afferrare il manico della valigia tra dolori lancinanti. Estelle, però, non era tagliata per simili acrobazie mentali. Non ci provò nemmeno. Da tre chilometri, dentro di lei era iniziata una durissima battaglia fra la resistenza al dolore e la vanità. Il cattolicesimo non faceva al caso suo, questo lo appurò senza il minimo dubbio. Ma in fondo lo sapeva dall'età di dodici anni, quando aveva fatto una breve apparizione in una scuola femminile cattolica.

«L'amore di Gesù Cristo si dimostra in una spasmodica capacità di sacrificio», si erano raccomandate le suore con la nuova allieva. La pretesa capacità di sacrificio, però, era in netto contrasto con lo sviluppato senso dell'ingiustizia della ragazzina. Ed era ingiusto che l'insegnante le ordinasse di dividere le sue caramelle con tutta la classe. Perfino con quella cicciona di Bärbel Witte. Al contrario di Estelle, Bärbel cantava alla messa ogni domenica e con la sua grafia affusolata e le sue invadenti buone maniere era la cocca delle insegnanti. Per niente al mondo Estelle avrebbe diviso le caramelle che si era onestamente guadagnata.

Altre cose, però, le divideva volentieri, ma alle sue condizioni. In cambio di un piccolo obolo Estelle permetteva alle sue compagne di dare una sbirciatina in libri molto speciali. La ragazzina, infatti, era impegnata in un'intensa attività di noleggio dei romanzi erotici che la madre leggeva in gran segreto e nascondeva nella cesta dei panni da stirare. Per via dell'umidità dei vestiti, i libri diventavano ancora più massicci. Una vera fortuna per Estelle, visto che il prezzo del noleggio dipendeva dalla grandezza del volume. Purtroppo quella cicciona di Bärbel Witte non aveva ancora sviluppato per i sensi la stessa consapevolezza maturata nei confronti dei peccati e delle punizioni. Così fece la spia. La piccola *grande dame* aveva resistito nella scuola cattolica per ben tre mesi.

La ragazzina aveva sì scatenato le ire delle suore, ma in compenso si era guadagnata una volta per tutte la stima del padre, il quale nel giro di affari della figlia aveva riconosciuto carne della sua carne. Willi, infatti, faceva i soldi con i rottami; poi, però, puntualmente, li riperdeva subito in attività reputate strasicure. In tutta la sua vita non era mai riuscito a essere eletto per una delle cariche importanti della sua Associazione per il carnevale. I suoi compari clown non avevano mai accettato quel raccattarottami invischiato in giri loschi, dall'umorismo pungente e con le unghie cronicamente nere. Alla moglie purtroppo era toccato lo stesso destino. Figlia di un nobile casato, nella fuga dalla Prussia orientale aveva perso tutto. Il senso di gratitudine che provava per Willi, che le aveva salvato la vita offrendole un tetto e le sue spalle forti, si era esaurito nei primi anni di matrimonio, durante i quali la coppia non aveva avuto figli. Così la donna si rifugiava nell'emigrazione interiore fantasticando di un mondo di eroi romantici con morbide mani da pianista.

«Estelle avrà una vita migliore», aveva deciso il padre. Scegliendo una scuola elitaria sperava di elevare la figlia ai ceti superiori. Che si trovavano a Colonia ed erano, per l'appunto, cattolici. Quando Estelle venne espulsa dalla scuola, Willi lo prese come un affronto personale. «È tutta colpa delle mani», ripeteva sempre mostrando i suoi palmi rovinati e callosi, ricoperti da uno spesso strato di duroni.

Ancora un paio di giorni di pellegrinaggio e le mani della *grande dame* sarebbero diventate identiche a quelle di un raccattarottami. Doveva vanificare vent'anni di creme, limetta e oli? E tutti quei trattamenti liscianti? Neanche a parlarne. Non poteva fare una cosa del genere al suo defunto padre.

Estelle ormai aveva raggiunto il punto critico: dopo centocinquanta chilometri di tortura era docile come una gattina e disposta a tutto pur di liberarsi da quella stramaledetta invenzione di Yves. «Un buon equipaggiamento è fondamentale», aveva predicato in lungo e in largo Caroline prima di partire. Dopo qualche giorno, Estelle era stata costretta ad ammettere che le cose di cui avrebbe avuto più bisogno per riuscire ad arrivare a Lourdes nella sua valigia proprio non c'erano volute entrare: pazienza, spirito di sopportazione e mani senza vesciche.

La *grande dame* semplicemente non poteva, e non voleva, abbandonare le sue cose. Le due contadine facevano proprio al caso suo. Le donne non credettero ai propri occhi quando la videro issare oltre il recinto prima la valigia e poi sé stessa. Se avessero visto atterrare un UFO, probabilmente la loro espressione sarebbe stata la stessa.

Se Caroline era riuscita a farsi capire nonostante la confusione linguistica, Estelle ricorse ai fatti. Mise nelle mani delle contadine tutte le cose di cui credeva di poter fare a meno. Addio insetticida, maschera per gli occhi e trucchi. Addio stupida valigia, a non rivederci mai più. Nella sua sistematica operazione di «liquidazione totale», non volendo si imbatté nei fogli contenenti le informazioni sui ristoranti della zona. No, così in basso ancora non era scesa. Nutriva ancora una flebile speranza che un pellegrinaggio non fosse solo stenti e privazioni. Forse poteva convincere le amiche che un pasto faraonico in un locale esclusivo fosse una specie di ufficio divino. Anche se richiedeva una piccola deviazione.

Le contadine esaminarono scettiche barattolini e tubetti, creme e maschere per gli occhi. Probabilmente credevano che Estelle fosse la consulente di una ditta di cosmetici che se ne andava in giro per tutta la provincia a fare dimostrazioni con la sua valigetta di campioncini. La *grande dame* dovette ricorrere a gesti molto eloquenti per far capire loro che potevano tenersi tutto. Gratis. E senza futuri obblighi di acquisto. Le contadine si fecero il segno della croce. Non pensavano che la ricompensa divina si sarebbe materializzata così presto. Il messaggio di Maria, la quale aveva promesso di rendere felici i credenti soltanto in un altro mondo, quel giorno si dimostrò una vuota minaccia.

Estelle si stava affrettando per raggiungere le amiche quando sentì con chiarezza la voce di Caroline. All'orecchio le arrivavano soltanto singole parole: Arne, tour, orario di visita. Il resto se lo stava portando via il vento. La *grande dame* era grata per il proprio spirito di sacrificio: il rumore delle rotelle avrebbe altrimenti già segnalato la sua presenza. In quel momento, invece, i piedi di Estelle quasi volavano sul terreno ghiaioso e la donna cercava in tutti i modi di non farsi sentire. Nessuna pietra doveva iniziare a rotolare prima che fosse sufficientemente vicina.

Caroline si era fermata su un ceppo. Era al telefono. Con Philipp. Si trattava di qualcosa che interessava Estelle ben di più degli intrallazzi amorosi degli avventori incontrati per caso. Si trattava di Arne.

39.

«Ho l'obbligo di mantenere il segreto professionale, lo sai benissimo», tuonava la voce di Philipp dal telefono. Caroline non riusciva a crederci. Era un argomento che, da avvocato, aveva sentito almeno un migliaio di volte. Ogni volta che aveva cercato di convincere a parlare medici, avvocati di parte avversa o preti. Con suo marito, però, non le era mai successo. Finalmente era riuscita a contattarlo e lui se ne usciva con l'obbligo del segreto professionale.

«Non starai dicendo sul serio», s'indignò Caroline.

«Dài, stavo solo scherzando», la raddolcì Philipp, «non posso dirti nulla perché non so nulla.»

Quella scappatoia aveva tutta l'aria di essere una bugia. Nelle finzioni e nei tatticismi suo marito non era mai stato bravo. A poco a poco la conversazione degenerò in un disastro.

«Philipp, smettila. Mi hai sempre raccontato dei tuoi pazienti.»

A cena, per esempio, il rispetto del segreto professionale non era mai stato preso così sul serio. Ogni tanto bisognava parlare, anche se era vietato. Soprattutto all'inizio della sua carriera Caroline aveva avuto bisogno di qualcuno con cui condividere i fatti della giornata. Aveva parlato le prime volte che aveva visto foto di cadaveri e aveva vomitato di nascosto; aveva parlato quando un cliente si era scagliato contro di lei con un coltello; aveva parlato quando l'avevano nominata avvocato difensore d'ufficio nel caso Nele Bauer. Nele aveva due anni, la stessa età di Josephine allora. Ed era morta. Gli agenti avevano trovato il corpo nel suo lettino. Era stata uccisa con otto coltellate. Era stata la madre, Stefanie, a chiamare la polizia. Sebbene al telefono avesse denunciato una rapina, fin dall'inizio era stata la principale sospettata. Caroline non credeva alla versione dello sconosciuto grande e grosso che, spacciandosi per il ragazzo delle pizze, era riuscito a entrare nell'appartamento e si era scagliato contro la bambina. Stefanie, tra le lacrime, aveva fatto riferimento alla tossicodipendenza del suo ex e alle aggressive minacce dei creditori. Nessuno dei poliziotti aveva creduto all'innocenza della donna. E, nella rilevazione delle impronte, si erano comportati di conseguenza.

Nel processo, Caroline aveva dimostrato passo per passo che le prove erano state manipolate. Aveva ottenuto un'assoluzione «per mancanza di prove», diventando il bersaglio di articoli pesantissimi. Per lei non era stato facile spiegare che la dimostrabilità di un crimine era il tallone d'Achille di un sistema giuridico democratico. Non era stato facile perché il caso di Nele Bauer le aveva fatto venire seri dubbi sul fatto di essere dalla parte giusta. Quando era tornata a casa e aveva abbracciato Josephine, era esplosa in un mare di lacrime.

Per ogni avvocato penalista prima o poi arriva il momento in cui si aiuta qualcuno a restare libero sebbene in privato lo si ritenga colpevole. Stefanie Bauer fu la prima volta di Caroline. Senza Philipp sarebbe impazzita. Come avrebbe potuto capire la sua disperazione se lei non gli avesse raccontato nulla? Delle ferite di Nele, dell'impassibilità di Stefanie quando parlava della figlia. Philipp aveva affrontato il processo insieme a lei. E ne aveva avuto tutto il tempo, visto che il primo articolo negativo su Caroline e sul fatto se fosse giusto o meno difendere un mostro aveva spazzato via dalla sala d'attesa del suo studio tutti i suoi pazienti.

L'omicidio irrisolto di Nele Bauer era rimasta una ferita aperta nella sua biografia. I figli di Caroline erano cresciuti e avevano imboccato la loro strada. Josephine aveva seguito le orme del padre e studiava medicina, mentre Vincent gestiva una fiorente attività online in cui vendeva magliette e felpe. I suoi modelli erano molto richiesti. La vita di Nele, invece, era stata stroncata all'età di due anni. Non aveva mai avuto un futuro.

Dopo il funerale di Arne Caroline era andata alla tomba di Nele. Vedere che dopo tutti quegli anni l'ultima dimora della piccola veniva ancora curata con amore l'aveva tranquillizzata. Era sicura, però, che i fiori freschi e il nuovo peluche non fossero opera di Stefanie Bauer.

La cosa strana era che quel caso controverso era coinciso con il definitivo decollo della sua carriera. Ad appena trent'anni, era diventata l'avvocato penalista più famoso di Colonia. Alla fine erano stati proprio quegli articoli maligni a spronarla a proseguire, facendo maturare in lei la consapevolezza che, se l'amministrazione della giustizia veniva lasciata nelle mani di quella gentaglia che la tempestava di minacce e boicottava l'attività del marito, per la legge sarebbe stata la fine. Il suo matrimonio aveva superato la tempesta, e anche lo studio. E ora Philipp se ne usciva con la storia del segreto professionale.

«Ma cosa ti sta succedendo?» domandò Caroline sconfortata.

«Tu vedi fantasmi ovunque», rispose Philipp. «Hai troppi criminali intorno che ti scodellano bugie.»

Caroline negli ultimi chilometri di cammino se l'era detto una marea di volte. Eppure, nello stomaco, le era rimasto quel cattivo presagio: «Nel diario di Arne c'è qualcosa che non quadra».

«E se anche fosse, sono forse affari tuoi?» troncò la questione Philipp.

«Judith è mia amica e la voglio aiutare.»

«Arne è morto», le ricordò lui. «Line, lascialo riposare in pace.»

Caroline odiava quando il marito la chiamava «Line». Lo faceva soltanto quando si era dimenticato di ritirare in tempo i vestiti in lavanderia nonostante la solenne promessa di ricordarselo. Oppure le volte in cui si faceva segnare di turno al Pronto soccorso pur sapendo benissimo che quel giorno la zia Gertrude festeggiava il compleanno. Ecco, soltanto in quelle occasioni la chiamava «Line».

«Se sai qualcosa, devi dirmela», insisté Caroline.

La risposta del marito si perse fra i rumori di sottofondo. Si sentivano voci e una strana musica.

«Cosa hai detto? C'è un tale baccano. Ma dove diavolo sei? Sono giorni che cerco di contattarti. Philipp, mi senti? Philipp!»

Fine della conversazione. Caroline riprese il telefono e ricompose il numero. Occupato.

«Che strano... ogni volta che uno ha qualcosa d'importante da discutere con il proprio marito cade la linea.»

Caroline si guardò intorno. Estelle era appoggiata a un albero e non fece alcun mistero di aver origliato.

«Credi davvero che Philipp conosca il segreto di Arne?» le domandò schietta.

Caroline scrollò le spalle. Se Philipp si era appellato al segreto professionale doveva avere i suoi buoni motivi. Non l'aveva mai fatto. Forse i due uomini si erano avvicinati per via della malattia terminale di Arne. Tanto che il marito di Judith aveva confessato a Philipp cose che aveva taciuto perfino alla moglie. Eppure erano così diversi!

«Quell'uomo parla troppo», aveva detto Philipp dopo il loro primo incontro. «E sempre di cose noiose.»

Lui era troppo pragmatico per ritrovarsi nelle nebulose idee di Arne su Dio, il mondo e tutto quello che fluttuava nel mezzo. A suo marito non sarebbe mai venuto in mente di predirle il futuro leggendo le nuvole. Preferiva affidarsi ai suoi bilanci quadrimestrali, alle pagine economiche della «Frankfurter Allgemeine» e a un rispettabile consulente finanziario.

«La realtà non è così calcolabile», diceva sempre Arne. «Perfino l'altezza della Tour Eiffel varia di quindici centimetri a seconda della temperatura esterna.»

Philipp avrebbe potuto controbattere appellandosi alla legge della dilatazione dell'acciaio, ma tanto Arne avrebbe accampato una risposta anche su quello.

E due uomini così diversi avrebbero dovuto avvicinarsi negli ultimi mesi di vita di Arne? A dir la verità, l'impressione di Caroline era stata che Philipp, dopo averlo preso in cura, lo evitasse. E, quando aveva pregato il marito di dare un'occhiata alla cartella clinica di Arne, si era sentita in colpa. Era successo dopo che l'ospedale lo aveva dichiarato spacciato. Philipp aveva continuato a seguirlo anche quando, a parte la somministrazione di antidolorifici, non c'era più nulla da fare. Si trattava soltanto di accompagnarlo lungo quel difficile cammino e di sostenere Judith.

"Be', in effetti a cena non ne abbiamo mai parlato", riconobbe Caroline. In fondo che senso avrebbe avuto? Lei non aveva bisogno di chiedere a Philipp: poteva leggere le condizioni di salute di Arne negli occhi annacquati di Judith.

In quel periodo, il marito era rimasto sulle sue. «Ricevo pazienti tutto il giorno, la sera chiudo i battenti», adduceva come scusa per rifiutare gli inviti a cena di Arne e Judith. Odiava discutere risultati di laboratorio in piacevoli serate fra amici. Forse, però, dietro quell'atteggiamento di chiusura c'era dell'altro. Arne gli aveva confidato qualcosa? Qualcosa di così terribile da indurlo a tenersi alla larga dalla coppia? Perché Philipp non le raccontava nulla?

«È il diario», concluse Estelle. «Finché non sapremo cosa contiene continueremo a brancolare nel buio.»

Caroline si chiese se in quel caso brancolare nel buio non fosse la cosa più salutare. Era davvero necessario conoscere il segreto che Arne si era portato nella tomba?

A posteriori avrebbe capito che quella strana conversazione con Philipp aveva aggiunto alla vicenda un tassello fondamentale. Lei avrebbe dovuto soltanto raccogliere gli altri pezzi del puzzle e metterli insieme. Per il momento, però, quel tassello restava isolato, nel punto sbagliato. Per il momento.

40.

«Non posso crederci. E brava la nostra Supermamma», si meravigliò Estelle. Dopo la sudata tappa le amiche del martedì e Max erano arrivati all'*auberge*. Valicare il passo di 1160 metri aveva infuso ai pellegrini una sensazione edificante. Non riuscivano proprio a immaginarsi come, meno di un mese dopo, i ciclisti del Tour de France avrebbero potuto affrontare lo stesso tratto in bicicletta soffrendo le pene dell'inferno. In quel momento il gruppo era appollaiato su una panca della cucina. I loro piedi erano a bagno in cinque contenitori di plastica identici, che Jacques aveva riempito con una piacevole soluzione di acqua calda e bicarbonato. Estelle aveva la sensazione di aver camminato per un intero giorno senza essersi avvicinata nemmeno di un millimetro alla grande meta. Gli altri la pensavano più o meno allo stesso modo.

L'unica che trotterellava divertita e rilassata per la stanza era Eva. Spesso flirtava con Jacques, che continuava a riempirle il bicchiere. Era uno di quei vini che nelle case normali al massimo potevano essere considerati un sostituto dell'aceto, eppure nella cucina dell'ostello aveva un gusto divino. Proprio come il cibo, che avevano preparato insieme in lunghe ore di lavoro. L'uomo insisté perché fosse lei ad assaggiare il primo cucchiaio.

«Il segreto di un buon *cassoulet* sta tutto nella scelta dei legumi. Mia nonna puntava sui fagioli bianchi Lingot», sussurrò Jacques mentre avvicinava il cucchiaio alla bocca di lei. Le guance di Eva erano in fiamme. Per il vino. E per l'uomo che le stava accanto. Eva, che di solito era la responsabile dei beni culinari, si godeva il fatto che qualcuno cucinasse per lei. Dal punto di vista calorico quel ricco piatto a base di carne e fagioli era una bomba, ma la donna aveva dimenticato il suo giuramento di rinunciare alla carne di maiale. Come aveva dimenticato tutto il resto della sua vita. Perfino le amiche. Era il suo momento e non si sarebbe fatta rovinare la serata da niente e da nessuno.

Sul resto del gruppo, però, le tensioni gravavano come nuvole cariche di pioggia. Pellegrinare era una specie di lente focale: tutti i conflitti che ci si sforzava di reprimere nella quotidianità stavano esplodendo. Kiki cercava in tutti i modi di ignorare Max e insisteva testardamente con i suoi progetti; Judith lottava contro le lacrime; Caroline controllava di continuo il cellulare ed Estelle era appostata come un serpente in attesa di un coniglio: nello zaino aperto di Judith c'era il diario. Quanto le sarebbe piaciuto poter dare un'occhiatina a quelle pagine segrete. Judith le difendeva come se fossero il Santo Graal, ma la *grande dame* sentiva avvicinarsi la sua grande occasione. A cena, l'amica si sarebbe distratta e lei avrebbe potuto prendere in prestito il bloc-notes. Solo per una sbirciatina veloce.

Stava giusto per alzarsi, quando Eva le passò un piatto di *cassoulet*. La fame di Estelle superava addirittura la sua curiosità.

«Non mi dirai che sei rimasta in cucina tutto il giorno!» disse meravigliata.

Jacques non la smetteva di lodare la sua aiutocuoco: «Eva mi ha aiutato in tutto: mettere a bagno i fagioli, cuocerli, preparare il brodo. Rosolare nello strutto le cosce d'anatra, stufare le costolette di maiale, soffriggere il salame all'aglio, aggiungere la pancetta e poi lo stinco».

«Alla fine, metti diversi strati di carne e di fagioli in una casseruola di terracotta, ricopri il tutto con il brodo e lo infili nel forno», completò la ricetta Eva, ben preparata.

«E questo basta a riempire un'intera giornata?» commentò Estelle meravigliata. In realtà la donna si riferiva a ciò che, a parte il cucinare, stava succedendo fra Jacques ed Eva. Quest'ultima, però, nel suo stato di trance era insensibile a qualsiasi allusione. «Be', ovviamente dopo bisogna continuare a stargli dietro. Durante la cottura in forno, per esempio, sul *cassoulet* si forma una crosta scura, e bisogna staccarla. Facendo molta attenzione, altrimenti si rischia di spappolare i fagioli. Ogni buon *cassoulet* deve fare almeno sette croste», ripeté la lezione la donna.

Jacques premette sulla testa di Eva il cappello rosso della sua associazione. «Benvenuta nel club», disse quindi in tono festoso. «Puoi essere orgogliosa di te.» Eva ridacchiò insicura. Non sapeva come gestire quelle insolite attenzioni maschili. Ma almeno, visto che il suo volto era già paonazzo per il caldo della cucina e il vino, nessuno notò che era arrossita. Kiki immortalò la scena memorabile.

Mai e poi mai Estelle si sarebbe sognata di ordinare un calderone dai sapori così robusti. Dopo il primo boccone, però, decise che quella zuppa di fagioli era proprio ciò che ci voleva per rimettere in forze pellegrini sfiniti da una lunga giornata di cammino. Ancora più sensazionale del cibo, però, era la trasformazione di Eva.

«Da quando è saltata la linea diretta con la sua famiglia, Eva sembra cambiata», sussurrò Caroline. «Erano anni che non la vedevo così rilassata.»

Judith pensava di conoscere il motivo di quella curiosa trasformazione: «I pellegrinaggi fanno riaffiorare cose che credevamo sepolte dentro di noi».

Prima che l'amica iniziasse un nuovo sproloquio spirituale, intervenne Estelle: «Strano. Io non sento niente. Forse nel profondo di me stessa sono superficiale», disse allegra.

«Sembra, sembra proprio...» Eva stava cercando un paragone calzante, ma poi desisté e prese un'altra forchettata di *cassoulet*.

Mangiava insieme alle amiche con un appetito insaziabile. Soltanto Judith, come al solito, cincischiava con la forchetta nel piatto.

«Se vuoi posso farti un'omelette», si offrì Jacques.

Lei annuì come se fosse sotto tortura. «Un'omelette. Grazie, la mangerei volentieri.»

Erano giorni che non mangiava altro.

«*Elle n'aime pas ce qu'on mange ici*», continuava a ripetere il personale dei ristoranti in cui si fermavano. «A lei non piacciono i nostri piatti.» Da quelle parti, se uno non mangiava né la carne né il pesce diventava una specie di outsider. Restavano soltanto le omelette.

A Estelle il malinconico spizzicare di Judith stava cominciando a dare sui nervi. Si stava forse infliggendo un atto di penitenza? Un'automortificazione? O era tutta una messinscena? Come poteva riuscire ad avere l'occasione di dare un'occhiata al diario se Judith non si faceva mai distrarre né dal cibo né dalla compagnia? Era come se le fosse proibito di godere di qualsiasi cosa, ora che Arne non poteva più farlo.

Dopo due o tre bocconi di cortesia all'omelette Judith si alzò senza dire una parola, prese il diario e lo zaino e scomparve.

«Non si può continuare così», sussurrò Estelle a Caroline. «Dobbiamo fare qualcosa.»

Nessuno capì con chiarezza cosa avesse in mente la *grande dame.*

41.

La cappella dei pellegrini, adagiata in mezzo ai salici fuori dall'ostello, accolse Judith con un odore di incenso e cera fusa. Il monotono canto di un gruppo di francesi riunitisi per la preghiera della sera riempiva di magia la chiesa. In una melodia continua e uniforme, i fedeli stavano recitando il rosario.

Je vous salue, Marie pleine de grâce; le Seigneur est avec vous.
Vous êtes bénie entre toutes les femmes
et Jésus, le fruit de vos entrailles, est béni.
Sainte Marie, Mère de Dieu, priez pour nous pauvres pécheurs,
maintenant et à l'heure de notre mort.

L'infinita litania costituiva un monotono tappeto di suoni che avvolgeva la navata di mistero. Negli ultimi giorni Judith, insieme a Eva, aveva preso l'abitudine di cercare la chiesa locale più vicina. A suo avviso, rientrava nel cammino di pellegrinaggio. Arne lo aveva fatto, e lei non voleva essere da meno.

«Le nostre attiviste cattoliche», le prendeva in giro Estelle ogni volta che scomparivano per andare a pregare. In realtà Judith non era cattolica, non lo era mai stata. Invidiava Eva per la sua fede incrollabile, naturale. Lei si sentiva più spirituale che religiosa. Spirituale e alla ricerca di qualcosa.

Judith sperava tanto di ricevere un segno. A ogni passo bramava che arrivasse quel momento magico, che in lei maturasse la sensazione a cui anelavano tanti pellegrini. Attendeva smaniosa un incontro con una sorta di potere superiore che le desse la forza di rimettere insieme la sua vita, frantumatasi in migliaia di pezzi.

Non osava discutere con le amiche di questioni spirituali. Come poteva trattare argomenti del genere con la pragmatica Caroline? Per l'avvocato contavano soltanto i fatti nudi e crudi. L'unica che s'interessava di religione era Eva. Ma come affrontare il discorso?

«Allora? Come andiamo? Già avuto qualche apparizione divina?»

Le ricordava le domande indiscrete con cui la perseguitava sua nonna quando era adolescente: «Allora Judith, hai già un ragazzo fisso?». E questo solo per fare la spia con la madre la prima volta che aveva risposto sì. «La bambina è troppo piccola per avere un ragazzo fisso», aveva spifferato subito alla figlia.

Probabilmente le domande che riguardavano Dio erano private quanto quelle sul sesso. Judith sentì una scossa interiore. Come poteva pensare a una cosa del genere dentro una chiesa? Era colpa sua se in lei non scattava quel momento magico. Non era abbastanza aperta. C'era sempre qualche pensiero che la spingeva nella direzione opposta.

Forse era colpa della cappella, che a dire il vero non faceva nascere sensazioni divine o di pace interiore. Come nella cattedrale di Mirepoix, anche in quella chiesa c'erano numerose rappresentazioni di crocifissione, martirio e morte. Già da piccola Judith aveva avuto paura di quel lato un po' malato della religione cattolica. Visto che era l'unica allieva aconfessionale della sua classe, spesso veniva parcheggiata alle lezioni di religione cattolica. E in questa rientravano anche le odiose visite alle chiese.

«Judith è una bambina timorosa», avevano scritto le insegnanti nel giudizio. Era vero. Aveva paura di tutto e tutti. Del millepiedi che il fratello le infilava nel letto, di dimenticare la poesia quando doveva recitarla davanti a tutta la classe, delle urla dei genitori che litigavano di continuo. La cosa peggiore, però, erano le visite alle chiese con la scuola: tutte quelle immagini di sofferenza in pietra, marmo e a olio, i raccapricciantI resti di vite passate in mostra dietro un vetro, le tombe, le cripte e i cadaveri imbalsamati.

Anche Bernadette giaceva, miracolosamente intatta come se fosse morta il giorno prima, in una teca a Nevers. Grazie a Dio la Borgogna era molto lontana, e a nessuna delle amiche era venuto in mente di rendere omaggio alla salma. A Judith bastava la cartolina con l'immagine del corpo della giovane che Arne aveva attaccato sul diario. Giaceva come addormentata in una teca nella sua veste da suora, le mani giunte in preghiera: le vene dell'avambraccio luccicanti, le unghie quasi rosa, il volto leggermente abbronzato.

Judith sentiva compassione per quella donna martoriata. Provata da diffidenza, incomprensioni e ostilità, Bernadette si era ammalata di tubercolosi ossea ed era morta a soli trentacinque anni. Cosa ci aveva guadagnato dal fatto che nel 1933 fosse stata dichiarata santa? E dal fatto che sessantasette delle migliaia di guarigioni avvenute alla fonte fossero state ufficialmente dichiarate un miracolo? Judith era convinta che il prezzo che la ragazza aveva pagato per il suo incontro con Maria fosse troppo alto. Le apparizioni erano solo un teatrino. Dopo che si era diffusa la notizia, intorno alla grotta si erano ammassati migliaia di curiosi per osservare Bernadette. E non tutti ben disposti nei suoi confronti. La giovane era stata definita una bugiarda, derisa, diffamata e screditata come un'isterica. Poi, quando era fuggita in convento, le era stato proibito di parlare di quelle esperienze. «La Vergine Maria mi ha usata come una scopa», pare abbia dichiarato in seguito in un momento di lucidità. E, quando non aveva più avuto bisogno di lei, la Madonna l'aveva semplicemente abbandonata in un angolo.

Je vous salue, Marie pleine de grâce; le Seigneur est avec vous.
Vous êtes bénie entre toutes le femmes...

La litania in sottofondo andava avanti all'infinito. Forse pregare l'avrebbe aiutata. Arne non aveva dubbi che l'origine e la fine della vita fossero all'esterno di sé stessi. «Le persone dovrebbero domandare meno e pregare di più», ripeteva.

Titubante, Judith congiunse le mani. Non c'era bisogno di essere cattolici per conoscere le parole dell'*Ave Maria*. Comprò una candela votiva e mentre l'accendeva cercò di recitare la preghiera. In testa aveva già le parole pronte.

Ave Maria, piena di grazia,
il Signore è con te.
Tu sei benedetta fra le donne...

Perché quelle frasi non volevano proprio saperne di uscirle dalla bocca? *Prega per noi peccatori.* Al loro posto, sul viso di Judith iniziarono a rotolare lacrime. All'improvviso, sulle sue spalle si posò una mano fredda. La donna ebbe un fremito. Un uomo si era allontanato dal gruppo dei francesi e le si era avvicinato senza farsi notare.

«Sorella, posso fare qualcosa per te?» le chiese. La sua voce acuta risuonò in modo strano nelle orecchie della donna.

Judith scosse la testa. «L'unico uomo che potrebbe aiutarmi è morto.»

«Il cammino di un pellegrino è come una lotta con sé stessi», replicò lui. «Sangue, sudore e lacrime. Soltanto tu puoi vincere la battaglia.»

Judith non era sicura che nel suo caso ci fosse qualcosa da vincere.

«Mio marito è morto. Io ho già perso.»

La risposta dell'altro arrivò veloce e incisiva come un colpo di frusta.

«Non è questo il punto. Si tratta di te, delle tue mancanze.»

Judith inclinò la testa di lato. Chi era quel consolatore misterioso? Oltre il velo di lacrime vide un uomo basso e tarchiato con i capelli rossi rasati. Aveva due occhi scuri, profondi, in cui la pupilla e l'iride erano quasi un tutt'uno. Non fu solo la mano fredda che le teneva sulla spalla a farla rabbrividire. Erano quegli occhi in cui non si trovavano appigli: ci si annegava.

D'istinto, Judith fece un passo indietro, e la mano le scivolò via dalla spalla.

«Porto il lutto nel modo sbagliato, pellegrino nel modo sbagliato. Ma perché tutti si sentono in diritto di giudicarmi?»

Fulminò con lo sguardo quello sconosciuto inquietante dal linguaggio ampolloso. Lui, invece, restò impassibile. Non c'era modo di turbare la sua pace. «Il difficile non è la strada, ma il fatto che ci si ritrova faccia a faccia con sé stessi.»

A ogni parola, sembrava avvicinarsi sempre di più. Le ombre della candela conferivano alla sua espressione un qualcosa di diabolico, che le incuteva timore.

«E la verità che uno trova in sé stesso», proseguì con il volto distorto in una smorfia, «non è sempre piacevole. Senza confessione non c'è redenzione.»

Judith si sentiva a disagio. Cosa significavano quegli oscuri ammonimenti? L'unica cosa che voleva era andarsene.

«Non ho idea di cosa lei stia parlando», disse Judith per porre fine a quella inquietante conversazione. Per il pellegrino, il suo atteggiamento sulla difensiva fu una prova del fatto che aveva ragione: «Tu lo sai, sorella. È solo che non vuoi ammetterlo».

Basta. Ma cosa diavolo aveva per la testa quel tizio? Cosa ne sapeva di lei? Non aveva nessuna voglia di continuare ad ascoltarlo. Di punto in bianco, Judith si alzò e si precipitò fuori dalla chiesa.

«Puoi fuggire da me», sentì risuonare alle sue spalle. «Ma non puoi sfuggire alla verità. Perché è dentro di te.»

Via, fuori di lì. Lontano da quell'uomo diabolico e dalle sue funeste profezie.

Con uno strattone, Judith spalancò il pesante portone. Un alito di vento freddo si avventò sulle fiammelle delle candele e le spense in un colpo solo. Il misterioso pellegrino era stato come risucchiato dalla terra. Era rimasta solo quella spettrale litania.

Je vous salue, Marie pleine de grâce; le Seigneur est avec vous.
Vous êtes bénie entre toutes les femmes...

I francesi continuavano a pregare come se non fosse successo nulla. Nessuno aveva notato niente di insolito. Nessuno a parte Judith. La donna sperò con tutta sé stessa che non fosse il segno che stava aspettando.

42.

La lotta per accaparrarsi il letto migliore era aperta. Nello stretto corridoio dell'ostello, intorno alle postazioni per la notte c'era una gran ressa. Oltre alle amiche del martedì, era arrivato anche il gruppo della cappella, ponendo bruscamente fine alla confortevole serata in cucina. Nel corridoio era accalcata una ventina di pellegrini in attesa di vitto e alloggio. Jacques stava cercando di riportare un po' di ordine. Appena si rese conto che non solo Max e le amiche del martedì si erano mischiati ai francesi, ma anche Eva, si bloccò.

«Torno subito, non andare via», le aveva sussurrato all'orecchio quando era iniziata l'invasione francese e lui aveva dovuto abbandonare la cucina. Quando poi le amiche avevano pensato che fosse arrivato il momento di trovare un giaciglio anche per le loro stanche membra di pellegrine, Eva le aveva seguite. Aspettare in cucina che Jacques tornasse... dove sarebbero arrivati?

«*Les hommes à gauche, les femmes à droite.* Uomini a sinistra, donne a destra», ripeteva Jacques a gran voce cercando di superare la confusione generale e la sua delusione. Il corridoio brulicava di persone. Le amiche del martedì avevano tutte le ragioni di rimpiangere di aver tergiversato così a lungo in cucina tra vino e *cassoulet* e di non essersi preoccupate per tempo di prenotare un letto. Adesso non restava loro altra possibilità che mischiarsi al gruppo di francesi.

Gli zaini si impigliavano l'uno all'altro, gomiti e pance venivano usati come armi, gli alluci restavano incastrati. L'aria si riempiva di esalazioni di sudore, aglio, incenso e massicce dosi di alcol. Oppure era l'abbondante pasto a base di fagioli che iniziava a farsi sentire?

Jacques non si fece impressionare. Con charme convinse due attempate signore, le quali avevano o lo stesso padre o lo stesso parrucchiere, che le camere singole erano solo per vecchietti a un passo dalla tomba. Quando la coppia di gemelle, che fino a un attimo prima si era lamentata del comfort scadente, scomparve nel dormitorio, le due signore si sentirono giovani e attraenti come non accadeva loro da anni.

«Stanotte dobbiamo stringerci un po'», annunciò Jacques sopra le teste delle persone in attesa incrociando gli occhi di Eva. Con uno sguardo univocamente biunivoco.

«Non osare approfittare della situazione», sentì dire a qualcuno la Supermamma. Non era stata la sua voce interiore a parlare, ma Kiki, che inaspettatamente era finita vicino a Max.

«Kiki, io ti amo. Ma non fino a questo punto», replicò quest'ultimo nella baraonda generale tappandosi il naso con un gesto teatrale.

«Ora capisco perché i pellegrinaggi aiutano contro il desiderio carnale», commentò Estelle. «Questa puzza di sudore renderebbe casto e puro chiunque.»

Nel frattempo, la *grande dame* cercava di sfuggire a quei miasmi infernali respirando soltanto con la bocca e tentando di guadagnare terreno con un bello spintone. Solo Judith sembrava non fare caso a quegli odori forti. Il suo sguardo vagava inquieto sul gruppo.

«Quell'uomo era senz'altro insieme ai francesi. Ne sono sicura», si lamentò.

«Perché ti sei lasciata impressionare da un tipo del genere?» le domandò Caroline, non riuscendo a capire come mai l'amica fosse così turbata.

«Avreste dovuto vederlo. I suoi occhi sprizzavano scintille. Come se mi volesse fare qualcosa.»

«Una specie di talebano cattolico?» s'informò Estelle.

Lo spavento era penetrato in Judith fino alle ossa. Sotto

l'abbronzatura che aveva preso negli ultimi giorni, era sbiancata. E insisteva sul fatto che l'uomo le fosse in tutto e per tutto ostile.

«Mi ha minacciata!»

«Ma cosa ti ha detto di preciso?» domandò Caroline cercando di mettere un po' di ordine nel confuso racconto dell'amica.

«Cosa potrà mai averti detto di così terribile?» si immischiò Estelle. «Con i talebani è sempre la stessa storia: onta e castigo!»

Judith fissò la *grande dame* in preda al panico.

«Ehi? Sono io, Estelle!» cercò di tranquillizzarla l'amica.

Eva non ci stava capendo più nulla. «Judith sembra essere ancora più turbata che a Colonia», sussurrò quindi la Supermamma a Caroline. Quest'ultima, però, aveva appena incassato una gomitata in pancia da parte di un'allenata giovane marmotta francese e decise che quel genere di lotta non faceva al caso suo. Così si districò dalla calca e aspettò paziente in un angolo che il caos finisse.

«*Les hommes à gauche, les femmes à droite*», continuava a ripetere Jacques. Estelle e Kiki scomparvero a destra sollevate, mentre Max, non senza un gesto di rimpianto in direzione della ragazza, a sinistra.

«Ma l'aspetto che aveva quell'uomo... in piedi fra le candele...» continuava ad agitarsi Judith. «Sembrava un'apparizione.» Non riusciva a capire come mai nessuno la stesse prendendo sul serio.

Per lo strano episodio capitato all'amica, Eva aveva una sua spiegazione: «È il cammino, Judith. È l'effetto del cammino sulle persone», disse con occhi sognanti ripensando al suo salvatore. «Camminare è così monotono, è normale che le percezioni diventino più intense. Perfino gli incontri più ordinari acquisiscono qualcosa di magico», mormorò senza distogliere gli occhi da Jacques. Per tutto il giorno avevano cucinato, riso e flirtato. Lei si era goduta i suoi sguardi curiosi e il modo in cui, mentre le parlava, le sfiorava la mano. L'Easy Rider non faceva alcun mistero di trovare Eva attraente.

Nemmeno Frido era comparso nella sua vita in maniera

così precipitosa. Non era il tipo da sprint o grandi sorprese. Al liceo era stato escluso dalla squadra di calcio perché era troppo lento nel prendere posizione e perdeva tutti i palloni. Non era tagliato per le brevi distanze ma, se gliene si dava l'occasione, dimostrava grande resistenza e tenacia. Aveva tempi lunghi e non amava le cose precipitose. La prima richiesta di matrimonio che aveva fatto a Eva era stata così vaga che la donna quasi non se n'era accorta. Ma lo aveva sposato lo stesso. E ancora le dispiaceva che nonna Lore non avesse potuto conoscerlo. Le sarebbe piaciuto senz'altro. E non avrebbe gradito per niente il fatto che ora lei fosse in Francia e non pensasse a lui neanche un po', ma soltanto all'uomo nel corridoio che divideva le folle come Mosè aveva fatto con le acque del mare.

Eva cercò di immaginarsi che tipo di esistenza conducesse Jacques al di fuori del suo lavoro. Era un santo piovuto dal cielo? O aveva una vita reale? Forse stava ancora dai suoi genitori, idealisti di sinistra ingrigiti e ricurvi che ogni tanto, di nascosto, si fumavano qualche spinello. Oppure aveva una famiglia, moglie e figli che quel giorno, per caso, si trovavano in visita dai nonni? Eva non aveva fatto domande e lui non aveva raccontato nulla. Avevano trascorso la giornata insieme. Senza passato e senza futuro. Jacques, però, sembrava vederla diversamente.

«Perché non ti fermi un paio di giorni qui da noi?» domandò a Eva quando giunse finalmente il suo turno. «Potresti insegnarmi a cucinare qualche vostro piatto.»

«Tipo... Arrosto all'agro della Renania», propose la donna.

«È difficile?» s'informò Jacques.

«Più che altro richiede molto tempo...»

L'uomo s'illuminò. «Be', allora è perfetto!»

Il suo interesse lusingava Eva, ma una tresca estiva era l'ultima cosa che cercava. Sapeva benissimo qual era il suo posto. Accanto a Frido, ai suoi figli e alle amiche del martedì. L'indomani, quando lui fosse tornato dal giro al mercato, non l'avrebbe più trovata.

«Sono venuta con le mie amiche, e proseguirò con loro. Ora posso farcela. San Jacques mi ha salvata.»

Eva gli fece un timido sorriso. Per i suoi canoni, equivaleva a un'impetuosa dichiarazione d'amore. Ma non tutti gli amori dovevano essere vissuti. Li si poteva conservare in silenzio nel cuore. Dove non avrebbero provocato danni.

Come se avesse già immaginato che l'addio sarebbe arrivato prima di quanto sperasse, Jacques tirò fuori una vecchia cartolina su cui compariva l'Auberge de la Paix all'epoca dei moti studenteschi. Dietro, per Eva, aveva annotato la ricetta del *cassoulet*.

«L'Accademia sarebbe felice che tu la portassi a casa con te.»

La sua voce le fece scorrere un brivido lungo la schiena. Tremando, Eva aprì il portafoglio per infilarci il regalo. Nelle tasche trasparenti brillavano le fototessere dei suoi familiari. Jacques le prese le mani, la tirò verso di sé e le stampò un bacio sulle labbra.

«*Bon voyage*, Eva.»

«Grazie di tutto», gli sussurrò lei prima di scomparire di corsa nella stanza. Era soddisfatta della sua giornata. E della ricetta che aveva messo al sicuro nel portafoglio. Come ricordo e ammonimento. Ancora sentiva il bacio sulle labbra. Adesso sapeva che sapore aveva il *cassoulet*. Il sapore di un nuovo inizio.

Jacques rimase in corridoio e vide Eva scomparire nel dormitorio con occhi trasognati. Quando si girò, si accorse di aver dimenticato un pellegrino: Caroline. L'avvocato stava facendo finta di contemplare assorta le stampe da quattro soldi alla parete.

«Io non ho visto nulla», disse. «Deve essermi rimasto qualcosa negli occhi... e nelle orecchie.»

Jacques si limitò a ridere. Diede un'occhiata alla stanza a destra. Poi, impassibile, a quella a sinistra. Nella stessa direzione in cui era scomparso Max poco prima. Di camere singole, era meglio che Caroline lo sapesse, non ce n'erano comunque.

43.

Letto poco confortevole, posto ridotto all'osso, compagnia maschile. Caroline era finita nel dormitorio dei signori, insieme a Max. Nell'evoluzione della specie umana dall'uomo primitivo all'individuo moderno il dormire in gruppo era senz'altro stato più la regola che l'eccezione. Ma perfino considerando il pellegrinaggio un ritorno a forme di vita più primordiali, quello che visse Caroline quella notte fu una vera sfida. Guardando le gambe pelose, le braccia avvizzite e le pance rigonfie, la donna si pentì amaramente di essersi fatta da parte al momento dell'assegnazione dei letti.

Provò a spogliarsi cercando di coprirsi il più possibile, ma appena notò che i suoi compagni di stanza sgranavano gli occhi decise di dormire nella sua tenuta da cammino. Cosa che non avrebbe peggiorato più di tanto la situazione olfattiva.

La luce della camerata si spense prima dell'orario previsto, cosa che provocò rabbiose proteste da più parti e una nuova fiammata dei fari sul soffitto. L'interruttore si spense e si riaccese tre volte finché finalmente giunse il momento del riposo.

Caroline si era appena raggomitolata nella coperta di lana e nelle lenzuola quando iniziò a scrosciare un monotono mormorio di preghiere serali. Cosa potevano guadagnarci quelle persone da un'asta con le tacche se già i rosari in chiesa non erano riusciti a lavare via i loro peccati? Contrariamente alle sue aspettative, però, quel dolce suono ebbe su di lei un effetto tranquillizzante. Il cammino pesava sulle sue stanche membra e la soddisfazione di aver chiesto molto al suo corpo, facendole sentire i suoi limiti, le aveva liberato la mente. Dentro di lei all'improvviso si diffuse un'inaspettata sensazione di pace.

Qualche minuto dopo, scoppiò un inferno. Alcune persone russano raramente, altre ogni tanto, altre ancora sempre, altre quando sono raffreddate o se bevono troppo. I membri della specie umana che sceglievano di avventurarsi in un pellegrinaggio russavano, in media, decisamente troppo forte. Per di più, tossendo, il vicino di Caroline del letto numero sedici stava sputando fuori dai suoi malridotti polmoni il catrame di innumerevoli sigarette. Era insopportabile.

La donna sembrava l'unica infastidita da quella segreta battaglia a suon di decibel. Secondo alcune ricerche, senza un uomo disteso al loro fianco le donne dormono meglio. L'esperienza stava dimostrando che per gli individui di sesso opposto valeva l'esatto contrario. I signori pellegrini dormivano, Caroline soffriva. Perché non aveva pensato di portarsi i tappi per le orecchie? Erano sulla lista, ne era sicura. Poi ci aveva riflettuto ed era arrivata alla conclusione che in un Cammino di Santiago poco battuto difficilmente si sarebbe ritrovata in un dormitorio strapieno.

Snervata, si tirò il cuscino sopra la testa. Stava disperatamente cercando di prendere sonno quando sentì che sulla sua branda era seduto qualcuno.

Dopo che quel cliente le si era scagliato contro armato di coltello, Caroline aveva deciso di seguire un corso di autodifesa. Insieme alla figlia Josephine, alla quale imparare a difendersi era stato imposto per decreto materno. Quel corso era stato uno degli apici del loro rapporto: fra gomitate, ginocchiate e terribili colpi al collo del piede, sugli stinchi, alla coscia e nelle parti basse madre e figlia avevano avuto molto tempo per chiacchierare e ridere insieme. Da un pezzo avrebbe dovuto chiedere a Fien di rinfrescare quel corso. Adesso era troppo tardi. Non esisteva un modo non pericoloso per difendersi. Caroline stava cercando di ricordarsi dove aveva messo il coltellino quando una voce femminile le sussurrò qualche parola all'orecchio.

«Devo farti vedere una cosa.» Il rapinatore notturno era Estelle. La luce del corridoio che filtrava attraverso una fessura della porta le bastò per vedere che la *grande dame* aveva in mano qualcosa. Il diario di Arne.

44.

«Ma questo è furto!» esclamò Caroline indignata.

Estelle la vedeva diversamente. «Dài, al massimo legittima difesa.»

Le due donne si erano appartate nelle docce comuni in fondo al corridoio, l'unico posto in cui avrebbero potuto parlare indisturbate. Ammesso che non si facesse caso alla luce al neon tremolante, alle piastrelle arancione e al gocciolio della doccia, che annunciava come un tamburo l'urgente bisogno di massicci lavori di ristrutturazione.

«Io non ci sto a fare queste cose di nascosto», disse Caroline. Le sue parole decise riecheggiarono nell'alto bagno. Se qualcuno si fosse messo a cantare, l'avrebbero sentito in tutto l'edificio. E per giunta Caroline non aveva la voce adatta per sussurrare, parlottare, bisbigliare e confabulare. Qualunque cose dicesse, la diceva sempre in modo che la sua affezionata platea di pensionati duri d'orecchio, che non si perdeva nemmeno un processo aperto al pubblico, potesse sentirla.

«Siamo amiche, e fra amiche non ci si comporta così», ribadì.

«Sì, ma tu prima ascoltami», cercò di convincerla Estelle.

«Tanto tu lo hai già letto», replicò Caroline rassegnata. Senza farsi scoraggiare dall'indignato rimprovero dell'amica, la *grande dame* aprì il diario impassibile e alzò il tono di voce: «*Alcune persone sostengono che i pellegrini debbano andare avanti a pane e acqua. Io, però, dopo tutti questi chilometri di strada polverosa, quando arriverò da Jerôme non voglio più soffrire. Mi godrò le delizie che questo paese, che ho attraversato metro per metro, può offrirmi. Niente ha lo stesso gusto autentico che ha da Jerôme*».

«Be', direi che è Arne. In carne e ossa», commentò Caroline. «Un po' esagerato, ridondante, ampolloso... come al suo solito.»

«Invece non è così», replicò con voce squillante Estelle, la quale si stava gustando il vantaggio che aveva sull'amica. A Caroline sembrò una specie di quiz a premi, in cui non bisognava indovinare soltanto le risposte, ma anche le domande. Ormai aveva dimenticato di non volerne sapere nulla della sottrazione illecita. «Cosa sono queste allusioni? Estelle, cosa stai cercando di dirmi?»

Caroline non poté fare a meno di assumere il tono che i testi dei suoi interrogatori conoscevano fin troppo bene. Del resto, si trattava della sua amica Judith e del suo defunto marito.

Estelle dimostrò che anche in Francia non aveva perso il gusto per i grandi exploit. Con una lentezza esagerata e cerimoniosa iniziò a tirare fuori dalla tasca alcuni fogli.

«Ti ricordi che mi ero procurata quei consigli sui ristoranti?»

«I gamberi di fiume marinati al vermouth? Certo che mi ricordo. Ci hai fatto una testa così.»

Estelle reagì piccata: «Be', siamo un gruppo e ognuno è libero di esprimere le sue idee. E per me è importante che il mio corpo, a cui dedico tempo, fatica e denaro...».

«Dài, smettila! Parla!» la interruppe Caroline brusca.

La *grande dame* fece un profondo respiro: «Il testo di Arne... quelle formule ridondanti...». Un'altra pausa teatrale.

«Estelle, insomma!»

«Arne ha copiato», fece scoppiare la bomba la donna.

«Come sarebbe a dire "ha copiato"?»

«Il testo del diario è identico a uno di quelli che ho trovato su Internet.»

Agitata, Estelle indicò con un dito un punto preciso.

«Leggilo con i tuoi occhi.»

Caroline prese il foglio. Le lettere danzavano davanti al suo sguardo. ...*Mi godrò le delizie che questo paese, che ho attraversato metro per metro, può offrirmi. Niente ha lo stesso gusto autentico che ha da Jerôme.*

Arne non si era nemmeno preso la briga di cambiare il nome.

A quel punto, Estelle si mise a leggere in coro con l'amica: «*La vita con Dio e come Dio qui in Francia assume un senso nuovo. Quando le spezie locali s'incontrano con un delicato olio d'oliva, una persona capisce che i sapori semplici equivalgono al Regno dei Cieli*».

«Ho trovato anche altri punti», proseguì Estelle. «La storia dei monaci che lo hanno accolto a braccia aperte: tutto scopiazzato. Il diario di Arne Nowak è un falso.»

Caroline era senza parole. Ormai si sentiva solo il gocciolio della doccia. Il freddo emanato dalle piastrelle le salì fino alla schiena. Avrebbe fatto meglio a prendere la giacca. Ma non era preparata. Né alla doccia, né al freddo, tanto meno a quello che Estelle le aveva appena detto. Lo stesso Arne che poteva leggere nelle nuvole interi romanzi copiava le frasi da scrivere sul diario?

«Quindi i pellegrinaggi di Arne sono tutti inventati?» domandò meravigliata Caroline.

«Se fosse così facile...» sospirò Estelle pescando da una tasca segreta della sovraccoperta del diario un foglio scarabocchiato.

«Caro Arne, Samu arriva alle 17.00 da Angles. D.», lesse Caroline decifrando i segni quasi incomprensibili.

«Angles è un po' prima di Lourdes», aveva già appurato Estelle. «A due giorni di cammino da qui.»

«Questo vuol dire che Arne è venuto davvero da queste parti...»

«Sì, ma sul diario ha scritto comunque una marea di bugie», tirò le somme Estelle.

Qual era il senso di quella storia? Che motivo aveva Arne di mentire sul suo pellegrinaggio? Cosa si nascondeva dietro quel messaggio misterioso?

«Samu arriva alle 17.00. Samu. Samu...» continuava a ripetersi Caroline. «Questo nome non mi è nuovo. Samu...»

Quella parola le risvegliò un vago ricordo. Ce l'aveva sulla punta della lingua, ma non riusciva a uscire. Nei suoi pensieri, Estelle era già un passo avanti e disse senza mezzi termini cosa dovevano fare: «Dobbiamo andare ad Angles e trovare questo benedetto Samu. E D.! Sono testimoni fondamentali».

Caroline era certa che ormai avessero superato un confine invisibile. Il vago presentimento che aveva nello stomaco si era trasformato in prove concrete. Ma cosa c'era sotto? Quali verità aveva cercato di nascondere Arne? Chissà quale valanga avrebbe provocato quella storia. L'immagine del marito della sua amica che conservava nella memoria iniziò a creparsi. Se fosse crollata, quante cose si sarebbe trascinata dietro della vita di Judith?

Estelle sospirò: «Per la prima volta, capisco cosa ci trovi nel tuo lavoro».

Sembrava entusiasta. Caroline sapeva benissimo come poteva finire quando Estelle si infervorava per qualcosa. Ne avrebbe messo a parte Dio, il mondo e ogni anima viva.

«Non una sola parola con Judith!» si raccomandò l'avvocato.

La *grande dame* alzò una mano in segno di giuramento. «Resterò muta come una tomba.»

Poi, la solita pausa a effetto.

«Almeno cercherò di provarci, per una volta.»

45.

«Lo avevo lasciato sotto il cuscino, ne sono sicura. Come ogni sera. Invece stamattina il diario era sotto il letto.»

Durante la colazione all'Auberge de la Paix, Judith appariva turbata. Estelle rimase zitta. Sfilare il diario da sotto il cuscino era stato un gioco da ragazzi: rimetterlo al suo posto si era dimostrata un'impresa impossibile. Quando aveva aperto la stanza del dormitorio, Judith si era svegliata. La *grande dame* aveva evitato il peggio soltanto perché era riuscita a farlo scivolare di fretta sotto il letto.

Con la ferma intenzione di restare sveglia e di rinfilare il diario sotto il cuscino più tardi, Estelle si era addormentata. Fino a quando Judith non l'aveva svegliata a strattoni. «Secondo me qui ci sono i fantasmi», le aveva bisbigliato.

L'incontro con il diabolico pellegrino le era rimasto nelle ossa, così non aveva pensato che il misterioso spostamento del diario potesse avere dei motivi del tutto profani. Era convinta che il frantoio e la cappella fossero luoghi funesti.

Mentre Judith raccoglieva le sue cose, Estelle tacque. E tacque a colazione, quando Max domandò a Caroline dove fosse stata così a lungo quella notte. E tacque quando Judith esortò il gruppo a partire il prima possibile.

La *grande dame* era molto brava a tacere. Eppure, si affrettò a porre fine a quella inusuale condizione. In quel momento, la sua missione era una sola: «Mettiamoci in cammino e scopriamo quello che c'è da scoprire». Non era il tipo da girare attorno alle cose.

In piena sintonia con il motto biblico «gli ultimi saranno i primi», le cose cambiarono. Nella tappa verso Angles, in testa al gruppo c'era una motivatissima Estelle. Anche se questo significava che sarebbe stata la prima a doversela cavare con i vari animali – pecore, capre, mucche e cani selvatici – che come al solito avrebbero ostacolato il loro cammino. La prima volta che riuscì a scacciare una capra spaventata a morte, la *grande dame* si sentì come Indiana Jones, costretto a superare innumerevoli avventure per amore della verità. Se non si fosse trattato di Judith, ci sarebbe stato da ridere. Accanto a Estelle c'era Eva, animata da un nuovo slancio e una nuova consapevolezza.

«Sai qual è il bello del camminare?» confidò all'amica. «Per la prima volta, da anni, sento di nuovo me stessa.»

La *grande dame* annuì in segno di conferma: «Se la consapevolezza si avverte nei muscoli indolenziti, allora anch'io sono sulla buona strada».

Estelle si girò cercando lo sguardo di Caroline, che stava camminando a fianco di Kiki, e le strizzò l'occhio. L'amica doveva sapere che poteva fidarsi di lei. «Fai qualcosa di buono e dillo a più persone possibili»: era questo il motto dei circoli di beneficenza di Colonia. Che senso aveva sacrificarsi se nessuno lo veniva a sapere?

46.

«Ma cos'ha Estelle?» domandò meravigliata Kiki, la quale aveva notato subito che nella *grande dame* c'era qualcosa che non andava.

Caroline glissò: «Forse un dolore agli occhi causato dal nervosismo».

«Be', quello ce l'ho anch'io», rispose la ragazza simulando un tono di voce disperato. «Ogni volta che mi giro, vedo Max Thalberg.»

Ognuno portava il suo fardello sulle spalle. Quello di Kiki si chiamava Max e camminava da solo. Non faceva pressioni, non chiedeva nulla.

«Voglio solo che tu sappia che io ci sono», le disse il ragazzo come per giustificarsi.

«Non ti sei accorto che le mie amiche non ti sopportano? Disturbi!» gli urlò in faccia Kiki.

«Non è vero», ribatté lui.

Kiki sapeva che Max aveva ragione. Ormai era entrato a far parte del gruppo a tutti gli effetti. E per Judith era diventato un interlocutore importante. Senza darlo a vedere, Kiki ammirava la pazienza con cui il giovane Thalberg ascoltava le storie dell'amica, con una curiosità che appariva sincera. Supponeva, però, che parlando con Judith Max stesse scoprendo anche un sacco di cose sul proprio passato.

«Per quanto tempo intendi continuare a far finta che Max non ci sia? Dovete chiarirvi», la incalzò Caroline.

Kiki trattava Max come se fosse aria. Lui sopportava con

un sorriso di sufficienza e un incrollabile buonumore. Lei si sentiva sempre più stressata da quella situazione: era così impegnata a ignorarlo da non riuscire a formulare un solo pensiero chiaro. Erano giorni che non toccava più il suo blocco da disegno.

Eppure si era immaginata tutto così bello: il pellegrinaggio le dava una possibilità unica di tornare alle radici del suo lavoro. Moltissimi artisti illustri avevano trovato sé stessi nel Sud della Francia. Per Kiki il modo in cui Cézanne, Gauguin e Van Gogh erano riusciti a cogliere i colori tersi dei paesi mediterranei era un grande esempio. Poter lavorare in quei luoghi era un dono inestimabile.

"Quante belle parole! Tanto non riuscirai a combinare nulla, come al solito", insinuò una vocina isterica dentro di lei. "Il tuo problema è che non hai voglia di lavorare. Esattamente come allo studio. Avresti potuto concludere il progetto già a Colonia. E non hai nemmeno aperto il nuovo dossier sugli accessori per la casa."

"È vero", ammise Kiki con franchezza. Non era il tipo da mettersi a discutere con la sua voce interiore. Perché avrebbe dovuto? Sapevano entrambe che aveva ragione. Fra loro, però, c'era una differenza sostanziale. La vocina contava soltanto le sconfitte, mentre Kiki anche le possibilità: "Quel dossier lo comprano tutti gli studi. I designer lo imparano a memoria e si presentano con progetti identici".

"Kiki, stai parlando a vanvera..." continuò a gracchiare la voce. "Ti stai bruciando la tua ultima chance. Non crederai di riuscire a preparare in poche ore quello che gli altri..."

"Quattro giorni. Ho ancora quattro giorni", intervenne Kiki.

"A Colonia hai sprecato il tuo tempo con Max. E lo stai sprecando anche ora. Ormai è troppo tardi", concluse il suo terrorista interiore evocando scenari sempre più tetri. Era un bene che Kiki non potesse vederlo. Probabilmente aveva gli occhi sbarrati per il panico, agitava le braccia e aveva la tachicardia.

"Così ti ritroverai a non avere nulla: né una carriera, né un marito. Nulla di nulla. Era la tua ultima chance."

«E tappati quella boccaccia», sbottò quindi Kiki ad alta voce mettendo alla sbarra il suo censore interiore. «Anche le tue stupide chiacchiere di certo non ci aiutano.»

«Ma io non ho fiatato», si difese Max stupito. Kiki era talmente assorta nella sua conversazione con sé stessa che non aveva notato che il ragazzo le si era avvicinato.

Estelle, riconfermando il suo incredibile talento nello spuntare al momento giusto nel posto più interessante, s'immischiò: «Non preoccuparti, Kiki. Da queste parti sembra sia normale sentire delle voci. Di solito sussurrano cose tipo "Io sono l'Immacolata Concezione"».

«Kiki e Max se la caveranno benissimo da soli senza il tuo commento in diretta», disse Caroline trascinando Estelle oltre i due giovani. Il messaggio contenuto nello sguardo che l'avvocato rivolse a Kiki era inequivocabile. "Forza, è il momento", sembrava aver scritto in volto la donna.

Doveva... avrebbe dovuto... poteva parlare con Max. *In quell'esatto momento.* Ma da dove avrebbe dovuto cominciare? Come poteva comunicargli che non avevano alcun futuro? Il suo era il più bel lavoro del mondo ed era lì lì per sfondare. Non poteva permettersi errori. Non poteva permettersi un Max.

«Ma perché sei così ostinato?» gli soffiò contro Kiki come un gatto.

«Non sono ostinato», rispose lui con la massima tranquillità. «Il punto è che io, a differenza di te, so cosa mi fa bene.»

La donna annaspò in cerca di aria. «Senti, io a ventitré anni avevo tre uomini a settimana. A ventitré anni uno non sa proprio un fico secco.»

Lui la prese con ironia: «È per questo che ho aspettato che diventassi adulta».

Cosa aveva detto? Max non era soltanto testardo come un mulo, ma anche senza vergogna.

«Io non ti amo», gli spiattellò in faccia Kiki. Nemmeno quel grande rifiuto, però, provocò nel ragazzo la benché minima reazione di rabbia, ma soltanto un ghigno sfacciato. La giovane dovette calcare la mano: «Hai capito cosa ho detto? Io non ti amo».

«Kiki, riguardo a noi due, tu stai mentendo a te stessa.»

Non c'era nulla da fare. Kiki di punto in bianco mollò Max e affrettò il passo verso Caroline ed Estelle, che la accolsero con sguardo interrogativo.

«I chiarimenti non fanno per me. Meglio lasciar perdere», annunciò.

Aveva qualcosa di ben più importante da fare che non strapazzarsi con Max.

Nella pausa successiva, tirò fuori il suo blocco da disegno con un gesto plateale. Si era fatta già distrarre abbastanza. Era ora di passare all'ordine del giorno, il cui unico punto era: vasi, adesso, subito.

Kiki abbozzò i primi contorni sulla carta ed ebbe una grandissima sorpresa. Tutto quello che aveva osservato lungo il cammino si ricompose in un'unica immagine: linee e colori si intersecarono quasi da soli creando un motivo a filigrana che si armonizzava alla perfezione con la forma. Per giorni e giorni Kiki aveva solo visto, origliato, odorato e sentito. In quel momento il suo progetto apparve sul foglio quasi spontaneamente. Era uno di quegli attimi di magia in cui sembrava che fosse qualcun altro a guidare la matita. Alcuni colleghi l'avrebbero chiamata «ispirazione divina», ma a Kiki quel concetto non diceva nulla. Le idee bisognava estorcersele con la forza. Spesso ci volevano ore e ore di laboratorio, vane e deprimenti, prima che dal nulla nascesse un'immagine interiore. Un progetto che bisognava soltanto mettere nero su bianco. Non era un miracolo, era duro lavoro.

Tutt'intorno si accese un'ondata di risate e Kiki alzò gli occhi. Fra lei e il suo blocco si era messa di mezzo di nuovo la realtà. Sotto forma di Max. Ancora lui.

47.

Caroline stava ridendo. Kiki si comportava in maniera davvero buffa. Era diversa. L'avvocato l'aveva notato da un pezzo, ma in realtà ormai tutte le amiche del martedì se n'erano accorte: Kiki era innamorata. E per tutto il santo giorno non faceva altro che negare l'evidenza. Caroline si chiedeva quando se ne sarebbe resa conto.

Divertita, l'avvocato si lasciò cadere all'indietro. Il gruppo si era fermato sulle pietre scoscese del letto di un fiume che, esondando, aveva rosicchiato il paesaggio. Era un momento perfetto. I problemi iniziali erano ormai alle spalle, e davanti a loro c'era Angles. Sarebbe stato l'attimo ideale per fermare il tempo. Caroline cercava semplicemente di godersi quell'idillio, proprio come faceva Max.

A torso nudo e con i pantaloni arrotolati, il ragazzo, sulla riva del fiume, affilava bastoncini e insegnava a pescare a Eva, Judith ed Estelle.

«Per capire dove sta nuotando una trota basta osservare il movimento dell'acqua. Poi, in base a quanto è grande, non resta che puntare su una parte del suo corpo», spiegò Max.

Non stava cercando di farsi amare e accettare a tutti i costi. Faceva quello che lo divertiva e con il suo entusiasmo contagiava gli altri. E così attirava su di sé gli sguardi delle amiche del martedì. E quello di Kiki che, nascosta dietro il suo blocco, non gli scollava gli occhi di dosso neanche per un secondo. Perfino la *grande dame* era con i piedi a mollo nell'acqua melmosa e, con un bastoncino appuntito in mano, cercava di capire se avrebbe mai avuto una chance di sopravvivere in mezzo alla natura selvaggia cavandosela da sola.

«Ma dove hai imparato a pescare?» domandò Estelle a Max impressionata.

«Be', in realtà da nessuna parte. L'ho solo letto. Nei libri di Karl May.»

«Karl May!» ripeté la donna gridando, in modo che anche Caroline la sentisse. «Ma quello ha solo fatto finta di vivere tutte quelle avventure. I suoi libri sono pura invenzione», aggiunse per mettere il dito nella piaga.

A Caroline mancò il respiro. Per la *grande dame* i segreti erano merce di scambio. Bastava contare fino a tre e Judith avrebbe scoperto tutto. Grazie a Dio, in quel momento Max scagliò il suo giavellotto. Fra mille spruzzi, sotto la superficie dell'acqua ebbe luogo uno spettacolo raccapricciante: un povero pesce infilzato si stava dibattendo in fin di vita.

«Preso! L'ho preso!» esultò Max. L'equivoco commento di Estelle si perse nella confusione provocata dal pesce stecchito.

«È la prima volta che riesco a prenderne uno. La prima volta in assoluto...» aggiunse il ragazzo meravigliato.

«Tipico dei pesci meridionali», scherzò Estelle. «Lasciar passare la giornata lentamente pensando solo a riposarsi. Non c'è da meravigliarsi che sia così facile acchiapparli.»

«Forse Karl May aveva fatto delle buone ricerche», affermò Judith entusiasta.

Caroline tese le orecchie. L'amica aveva intuito qualcosa? O sapeva più di quello che ammetteva di sapere? Poi decise di mettere da parte i dubbi che la rodevano e ordinò a sé stessa un'unica cosa: godere. Adesso. Assaporare quegli attimi. Il più a lungo possibile. Angles era lontana e quella giornata d'inizio estate incredibilmente dolce.

Poco dopo, tre pesci stavano arrostendo su un piccolo fuoco che le donne avevano acceso tra le pietre con la legna asciutta. Anche in un tour di pellegrinaggio la gestione della grigliata sembrava essere una faccenda da uomini. Perfino Eva, che ogni estate organizzava un grande barbecue, preferì dedicarsi all'ozio. Aveva aiutato a pulire i pesci e a riempirli con gli odori colti sul ciglio della strada. Al resto potevano pensare gli altri. Soddisfatta, la donna si distese al sole e lasciò le altre operazioni di cucina alle amiche.

«Il cibo ha un sapore più buono se è una sorpresa», affermò la Supermamma in un sospiro chiudendo gli occhi. Ogni giorno che passava, Eva riusciva sempre meglio a non cedere a ogni istinto ad aiutare che sentiva quando si trattava di dividersi i compiti.

Caroline si gustò il sapore asprigno del pesce, il pane fresco e la piccola proroga. Il tempo aveva smesso di correre all'impazzata e in quella pigra modalità rallentata tutti i problemi svanivano. Forse si poteva lasciare tutto com'era: arrivare a Lourdes, accendere una candela per Arne nella grotta e dimenticare ogni cosa. A chi interessava sapere perché D. avesse sentito il bisogno di comunicare al marito di Judith che Samu sarebbe passato da lui? A chi importava cosa avessero fatto insieme Arne e Samu? Arne era morto. E loro erano venute in Francia per chiudere quel capitolo definitivamente. Doveva soltanto tenere la bocca chiusa e dimenticare il maledetto foglietto e le domande che esso sollevava. Quel pensiero, però, volò via con la stessa velocità con cui era arrivato. Estelle si girò verso Caroline e le rivolse uno dei suoi profondi sguardi misteriosi. L'avvocato le rispose con un gesto che minacciava l'imminente decapitazione dell'amica.

Un acuto trillo ricordò a Caroline che il tempo non si era affatto fermato: tutti i problemi che aveva messo da parte erano ancora lì. Stavolta a portare cattive notizie era il cellulare di Max.

48.

«Non vuoi vedere chi ti ha scritto?» domandò Kiki a Max.

«Tanto è solo mio padre», fu la distratta risposta di lui. Per il ragazzo era molto più importante servire il pesce a Kiki con un impeccabile inchino. Quest'ultima, però, aveva il netto presentimento che a Colonia qualcosa stesse bollendo in pentola. «Potrebbe essere importante.»

Invece di risponderle, Max prese il cellulare e glielo passò. «Se per te mio padre è così importante... Leggi pure», la incoraggiò, «io con te non ho segreti.»

La scritta sul display indicava che era arrivato un SMS da parte di Thalberg sr. In condizioni normali a Kiki non sarebbe mai venuto in mente di ficcanasare nei telefoni altrui, ma era possibile che la cosa riguardasse anche il suo futuro. Doveva assolutamente appurare cosa sapeva Thalberg. Aprì il messaggio. MAX, FATTI VIVO! – compariva nell'SMS scritto a caratteri cubitali – TUA MADRE È TERRIBILMENTE IN PENSIERO!

«Ancora non hai dato tue notizie a casa?»

Max scosse la testa e continuò a mangiare come se niente fosse.

«Tanto lo so già come finirà. Tuo padre darà la colpa a me del fatto che siamo entrambi svaniti nel nulla», affermò scocciata Kiki.

«Ma perché insisti tanto con mio padre?»

«Devi rispondergli.»

«Se credi che sia così importante, allora scrivigli tu!» replicò Max.

«Cosa succederà quando verrà a sapere di noi? I miei

progetti non li guarderà nemmeno di striscio!» sbottò Kiki. «L'intero studio non farà altro che spettegolare su di me!»

La giovane designer aveva alzato la voce. Le amiche del martedì stavano osservando la scena di nascosto. Avrebbero finito per litigare? Max si limitò a prendere atto dei rimproveri di Kiki con un'alzata di spalle.

«Non m'interessa cosa dicono gli altri.»

Kiki desisté. All'età di Max, anche lei se ne fregava di quello che pensavano gli altri sul suo conto. A vent'anni si ha tutta la vita davanti, a trenta si trova sempre una scappatoia, a quaranta le cose si complicano. Soprattutto se non si può contare su una sostanziosa eredità di famiglia. Max, invece, stava pensando a tutt'altro: «Quel pomeriggio sulla barca. La notte in tenda. Tu non stavi mentendo quando hai detto che non potevi immaginare una vita senza di me, che noi ci apparteniamo».

Kiki era a un passo dalla disperazione: «Max, io non potrò mai invecchiare al tuo fianco! Io... io sono già vecchia!».

«Cosa sarà mai una piccola differenza d'età», controbatté il ragazzo. Non formulava nemmeno il problema sotto forma di domanda, per lui si trattava di una sobria constatazione. E non aveva altro da aggiungere. Max si girò e la mollò lì. Kiki si arrabbiò. Qualunque cosa gli dicesse, sembrava scorrergli addosso come una goccia di pioggia. Ma se lui non capiva, allora toccava a lei prendere l'iniziativa.

Ormai il gruppo si era rimesso in cammino da un bel po' e stava attraversando un tratto di foresta. Kiki si stava ancora lambiccando il cervello sull'SMS da centosessanta caratteri che avrebbe dovuto placare l'animo di papà Thalberg. Dopo tre chilometri e mezzo era giunta alla conclusione che l'argomentazione migliore fosse il lavoro. L'unico modo con cui avrebbe potuto impressionare il suo capo era presentargli idee innovative. Settecento metri dopo aveva superato le difficoltà di formulazione e digitato, come per magia, più di otto parole sul display: SONO IN FRANCIA. HO BISOGNO DI PACE PER UN PAIO DI PROGETTI. NON PENSAVO DI FARVI STARE IN PENSIERO. SCUSATE. MAX.

«Se la cosa ti tranquillizza...» le aveva risposto Max lapidario quando lei gli aveva fatto vedere il messaggio.

«È tuo padre quello che ha bisogno di essere tranquillizzato», lo corresse Kiki. Quando premette il tasto INVIA si sentì sgravata da un peso. Thalberg era stato informato su dove si trovasse suo figlio. E del suo nome non c'era traccia.

Più tardi pensò che avrebbe fatto meglio a chiedere consiglio a Caroline. L'amica avvocato avrebbe potuto metterla in guardia dall'effetto boomerang delle bugie. E dal fatto che la maggior parte dei bugiardi ricade sempre nello stesso errore: pensare solo al momento in cui si alleggeriscono la coscienza e mai a quello che viene dopo.

Del resto, anche nel gioco degli scacchi Kiki era un caso disperato. Come poteva elaborare una strategia per tutte le figure che pullulavano sul campo? Soltanto dopo che ne aveva perse la metà a causa di un'apertura avventata riusciva ad avere una visione d'insieme. E, a quel punto, spesso ormai era a tre mosse dal tracollo. Le strategie non facevano per lei. Preferiva agire, lasciarsi sorprendere dalle conseguenze e accettarle serenamente per quello che erano. Poi arrivò il conto, sotto forma di un nuovo SMS. Anche questo scritto a caratteri cubitali. HOTEL L'ANNO PROSSIMO VUOLE RISTRUTTURARE STANZE. CHI CI METTIAMO A LAVORARE DEI NOSTRI? Probabilmente Thalberg aveva un cellulare nuovo e non riusciva a scrivere i caratteri senza usare le maiuscole.

«Se per usare uno strumento bisogna leggere le istruzioni, vuol dire che non è abbastanza moderno», sottolineava di continuo Thalberg sr. Predicava la semplicità; a volte, però, come si era appena dimostrato, le soluzioni semplici non erano le migliori.

«Mio padre tende a monopolizzare le persone», commentò Max. «L'unica possibilità di sfuggirgli è sparire ogni tanto.»

Trovandosi vicino a Kiki, il ragazzo non fece alcun mistero del fatto che considerasse compito di lei rispondere anche a quell'SMS. Era tornata al punto di prima. Anzi, peggio. Ormai era a un passo dal baratro.

49.

Eva non riusciva più a capire l'amica. Da ore Kiki si stava scambiando messaggi sotto falso nome con il suo capo, il quale non sospettava nulla.

«Prima o poi, quando capirà che fra noi non c'è più nulla, Max cederà», si giustificò lei. «Lui tornerà allo studio e io al mio posto di lavoro. Come se non fosse successo niente. Fino a quel momento, sto solo cercando di intrattenere Thalberg sr.»

Eva sospirò. Si era ripromessa di mettere una buona parola per Max. «Vuoi fare la mia stessa fine? La mia vita non è nient'altro che un'accozzaglia di "se solo avessi..."»

Kiki continuava a smanettare con i tasti del cellulare. «Ah, di quelli ne ho a bizzeffe anch'io. A cominciare da "se solo avessi resistito alle avance di Max..."»

Non era quello che intendeva Eva: «I miei "se solo avessi" riguardano soltanto cose che *non* ho fatto. Non andare a Parigi a causa di Frido, non lavorare come medico, non dividermi le mansioni familiari con lui, non pretendere una stanza per me, non lasciare in pace il frigorifero...».

«Perché non fai almeno un tentativo, Kiki?» intervenne Caroline. L'amica non si era accorta che quel ragazzo aveva qualcosa di speciale? Era divertente, simpatico e sexy. Stava negando l'evidenza, non c'erano dubbi. Cosa pretendeva di più?

«Caroline ha ragione», convenne Eva.

«Sentite, ora potrebbe anche sembrare tutto bello, ma quando avrò sessant'anni?» controbatté Kiki per difendersi.

Da dietro, anche Estelle si immischiò nel discorso. «Be', tanto per cominciare un marito giovane ti fa risparmiare un sacco di soldi sulle cure base.»

Le amiche del martedì stavano bombardando Kiki da tutte le parti. «Immaginati di sapere già oggi chi verrà al tuo sessantesimo compleanno. Perché la tua vita è prevedibile», la mise in guardia Eva.

"Proprio come la mia", pensò la Supermamma senza dirlo.

Kiki aveva capito comunque. «Sai, Eva... forse avresti bisogno di un amante», suggerì.

Eva lo escluse a priori. «Io amo Frido. È la migliore decisione che io abbia mai preso in tutta la mia vita. Si tratta soltanto di cosa l'ho fatta diventare. Non ho bisogno di un amante, ma forse potrei ricominciare a imparare il francese. O qualcos'altro. Insomma, a fare una cosa per me stessa.»

Era da tempo che le amiche non sentivano uscire dalla bocca di Eva la parola «io». Era ancora piccolo, vulnerabile e timido, ma almeno era stato pronunciato. Forse aveva a che fare con i chilometri che la donna stava macinando e che le risultavano sempre più leggeri. A ogni passo, si scrollava di dosso un senso di colpa. Anna aveva i capelli in disordine? Pazienza. Lene non aveva ripassato matematica e David all'ultimo momento non riusciva a trovare i calzini da tennis? I suoi figli erano abbastanza grandi per cavarsela da soli. Frido jr poteva benissimo andare al corso di chierichetto senza il suo servizio taxi. Aveva una bicicletta. E Frido? Anche lui poteva rimboccarsi le maniche. Soltanto per Regine non aveva ancora una soluzione. Pensare a sua madre le faceva venire un groppo alla gola.

"Meno male che ho ancora qualche chilometro davanti a me", pensò Eva. L'inventario della sua vita era appena cominciato.

«Quando si cammina si ha un sacco di tempo per riflettere», spiegò quindi alle amiche un po' a disagio.

«A chi lo dici», commentò Caroline.

Avevano raggiunto la loro meta giornaliera. L'ammaccato cartello all'entrata del paese non lasciava dubbi su dove si trovassero: ANGLES.

50.

Caroline deglutì. La leggerezza che aveva sentito sulla riva del fiume era stata spazzata via tutta d'un colpo. In sintonia con i suoi tetri presagi, il paese li ricevette in un silenzio tutt'altro che accogliente. Il vento spirava forte. Faceva sbattere a intervalli irregolari una solitaria finestra contro il muro, scuoteva una tendina di perline le cui impercettibili vibrazioni dovevano tener lontane le mosche, agitava i panni stesi, con i calzini che dondolavano tutti in fila. Pochi passi più in là era stata messa a seccare una manciata di peperoncini. Un vaso di plastica con i fiori si capovolse. Gli incoraggianti discorsi che avevano accompagnato il cammino si zittirono. Nelle viuzze deserte i loro passi risuonavano cupi.

L'unica luce proveniva da un'automobile bianca. Accesa. Spenta. Accesa. Spenta. Il dispositivo a intermittenza cercava di fornire una debole giustificazione al fatto che la macchina fosse stata parcheggiata in mezzo alla strada. Quando si avvicinò alla vettura, Caroline notò che sul lato c'era una stella blu. E, sotto, quattro lettere: SAMU.

A quel punto, finalmente la donna capì. Come aveva fatto a non pensarci prima? Service d'Aide Médicale d'Urgence. SAMU. La guardia medica.

«Ora capisco perché quel nome non mi era nuovo», sussurrò alla *grande dame.*

Probabilmente si era imbattuta in quella sigla in uno dei testi tradotti al corso di francese. Estelle e Caroline si capirono al volo. Già sapevano chi e cosa dovevano cercare.

Judith si era fermata. Come tutti gli altri. Stava curiosando nelle viuzze del paese. Il soffio del vento trasportava strani rumori lontani. Prima suoni singoli, poi una fastidiosa melodia. Era una musica simile a frustate e carica di funesti presagi, accompagnata da passi pesanti. Si doveva trattare di più persone che si stavano avvicinando in una marcia lenta e inquietante. A disagio, le amiche del martedì proseguirono. Sempre più vicine alla musica.

All'improvviso si ritrovarono di fronte un'enorme massa di persone. L'intero paese si era riunito in processione. Una nenia singolare, un rito arcaico. Accompagnati da una curiosa melodia per strumenti a fiato, alcune figure maschili dall'aspetto tetro stavano portando in giro per il paese una Vergine Maria di legno.

Lo sguardo di Caroline scivolò sulla folla in cerca di qualcosa. E infatti: pigiato fra turisti abbronzati nei loro informali abiti colorati, pellegrini e gente del posto c'era un enorme uomo in divisa bianca da paramedico. Non poteva che essere lui. SAMU. Di Angles.

«Uhm... se iniziassi a parlarci io, con il mio francese, sai benissimo cosa succederebbe...» sussurrò Estelle a Caroline.

Erano ancora in tempo per tornare indietro? Caroline ebbe un solo, brevissimo attimo di esitazione. Forse quell'uomo aveva la chiave dei segreti di Arne. Forse era la loro unica possibilità di ottenere una risposta.

«Guarda!» gridò Estelle agitata prendendo Judith per un braccio e indicandole un gruppo di curiosi. L'amica non capiva. Cosa avevano di tanto particolare?

«Quell'uomo ha una maglietta di Tommy Hilfiger!» si salvò in corner Estelle. Non era vero, ma lì per lì non le venne in mente niente di meglio. Judith era così impegnata a schernire la *grande dame* per la sua superficialità da non notare che il posto accanto a lei era vuoto. Caroline era sparita, approfittando dell'astuta messinscena di Estelle.

«*Excusez-moi, monsieur...*» L'avvocato si rivolse con cautela al paramedico. Da vicino, l'uomo con le cespugliose sopracciglia scure sembrava quasi quadrato. Era più basso di Caroline di almeno una testa e mezzo e trasudava forza da tutti i pori. Le ricordava un buttafuori di un losco locale vicino alla stazione che aveva un debole per la musica rap e le risse, e che davanti a un giudice avrebbe creato una marea di problemi. Il paramedico sembrava fare finta di non vederla. Così la donna, con prudenza, gli diede una leggera pacca sulla spalla.

«*Excusez-moi...*»

Non ebbe il tempo di aggiungere altro perché proprio in quel momento la Madonna sfilò accanto a loro. Il paramedico abbassò lo sguardo in segno di rispetto e Caroline lo imitò. Non aveva la minima intenzione di irritare un uomo dall'aspetto così irascibile e collerico. In quel momento, l'avvocato rimpianse di non conoscere i riti cattolici. Quando rialzò gli occhi, si ritrovò sola soletta sul ciglio della strada. Tutti gli altri si erano incamminati dietro la statua e il suo uomo era stato risucchiato dalla folla.

51.

«Ah, ecco Caroline», esclamò sorpresa Judith. Nonostante gli incessanti sforzi di Estelle per distrarla, aveva scovato l'avvocato in mezzo alla processione. Gli occhi di Judith si restrinsero in due fessure. Stava cercando di capirci qualcosa di quello strano comportamento. Caroline tentava di farsi spazio tra i fedeli per raggiungere la testa del corteo. Judith lo trovava molto più che strano: «Ma dove vuole andare? Cosa sta cercando?».

«Forse tutto a un tratto è diventata cattolica?» azzardò Kiki.

In quel momento tutti fissarono Caroline che si chinava per parlare con un paramedico e attaccava discorso con lui.

«Magari non si sente bene. Aveva qualcosa allo stomaco», cercò di minimizzare la questione Eva.

Judith non era per niente convinta. Estelle si stava innervosendo. Doveva trovare una spiegazione. Una che sembrasse logica. Innocente. Cosa diavolo poteva fare per attirare l'attenzione di Judith prima che scoprisse cosa stava facendo davvero Caroline? Non era affatto brava nel dire bugie. Stava quasi per desistere, quando il cielo inviò delle truppe in suo soccorso. Nella processione vide due signore attempate che sembravano gemelle. Intorno a loro, altri volti noti.

«I francesi!» gridò sollevata la *grande dame.* «Quelli non sono i francesi dell'ostello di Jacques?»

Judith si guardò intorno in preda al panico.

«Spero solo che non ci sia anche quel folle», aggiunse Estelle per mettere il dito nella piaga. Anche i francesi avevano riconosciuto le amiche del martedì. Le notti passate insieme in un dormitorio contribuivano davvero alla comunione tra i popoli. Il gruppo salutò le donne come se, invece che alla processione per la Vergine, si trovassero alla sfilata delle nazioni dei Giochi olimpici. Judith non era l'unica a preoccuparsi. Anche Max già temeva che la giornata avrebbe avuto un tragico epilogo.

«Spero solo per noi che non dormiremo nello stesso posto. Un'altra notte in mezzo a quel ronfare proprio non la sopporterei», si lamentò il ragazzo, servendo a Estelle su un piatto d'argento un'idea geniale per distrarre Judith.

«Dobbiamo metterci subito alla ricerca di un alloggio! Quando si sarà conclusa la processione non troveremo più nulla», disse Estelle. «Non voglio finire a dormire con i francesi sui materassini di una palestra.»

Judith annuì nervosa: «Prendiamo un buon hotel. Uno in cui siamo sicure di non incontrare gruppi di pellegrini».

«Il più costoso sulla piazza», esclamò Estelle trionfante.

Entusiasta, tirò fuori le sue stampate. Ecco, lì vicino c'era uno dei ristoranti raccomandati. Se le camere erano ricercate come il menu, quella sarebbe stata la sua giornata. Fra sé e sé ringraziò i francesi per la loro provvidenziale ricomparsa sulla scena.

«Al conto ci penso io», sussurrò a Kiki. Anche stavolta avrebbe salvato l'amica da una situazione finanziaria di estrema emergenza. Una sera la *grande dame* davanti a Le Jardin aveva addirittura dovuto liberarla dalle grinfie di una tassista che aveva l'aspetto di un pugile ed era insensibile al fascino di Kiki.

«Eppure ero certa di avere ancora una banconota, lo giuro», si era lamentata la ragazza. «Ma lei non voleva proprio saperne di abbonarmi dodici euro e quaranta.»

Estelle le allungava i soldi per il taxi, per la sua parte nel conto di Luc e a volte anche quelli per l'affitto. E ora, per l'appunto, il denaro per l'hotel.

«Te li restituisco», promise la ragazza.

«A rate, come al solito», acconsentì Estelle. Sapeva che non aveva senso cercare di regalare qualcosa a Kiki. Era troppo orgogliosa.

Estelle s'incamminò, e Judith la seguì. Si girò un'ultima volta. Non verso i francesi, ma verso Caroline, impegnata in un'animata discussione con un paramedico locale.

52.

«L'uomo con le camicie di flanella, il cowboy, Arne!»

Caroline annuì. Ci era voluto parecchio tempo prima che l'uomo capisse di chi stava parlando. Conosceva Arne. E anche bene.

«Sono passato a prenderlo con l'ambulanza e l'ho portato a Tolosa», confermò. «Da lì è stato trasferito all'ospedale di Colonia.»

Caroline capiva soltanto la metà di quello che lui le diceva.

«Ha avuto una crisi durante il pellegrinaggio?»

L'altro la squadrò come se le mancasse qualche rotella.

«Arne? In pellegrinaggio? Ma figuriamoci. Stava trascorrendo le sue vacanze da Dominique. Come al solito.»

Lo aveva detto in modo lapidario, come se fosse una cosa risaputa. Nella testa di Caroline quella frase iniziò a rimbombare. "Come al solito." "Dominique." "Vacanze." Stava cercando di rimettere insieme le singole parole in modo che quadrassero con quello che sapeva dell'amico defunto. Il meglio che riuscì a tirar fuori fu una stupida domanda supplementare: «Quindi Arne è venuto qui molte volte?».

Il paramedico non aveva nessuna voglia di continuare a parlare con quella signora insistente. «Purtroppo devo rispettare il segreto professionale», disse, per poi farle un cenno di saluto ed essere riassorbito dal flusso di fedeli.

Sainte Marie, priez pour nous,
Sainte Mère de Dieu, priez pour nous
Sainte Mère toujours, priez pour nous...

Segreto professionale. Quella scusa Caroline l'aveva già sentita, anche se da allora sembrava essere passata un'eternità. Stavolta, però, era decisa a non demordere.

«Lei mi deve aiutare. Deve aiutare la mia amica. È importante», insisté.

Il paramedico, assorto nel suo raccoglimento religioso, si sentì profondamente disturbato. Caroline era riuscita ad accendere la sua predisposizione alla collera.

«Ma dove crede di essere?» l'assalì. «Alla sfilata di Disneyland che organizziamo apposta per i turisti tedeschi? Arriva e si mette a fare una marea di domande. Ma chi è lei? I servizi segreti?»

Intorno a loro iniziarono a voltarsi alcuni fedeli. Per precauzione, Caroline tacque. Se avesse detto qualcosa, probabilmente sarebbero rispuntati fuori i conti ancora aperti della seconda guerra mondiale. Il suo uomo, però, se n'era già andato e stava per scomparire dietro la curva, sempre imprecando: «Ma chi vi credete di essere voi tedeschi? Perché siete convinti che ogni cosa vi appartenga? E di poter fare sempre quello che volete?».

I fedeli lì intorno lo esortarono a tacere. Scoppiò un piccolo tafferuglio. Un paio di compaesani si immischiarono e si misero a parlare con il paramedico gesticolando in maniera concitata. Dentro di sé Caroline si stava già preparando alla ritirata quando l'uomo fece un gesto inaspettato.

«Chieda a Dominique», le gridò. Scarabocchiò qualcosa su un foglietto, lo diede alla donna e scomparve definitivamente in mezzo alla processione.

Sainte Marie, priez pour nous,
Sainte Mère de Dieu, priez pour nous
Sainte Mère toujours, priez pour nous...

Caroline era come paralizzata dalla sorpresa. Non aveva nessuna risposta, soltanto l'indirizzo di Dominique. Bisognava porre domande solo se si potevano sopportare le risposte. Quanta verità avrebbe retto Judith?

Così, l'avvocato appallottolò il foglietto, lo buttò in un

cestino e se ne andò. Fece cinque passi, poi tornò indietro. Si mise a frugare schifata nei rifiuti, ritrovò il suo pezzo di carta e lo appiattì. Aveva le mani che le tremavano. In quel momento venne assalita da una strana sensazione. Un calore improvviso le invase la spina dorsale e la costrinse a girarsi. La processione aveva fatto il giro della piazza e stava avanzando verso di lei. La dorata figura di Maria si era illuminata e fluttuava sulle teste dei fedeli. La Madonna sprigionò una specie di segreta magia e per un millesimo di secondo Caroline si sentì unita alla Vergine. In quel momento inspiegabile davanti all'avvocato non c'era più una statua di legno: quella figura l'aveva guardata dritto negli occhi, avrebbe potuto giurarlo.

Provata, la donna chiuse gli occhi e si scrollò di dosso quella sensazione assurda. Dormire male poteva provocare allucinazioni. A quanto pareva succedeva anche nei casi di stress fisico e spirituale.

Diverse ore dopo, Caroline giaceva in un comodo letto che meritava tutte e cinque le stelle assegnate all'hotel. Avevano banchettato in maniera eccellente – soltanto la parola «banchetto» avrebbe potuto descrivere il faraonico menu da sei portate – e bevuto in abbondanza. Eppure lei non riusciva a dormire. Era distesa nel letto vicino alla finestra e fissava la notte scura e senza stelle sperando in un miracolo. Il miracolo sarebbe arrivato. Ma funesto. Non solo per Judith. Soprattutto per Caroline.

53.

L'avvocato non era l'unica a sperare in un miracolo.

«Non vedo l'ora che gli *Heinzelmännchen* tornino di nuovo a Colonia», confessò Frido a Eva nella loro telefonata serale. Si riferiva naturalmente ai personaggi tanto amati dai bambini, i nanetti tuttofare che secondo la favola arrivavano di notte a Colonia per sbrigare ogni lavoro mentre gli abitanti della città dormivano.

Eva non ebbe bisogno di ulteriori dettagli. La stanchezza nella voce del marito bastò a farle immaginare che aspetto avesse la loro cucina. L'aspetto che hanno le cucine quando non ci sono *Heinzelmännchen* in circolazione: contenitori dell'immondizia traboccanti, lavastoviglie piena, la pastiglia di detersivo inserita, il tasto dell'accensione dimenticato. Magari anche i calzini da tennis nelle cassette delle bevande vuote.

Frido era un uomo pragmatico. Non doveva consultare un oracolo per sapere chi si era occupato di tutto quel lavoro fino a quel momento. L'unica cosa che lo lasciava di stucco era la mole.

«Ma tu come ci riesci?» domandò a Eva esausto.

«Non è che ci riesco», confessò lei. «Faccio solo finta.»

«E poi queste sedute che non finiscono mai», si lamentò Frido. «Solo quando uno è stretto con i tempi si accorge di quanti mostri possano essere seduti intorno a un tavolo da riunione. Li ho individuati tutti: i logorroici, i fissati con le domande, i muti e gli attori. E i veri responsabili delle decisioni... tacciono.»

«Dovreste assumere più madri di famiglia», propose Eva. Chi aveva dei bambini a casa che aspettavano un pasto caldo, un bacio della buonanotte o una spalla genitoriale su cui appoggiarsi non aveva tempo per ripetizioni infinite, ampollose futilità e decisioni rinviate. Ma probabilmente ai piani alti quella voce non era ancora arrivata. Frido si limitava a sospirare.

«Non vedo l'ora che torni a casa», confessò con un filo di voce.

Eva tacque. Qualcosa era cambiato. Si era lasciata trascinare in quel pellegrinaggio soltanto perché voleva fare qualcosa per Judith. E perché le altre amiche del martedì pensavano che fosse una buona idea. Strada facendo, però, aveva iniziato a camminare perché le faceva bene. Eppure, non osò rivelarlo a Frido, il quale era già abbastanza provato. Non gli disse dei momenti in cui non si pensava più a nulla e si sentiva soltanto il terreno che cambiava sotto i piedi, in cui si aspirava profondamente l'odore dei ginepri e delle ginestre, si assorbivano dentro di sé le ombre mutevoli e si osservava il gioco delle nuvole e dei colori. Si percepiva ogni centimetro di discesa e di salita della strada, ogni minima variazione di pendenza.

«Buonanotte Frido», disse infine Eva. Non ebbe il coraggio di confessargli quanto fosse felice di avere davanti ancora un paio di giorni di pellegrinaggio. La verità era che non le importava che la cucina di Colonia fosse in ordine o no. Si trovava in un momento magico del suo viaggio: era andata via di casa e si era lasciata alle spalle la sua routine, ma non era ancora arrivata da nessuna parte. Era semplicemente in giro. Dove la portava il vento.

54.

Sembrava che il cielo avesse ordito una congiura contro le amiche del martedì. Dopo che il fato aveva portato loro in dono due posti liberi su un pullman e un viaggio gratuito da Montcaup a Saint-Bertrand-de-Comminges, si erano fatte prendere da un piacevole ritmo ozioso.

«È previsto brutto tempo», le aveva messe in guardia l'autista.

Galvanizzate dall'idea di aver notevolmente accorciato le due lunghe tappe che avevano di fronte, le donne si erano trattenute troppo a lungo nella famosa cattedrale. Invece di iniziare a camminare di buona lena, avevano ammirato le meravigliose decorazioni in legno e gli imponenti stalli del coro.

Poi, quando finalmente si erano messe in marcia, era troppo tardi. Nel cielo si erano accalcate nuvole scure, offrendo uno spettacolo grandioso. Sullo sfondo brillavano le vette dei Pirenei, ogni giorno più vicine. Stava per scatenarsi un temporale.

Judith e Max si posizionarono in testa al gruppo. Dietro di loro cresceva una certa agitazione.

«Allora? Avete scoperto qualcosa?»

Eva si avvicinò con curiosità a Estelle e Caroline. Lo stesso fece Kiki. L'avvocato si girò indignata verso la *grande dame*, la quale fece un gesto di scuse.

«Il mio spirito era pronto, ma la bocca debole...»

Permettere che le tre si dividessero una stanza la notte precedente era stato un grosso errore.

«Allora? Raccontaci! Ci sono novità sul diario? Cosa ti ha

detto il paramedico?» insisté Estelle. Per tutta la sera la *grande dame* aveva cercato, invano, di avvicinarsi a Caroline.

Judith, infatti, si era insospettita ed era rimasta sempre appiccicata all'avvocato. Lei, che di solito era la prima ad andare a letto, aveva ordinato perfino il dessert. Poi aveva voluto a tutti i costi dividere una doppia con l'amica. Quest'ultima, vedendo le candele, la foto e il bicchiere di vino che, come ogni sera, Judith sistemava come un altare improvvisato, aveva sentito volatilizzarsi il desiderio di dirle tutto.

Un tempo, forse, Caroline avrebbe vuotato il sacco tutto d'un fiato. Un tempo significava dieci giorni prima. A Colonia si mangiava ai fast food, si era perseguitati da Internet e dalle e-mail e, se ci si sentiva troppo stressati, si poteva fare un bel *power nap*, un pisolino di dieci minuti al massimo. Nel cammino di pellegrinaggio, però, Caroline aveva il tempo di reagire. A piedi, tutto scorreva lento. Dominique viveva non lontano da Angles e per arrivarci bisognava superare altre due salite. Un giorno non sarebbe bastato. Caroline era grata per questa ultima proroga. Doveva ancora combattere con quello che aveva scoperto il giorno prima.

«A quanto pare, Arne trascorreva le sue vacanze da queste parti ogni anno. Da una persona che si chiama Dominique», spiegò Caroline. Lo disse sforzandosi di essere il più neutrale possibile, ma la notizia ebbe comunque l'effetto di una bomba. Estelle si lanciò subito in congetture: «Forse Arne aveva una seconda famiglia, dei figli, una doppia vita misteriosa».

«Dominique potrebbe anche essere un nome maschile», ricordò Caroline.

Eva annuì agitata. Non voleva credere nemmeno per un attimo all'eventualità che Arne avesse ingannato Judith. «Potrebbe essere una cosa del tutto innocente. Soltanto un grosso equivoco!»

Caroline si torturava con gli autorimproveri: «La cosa peggiore è che sono stata io a incoraggiare Judith a venire qui!».

«Sì, ma chi avrebbe potuto immaginarlo? Arne adorava Judith!» osservò Eva.

«Però le ha mentito comunque», constatò Estelle.

In realtà fu Kiki l'unica a mettere a fuoco il vero problema: «E ora che cosa facciamo? Glielo diciamo?».

Come se fosse stata chiamata, Judith si girò. In qualche modo aveva percepito che gli accesi discorsi alle sue spalle la riguardavano. Le quattro donne, che fino a un attimo prima stavano discutendo animatamente, ammutolirono.

55.

«Ma di cosa diavolo parlano tutto il tempo?» domandò Judith meravigliata. Da giorni, ormai, aveva la sensazione che stessero succedendo cose strane.

«Ah, non chiedere a me. Io sono quello che ne sa meno di tutti», rispose Max. «A me mica li dicono i loro segreti.»

«Be', se è per questo neanche a me», si lamentò Judith.

Ogni giorno che passava, le sue amiche le risultavano sempre più estranee. Si sentiva permanentemente osservata e giudicata. Sapeva che in fondo loro si aspettavano che si scrollasse di dosso il lutto e tornasse a essere la vecchia Judith. Era contenta che Max si fosse unito al gruppo: si sentiva attratta da lui. Non come si sente attratta una donna da un uomo più giovane: non si era mai neanche lontanamente immaginata di potersi innamorare di un ragazzino. Era una cosa diversa. Lui era l'unico che le stava di fronte senza pregiudizi. Sospettosa, la donna si girò un'altra volta. Quasi contemporaneamente, le amiche le rivolsero un sorriso ambiguo. Più evidente di così non poteva essere.

Una violenta folata di vento le tolse il respiro. Per l'intera tappa Judith aveva osservato il cielo preoccupata. Con le prime gocce si spense ogni speranza che le nuvole sarebbero passate oltre. La pioggerellina si trasformò in un temporale e i Pirenei scomparvero fra dense nubi. I fulmini facevano sussultare il cielo, i torrenti si gonfiavano trascinandosi dietro le piante sradicate. Nel giro di pochi minuti, il sentiero diventò impraticabile.

Trovarono un riparo d'emergenza in una baracca di legno. Insieme a nugoli di mosche in fuga dalla pioggia. Nemmeno la costosa tavoletta di cioccolata Valrhona e le banane che Max come per magia tirò fuori dalla borsa a tracolla rasserenarono il clima. Nella natura selvaggia, un temporale sembrava una forza primordiale. Il vento scuoteva la fatiscente struttura e la pioggia continuava a picchiare sulle tavole, che facevano acqua da tutte le parti. C'era odore di fieno umido, marcio.

«Già la puzza mi fa venire l'allergia», si lamentò Estelle continuando a scacciare le mosche.

Un quarto d'ora dopo, i fulmini erano passati oltre. La pioggia era diminuita.

«Non ha senso aspettare ancora», decise Caroline, «altrimenti arriveremo con il buio.»

L'idea di percorrere la strada provinciale e di fermarsi al primo paese si rivelò un terribile errore. La vista era pessima, la strada stretta. Ogni volta che un camion strombazzante sfrecciava sibilando pericolosamente vicino al gruppo, le amiche del martedì venivano travolte dagli schizzi. Non avevano scelta: dovevano per forza prendere la strada secondaria, ben più lunga.

Con fatica si trascinarono verso il sentiero in salita ammorbidito dal temporale. Nel pantano si procedeva a passo di lumaca. I sei non si erano mai sentiti così vicini alla terra, né avevano mai guardato il cielo con maggior brama. Solo da lì, infatti, poteva giungere la salvezza. La pioggia restringeva l'orizzonte, dove la meta del giorno non era neanche visibile. Judith imprecava fra sé e sé. Poteva ripetersi migliaia di volte che quelle gocce portavano con loro una pulizia esteriore che andava di pari passo con quella interiore. In quel momento, però, il romanticismo da pellegrinaggio e il pathos religioso erano pensieri lontani da lei anni luce, così come i mormorii e i segreti delle amiche. L'unica cosa che contava era arrivare alla fine di quella tappa.

Ogni tanto, lungo la strada, spuntava una conchiglia di san Giacomo. Orientarsi era difficile e c'era acqua da tutte le parti. Scorreva sulle loro mani, s'infilava nel colletto e nelle scarpe. Sotto gli impermeabili spiegazzati tirati fuori dagli zaini in fretta e furia si creò un microclima afoso.

«Se non stiamo attente, sotto questa specie di pelle di plastica si accumulerà troppo calore e potremmo rischiare un collasso», spiegò Eva attingendo alle sue vecchie nozioni di medico.

Sulle guance di Judith scorrevano lacrime di sfinimento. «Bisogna pellegrinare con tutti i sensi», aveva scritto Arne sul diario. Quel giorno, però, più che un senso, ad accompagnarla lungo il cammino era stato un controsenso.

56.

Dalla torre sopra le loro teste giungevano i cupi rintocchi del campanile. In lontananza, la debole eco del canto dei monaci. Stavano pregando per la salvezza degli ospiti che il tremendo acquazzone aveva trascinato fino alla soglia del loro convento. Di solito non accoglievano né turisti né pellegrini, ma per quelle sei figure intirizzite dal freddo che nel tardo pomeriggio erano apparse all'ingresso del monastero di Saint-Martin l'abate aveva fatto un'eccezione.

Si erano rifocillati con tè caldo e torta marmorizzata. Le scarpe erano state riempite con fogli di giornali sulla letteratura edificante cristiana e messe ad asciugare vicino a una stufa di maiolica bollente.

L'acqua calda lavò via i resti di fango dalle stanche membra. Kiki fu una delle ultime a infilarsi sotto la doccia. Non la disturbava il fatto che anche qui le docce fossero separate tra loro al massimo da mezze pareti. Non le importava che accanto a lei si stesse lavando qualcun altro. Fino a quando non sentì un profumo particolare. L'aspro aroma di un docciaschiuma che le era fin troppo familiare. Una rapida occhiata al di sotto della parete divisoria le confermò che il suo fiuto non l'aveva ingannata. Nella doccia accanto c'erano molta schiuma e grossi piedi nudi maschili. I dubbi erano pari a zero: si trattava di Max. E anche se lui faceva finta di canticchiare in maniera innocente, Kiki era sicura che fosse tutto calcolato.

Imprecando, si affrettò a coprirsi con l'asciugamano. La

stanza che avrebbe condiviso con Judith, però, era chiusa. A Kiki non rimaneva altra possibilità che raggiungere le altre amiche, le quali stavano stendendo i loro malridotti vestiti su un filo metallico nel cortile del monastero.

«Judith è nella cappella», spiegò Caroline. Aveva aspettato Kiki per discutere il da farsi. «Dobbiamo dirle quello che abbiamo scoperto. Altrimenti questa storia ci dividerà per sempre», annunciò con voce decisa.

A quel punto, la rabbia prese il sopravvento. Soprattutto in Eva. «Ma si può sapere come vi è venuto in mente di spiare fra le sue cose?»

Anche Kiki non era convinta del piano. Secondo lei, i chiarimenti venivano molto sopravvalutati. «Tesoro, dobbiamo parlare.» Quante relazioni erano naufragate per i litigi provocati da quella frase funesta? Prima di parlare bisognava calcolare il rischio di ferire. E le possibilità di cambiamento. Nel caso di Arne, nessun chiarimento avrebbe potuto migliorare la situazione.

«Judith ama il suo Arne. Dobbiamo proprio distruggerle il ricordo? Non bisogna sapere sempre tutto», osservò Kiki.

Caroline, però, fu inflessibile. «Sono sicura che Judith sospetta qualcosa. È dall'inizio del viaggio che si comporta in modo strano.»

Estelle si schierò dalla parte dell'avvocato. «Glielo dirà Caroline», disse prima che a qualcuno potesse venire in mente che quel compito ingrato spettasse a lei.

«E cosa le dirà?» replicò Eva in tono ironico. «Non sappiamo nemmeno cosa combinava Arne in questi suoi misteriosi viaggi.»

«Sì, ma sappiamo benissimo cosa fanno di solito gli uomini nel tempo libero», pontificò Estelle.

«Che cos'è questa? Una riunione tra signore per spettegolare sulle disgrazie altrui?»

Le quattro donne ebbero un sussulto. Prese dalla discussione, non avevano notato che Judith, da dietro, si stava avvicinando. Di colpo, il discorso si spense. Tanto ormai lei aveva capito. «Non sono né cieca né sorda né stupida. Tutti quegli sguardi, i mormorii, gli ammiccamenti di Estelle... sareste così gentili da mettermi al corrente del vostro segreto?»

Silenzio. Ancora silenzio. Eva non si sentiva abbastanza informata sui fatti per iniziare il discorso, Estelle fece finta di essere su un altro pianeta e Kiki proprio in quel momento si accorse che il fondo del suo zaino era impermeabile, ma purtroppo non si poteva dire altrettanto della parte superiore. Gli amati progetti stavano galleggiando in una specie di pozzanghera. La giovane designer capì che il suo futuro era finito a bagno. Ogni singolo tratto, pensato e tracciato con tanta cura, si era dissolto nell'acqua. Ormai la sua idea era soltanto un nebuloso ricordo che vagava nell'universo senza una patria. Quel capolavoro di filigrana non le sarebbe riuscito una seconda volta.

Uno sguardo a Judith fece capire a Kiki che non era il momento di lamentarsi. C'era di molto peggio. E dirlo, come sempre, toccava a Caroline.

57.

Dove doveva iniziare? Niente di quello che si studiava alla facoltà di Giurisprudenza era in grado di preparare una persona a qualcosa che, nel mestiere di avvocato, apparteneva alla routine quotidiana: comunicare brutte notizie. Nel medioevo i messaggeri che portavano ambasciate funeste spesso e volentieri rischiavano la decapitazione. In quel momento, Caroline aveva in serbo un intero repertorio di brutte notizie da riferire a Judith. Dal furto del diario, al tradimento della fiducia, fino ad arrivare alle strane manovre di Arne.

Quando si deve raggiungere una vetta, la via meno faticosa è sempre procedere a zig zag. Valeva anche per gli inizi dei discorsi spiacevoli. Così Caroline, con cautela, cominciò ad avvicinarsi a tastoni alla verità.

«Si tratta del diario, di quello che ci ha scritto Arne.» Poi, subito una pausa. Questo l'aveva imparato da Philipp, il quale nel suo studio ogni settimana si ritrovava a dover comunicare diagnosi negative. Le pause davano il tempo a chi ti stava di fronte di seguire il discorso e di formulare qualche domanda. Judith probabilmente non aveva la più pallida idea di simili teorie. Ancor prima che Caroline avesse raggiunto la prima curva a gomito nel suo percorso a serpentine, le scaricò addosso una raffica di rimproveri.

«Che fai, mi spii?»

«Prima ascoltami.»

Judith non aveva nessun bisogno di ascoltare. Aveva già tratto le sue conclusioni.

«Non è stato un folletto a far atterrare il diario sotto il mio letto. E neanche un pellegrino che mi stava seguendo. Ce l'avevi tu. Sei stata tu a prenderlo in prestito di nascosto.»

«No, sono stata io», confessò Estelle. «Caroline non ha potuto fare nulla per impedirmelo.»

«È stato uno sbaglio», disse l'avvocato senza troppi giri di parole.

«Ma come vi viene in mente di frugare tra le mie cose? Che cosa c'entrate voi con il diario di Arne? È una cosa che non vi riguarda!»

Judith aveva ragione. Avevano fatto un errore, e se volevano che la loro amicizia avesse ancora un futuro doveva essere riparato. Basta con le bugie. Erano come un boomerang: tornavano indietro e si ritorcevano contro chi le aveva messe in circolazione per evitare il peggio. A volte il boomerang si ripresentava subito, a volte ci metteva più tempo. A Caroline era capitato di difendere un uomo che era stato riacchiappato dalle sue menzogne a decenni di distanza. Il dipartimento dei Cold Case aveva riaperto il caso relativo alla morte di una tredicenne, avvenuta trent'anni prima. Quello che allora era stato soltanto il figlio del vicino sospetto era diventato un cittadino modello, un impeccabile padre di famiglia e un diligente impiegato con la fedina penale immacolata. Era passata una mezza vita prima che venisse condotto davanti a un giudice. Senza volerlo, diventò il miglior testimone dell'accusa perché non si ricordava più quali bugie avesse scodellato agli inquirenti in passato. Della verità ci si ricorda anche dopo secoli, le bugie finiscono quasi subito nel dimenticatoio. Quando il boomerang era tornato indietro, l'uomo era stato colto impreparato. Caroline non voleva che le succedesse una cosa del genere. Non con le sue amiche del martedì.

Deglutì, e continuò a parlare. Perché non aveva scelta. Era il momento di scoprire tutte le carte.

«Sembra che Arne non abbia mai fatto nessun pellegrinaggio. Il suo diario è un collage di articoli scopiazzati da Internet.»

Judith proruppe in una risata beffarda: «A te Arne non è mai piaciuto. Perché stonava nella tua visione del mondo perfetta e razionale».

Fra sé e sé, Caroline si ripromise di mantenere la calma. E di considerare le risposte dell'amica per quello che erano, ovvero un goffo tentativo di affibbiarle la parte della cattiva. Un tentativo di negare una cosa che probabilmente aveva immaginato da quando il Massif de la Clape era scomparso alla loro vista.

«Judith, abbiamo un testimone. Arne trascorreva qui le vacanze. Regolarmente. Da una persona che si chiama Dominique.»

Gli occhi della donna si restrinsero minacciosi: «Continua!».

«Non sappiamo altro», confessò Caroline. «Abbiamo soltanto l'indirizzo di Dominique. Niente di più.»

Ormai il rospo era uscito. L'avvocato squadrò l'amica: come l'avrebbe presa? Le altre tre donne sottoposero le punte dei loro piedi a un'accurata ispezione. Dopo un attimo di terrore, Judith esplose in una risata. Una risata di cuore. Liberatoria. Del tutto inappropriata.

«Capisco che tu abbia bisogno di tempo per lasciar assestare la cosa», aggiunse Caroline prudente.

Judith continuava a ridere. Era un comportamento assurdo. Estelle tamburellava con gli indici sulle proprie tempie: l'amica sembrava essere completamente uscita di senno.

«Se, date le circostanze, desideri porre fine al pellegrinaggio, posso capirlo. Tutte noi lo capiremmo», spiegò l'avvocato.

All'improvviso, Judith smise di ridere. I suoi occhi scagliavano dardi infuocati contro Caroline. L'esserino indifeso di un attimo prima si trasformò in una forza della natura. In preda a una rabbia cocente.

«Ah, la Super Caroline, che ha sempre una parola saggia per ogni situazione. La tua saccenteria mi fa vomitare.»

Le amiche del martedì erano sotto shock. Solo l'avvocato restò calma: «Se vuoi sfogare la tua ira su di me, fai pure. Io non ho nessun problema».

Il tentativo di evitare che il discorso degenerasse ulteriormente si sfracellò contro l'aggressività di Judith. «Tu e la tua arroganza di merda», inveì la donna contro Caroline. «Cosa c'entri tu con i segreti di Arne? Fossi in te mi preoccuperei di più per il tuo matrimonio.»

Silenzio. Improvviso. Terrore. La sparata di Judith riecheggiò intorno alle donne. La stessa Judith sembrava sconvolta da quello che si era appena lasciata scappare.

Caroline sentì crescere l'insicurezza che la inquietava nel profondo. Dalla telefonata con Philipp il pensiero dello strano comportamento del marito aveva continuato ad assillarla, ma non ne aveva fatto parola con nessuno. Lei non diceva mai cosa aveva dentro. Aveva difficoltà a parlare dei suoi sentimenti e i problemi preferiva tenerseli per sé. Fece ruotare le spalle. Il movimento aiutava a smaltire l'adrenalina. A riprendere il controllo su una voce tremante. Erano tutti trucchi degli inizi della sua carriera. Alcuni colleghi ricorrevano alle benzodiazepine. L'unica volta che Caroline li aveva provati aveva perso il processo. Le pasticche non avevano diminuito soltanto il nervosismo, ma anche la concentrazione, e di molto. Lei, per funzionare, aveva bisogno di tensione. Ma non quel tipo di tensione. Non nella vita privata.

«Che cosa volevi dire? Judith, di cosa stai parlando?» domandò Caroline dopo aver riacquisito, almeno in parte, il controllo di sé stessa.

L'amica fece marcia indietro. Le tremavano le palpebre e, con movimenti nervosi, si mise a raccattare i vestiti sporchi.

«Scusami. Non intendevo dire quello. L'ho solo buttata lì così. Scusami, sono soltanto un po'...» Judith stava provando a ridimensionare la sua incauta affermazione, ma si impappinò ancora di più e concluse la frase imprecando.

«Lo sapevo. In realtà i pellegrinaggi tirano fuori il *peggio* delle persone», commentò Estelle in tono asciutto.

58.

«Voglio restare da sola», gridò Judith.

Kiki, rimasta chiusa fuori dalla propria stanza, era esasperata. Nell'imponente corridoio del monastero, sorretto da archi a tutto sesto, si gelava. Attraverso le numerose finestre filtravano gli ultimi bagliori del giorno. La povera ragazza stava battendo i denti. L'edificio non aveva un sistema d'isolamento moderno e le cantine trasmettevano tutto il freddo al piano terra. La ragazza saltellava da un piede all'altro. Era ancora scalza, con il corpo avvolto nell'asciugamano.

Qualche metro più in là, Max era appoggiato alla parete gelida con un ghigno di sufficienza.

«Io ho una stanza per due... un letto per due... due coperte.»

Kiki evitava di incrociare il suo sguardo e continuava a bussare alla porta con energia. Quella giornata era già stata un autentico disastro, non era in grado di affrontare altri problemi.

«Judith, aprimi!» implorò l'amica.

Max, però, stavolta era deciso a non farsela sfuggire. «Quindi per te conta solo l'età?» disse riprendendo il tema del loro diverbio.

Kiki non smetteva di battere con il palmo della mano contro la porta. I monaci che si stavano dirigendo alla funzione serale si voltarono. Una donna con addosso un asciugamano striminzito e con un uomo molto più giovane alle calcagna: non era una scena che vedevano tanto spesso nelle loro sacre stanze. Così, scivolarono lungo il corridoio più lenti che potevano.

Max riprovò: «Nella scelta del partner non ci si dovrebbe fissare soltanto su un aspetto. Se uno cerca un angelo e guarda soltanto le ali, potrebbe finire per portarsi a casa una gallina lessa».

Kiki ridacchiò. L'immagine della gallina lessa l'aveva divertita.

«Intendiamoci, non ho nulla contro le galline lesse», proseguì Max. «Con un po' di verdure possono diventare un piatto da leccarsi i baffi.»

La ragazza si arrese. Aveva capito che, se non voleva morire assiderata, non aveva senso aspettare in corridoio che Judith si calmasse. «Okay, accetto la tua proposta. Ma non significa nulla. Non farti venire strane idee. La mia posizione non cambia», chiarì a scanso di equivoci.

Max alzò la mano in segno di giuramento. «Giuro che non ti sfiorerò nemmeno. Su ciò che mi è più caro.» Dal lampo di sfacciataggine che balenò nei suoi occhi si capì che non poteva essere granché. Kiki fece un passo verso di lui, ma con la mano sfiorò l'asciugamano, che scivolò per terra. Max lo raccolse e glielo avvolse intorno alle spalle. Le andò vicino. Troppo vicino. Pericolosamente vicino.

«Gli angeli sono asessuati», gracchiò Kiki con voce rauca, «per questo la loro vita è così tranquilla.»

Max non era affatto interessato agli angeli: «Chi di noi, in fondo, vorrebbe vivere lassù, in cielo? Lì ci finiscono soltanto le persone noiose».

Scostò una ciocca di capelli dal viso di Kiki. Con la punta delle dita le accarezzò le guance, sfiorò le sue labbra. Stava tremando, le sue ginocchia cedettero. Fra la pioggia incessante, i progetti andati in fumo e il litigio tra le amiche, il suo spirito di resistenza si era volatilizzato.

In quindici anni di amicizia, nel gruppo c'erano stati una marea di equivoci, liti e diverbi. Ma nulla di paragonabile a ciò che era appena successo. Le amiche del martedì erano sempre state il suo bastione in mezzo alla tempesta. Ora era finito tutto a bagno. Non solo i progetti.

Sfinita, Kiki appoggiò la testa sul petto di Max. Lui le accarezzò le spalle. Kiki sentì il suo profumo: profumo di docciaschiuma, di estate, di fragole mature. Il profumo di Max, allo stesso tempo familiare ed estraneo, caldo e seducente. Kiki si arrese. Per sfuggire a quell'amore impossibile era scappata a centinaia di chilometri di distanza da Colonia. Aveva camminato per giorni davanti a lui, dietro e al suo fianco. Finché, a furia di sforzarsi di guardare altrove, non aveva iniziato a dolerle la cervicale. L'asciugamano finì di nuovo a terra. Nel corridoio del convento, seminuda, Kiki dimenticò il mondo intorno a sé.

59.

«Semmai dovessi aver bisogno di qualche informazione sulla mia vita e sui miei stati d'animo, mi farò viva!» Era passato un bel pezzo da quando Caroline aveva fatto quella battuta. Forse era arrivato il momento di passare ai fatti.

Era rimasta nel cortile interno. Circondata da mura vecchie di centinaia di anni, si sentiva come fuori dal tempo. Ogni tanto si udivano i rintocchi del campanile e le preghiere. Una tonaca da monaco sfilò nel chiostro frusciando. Un paio di galline spaventate beccavano l'erba, un gatto giaceva indolente su una panca. Quell'idillio era in stridente contrasto con ciò che Caroline si sentiva dentro. Era sola. L'unica testimone della sua confusione era una Maria di pietra rovinata dalle intemperie.

«Fossi in te mi preoccuperei di più per il tuo matrimonio.» Ormai quella frase si era insinuata in ogni meandro del suo cervello. Fra sé e sé ripassò in rassegna le anomalie dell'ultimo periodo. Il saluto affrettato e poco affettuoso, i giorni in cui non era riuscita a contattare Philipp, la strana telefonata, il silenzio. Tra le mani si rigirava un cartoncino, che aveva appena tirato fuori dal portafoglio. Era il biglietto da visita del suo collega. Da quando si erano incontrati in tribunale e lui le aveva suggerito in maniera così sfacciata di cambiare la sua vita non l'aveva più visto. Ogni tanto Gassner le aveva mandato un SMS per ricordarle che la sua proposta era ancora valida.

"Sono pienamente soddisfatta della mia vita", si era detta qualche settimana prima, dopo quell'incontro. Ma le parole del collega le risuonavano nella mente: «Suo marito ha lo studio, i congressi, lo sport... e lei? La vita non può certo essere tutta qui».

È da un pezzo che Philipp ha una vita propria: era questo che stava cercando di dirle il collega? Judith e l'avvocato si erano resi conto di qualcosa che era sotto gli occhi di tutti? Spesso, però, avere il coraggio di mettersi in discussione non era facile. Ecco perché nella voce di Gassner le era sembrato di cogliere quella sfumatura di compassione... Caroline l'aveva percepita. E poi rimossa.

"La vanità è una brutta bestia", si disse. Si era sentita lusingata che qualcuno la stesse corteggiando. Quella specie di flirt l'aveva divertita e aveva archiviato le insidie nascoste tra le domande del collega come se niente fosse. Aveva ignorato tutti i campanelli d'allarme. Non era facile darla a bere a Caroline. Solo lei stessa poteva riuscirci.

La donna fissava il biglietto da visita come se quel numero di telefono contenesse la soluzione di ogni problema. La Maria di pietra sembrò annuire nella sua direzione. Caroline decise che non le importava se era solo una banale considerazione di riflesso o pura immaginazione. La donna di pietra aveva ragione. Così, senza pensarci due volte, tirò fuori il cellulare e si apprestò a compiere quel passo così poco convenzionale: digitare il numero di Paul Gassner.

«Lo sapevo», rispose lui baldanzoso all'altro capo del telefono. «Lo sapevo che si sarebbe fatta viva.»

Non era nemmeno sorpreso che l'avesse chiamato dopo aver esitato così a lungo. In realtà Caroline era ancora più meravigliata di lui. Come le era venuto in mente di mettersi nelle mani di un perfetto estraneo? Di un collega che conosceva solo in maniera superficiale? Poteva ancora scegliere. Fare finta di averlo chiamato per dirgli di no. Poteva essere una telefonata innocente. Ma voleva davvero continuare a non guardare in faccia la realtà?

«Non si tratta della sua offerta», confessò Caroline. «Si tratta di me.»

Paul Gassner temporeggiò cauto.

«A quanto pare, sembra che lei conosca la mia vita meglio di me.»

Caroline si sforzò di non guardare in direzione della Vergine. Non aveva bisogno di un segno divino per sapere che era giusto porre qualche domanda a sé stessa e agli altri. Non voleva ridursi come le tante mogli che le capitava di vedere in tribunale: ignare, cieche, sordomute e «verità-repellenti». Aveva conosciuto una marea di donne che, pur avendo assistito a una piena confessione, si ostinavano a non voler credere alla colpevolezza dei loro mariti criminali perché altrimenti avrebbero dovuto mettere in discussione sé stesse. Caroline non voleva essere come loro. Così, piano piano, si avvicinò a quello che voleva sapere.

«Riguardo a mio marito... quando ci siamo incontrati ci ha tenuto così tanto a sottolinearlo... Mi riferisco alla storia dei congressi e dello sport. Cosa intendeva di preciso?»

60.

Eva si rigirava nel letto senza riuscire a prendere sonno. Le aveva provate tutte. Bere un bicchiere di latte caldo, contare le pecore, canticchiare la canzone di chiesa di nonna Lore, inginocchiarsi. Non era servito a nulla. Nessun trucchetto riusciva a scacciare il senso di turbamento lasciatole addosso dal litigio. L'indomani si sarebbe risolto tutto, sperava. Judith e Caroline dovevano soltanto chiarirsi.

Eva poteva capire Judith. Il tradimento di fiducia di Caroline ed Estelle era più grave di qualunque cosa avesse fatto o non fatto il defunto Arne. Non c'era da sorprendersi che se ne fosse uscita con quelle stupide insinuazioni. Era come un animale messo all'angolo che mordeva alla cieca qualsiasi cosa gli capitasse a tiro. Ecco spiegato il motivo di quel meschino riferimento al matrimonio dell'amica. Non potevano essercene altri. Secondo Eva, Philipp e Caroline erano la coppia perfetta. Erano rimasti insieme per più di vent'anni, si trattavano con rispetto e potevano raccontare aneddoti senza interrompersi o rovinare il finale. Judith aveva soltanto cercato di restituirle pan per focaccia. "Domani sarà tutto risolto", si disse Eva. Di dormire, però, non se ne parlava comunque.

Snervata, la donna accese la luce. Quanto a essenzialità, la stanza era difficile da superare. Pareti bianche, vuote, una pesante porta di legno, una finestra troppo alta per potersi affacciare sul giardino. L'unica distrazione disponibile era una pila di «Lourdes Magazine». La «rivista per i pellegrini del terzo millennio», come indicava il sottotitolo, trattava un unico tema: la Lourdes storica dell'epoca delle apparizioni, le visioni di Bernadette, le guarigioni miracolose e gli stuoli di pellegrini. Una pagina su due conteneva un'immagine di Maria con il velo bianco, la fusciacca azzurra e le rose dorate su entrambi i piedi. «Pentitevi! Pentitevi!» non aveva fatto altro che predicare Maria. «Pregate Dio per i peccatori.»

Eva non dubitò neanche per un secondo dell'autenticità di quella storia. Perché la ragazza avrebbe dovuto raccontare bugie? Chi poteva averle suggerito la complicata frase della sedicesima apparizione *Que soy era Immaculada Councepciou*? La figlia di un mugnaio, con il suo grado d'istruzione, non avrebbe mai potuto inventarsi una cosa del genere. L'acqua di Lourdes aveva guarito molte persone, nel corpo e nell'anima. Magari la magia di quel luogo avrebbe contagiato anche i loro cuori.

«Penitenza, penitenza, penitenza», risuonò nella sua testa mezzo addormentata. Ma nel loro caso chi era il peccatore? Chi era il colpevole e chi la vittima? Com'erano andate le cose veramente?

«Fai attenzione a cosa leggi prima di addormentarti», le aveva sempre ripetuto nonna Lore. La storia di Bernadette, decise Eva, non era proprio l'ideale per cullarla dolcemente verso il mondo dei sogni.

Qualcosa si mosse. Si era ricordata di chiudere la porta? Forse no. A casa quel compito spettava sempre a Frido. Spesso Eva era già a letto da un pezzo quando lui beveva l'ultimo bicchiere di vino in salotto.

La Supermamma alzò la testa. Orientarsi non era facile. Niente luna, nessun bagliore di lampioni o luce di case vicine a illuminare la stanza spoglia. A Colonia di solito si tenevano le tende aperte. Spazi oscurati come quella cella le sembravano camere mortuarie. Le facevano venire gli incubi.

No, Eva non si era sbagliata. Sentiva dei passi che si stavano avvicinando. Passi di qualcuno che non voleva essere né visto né sentito. La maniglia si mosse lentamente verso il basso. Nella cornice della porta apparve una donna misteriosa. Con un vestito e un velo bianchi. La svolazzante figura aveva una cintura legata in vita.

«Sono io», sussurrò la pseudovergine. La voce, però, assomigliava più a quella di Judith che a quella dell'Immacolata Concezione. Era avvolta in un lenzuolo bianco. Nonostante fosse coperta, tremava come una foglia.

«Accidenti, pensavo che fosse una visione!» esclamò Eva arrabbiata. «Non farlo mai più!»

«Voglio sapere dov'è stato Arne», rispose Judith con una voce incredibilmente decisa. «Mi accompagni da Dominique?»

«Adesso? Nel cuore della notte?» replicò Eva stupita.

«Sono solo quattro chilometri. Se partiamo ora saremo lì per colazione. Non posso più aspettare.»

Nel buonumore di Judith c'era una nota che a Eva non piaceva. Prima quella strana risata dopo che Caroline le aveva rivelato che nel diario del marito qualcosa non quadrava. Poi quell'insolita sicurezza.

«Sei l'unica che mi ha sempre difesa. Da sola, non ho il coraggio.» Judith cercò di convincere l'amica, visibilmente perplessa. Poi Eva sgusciò fuori dal letto. Era da ingenui pensare che la tempesta che si era abbattuta sulle amiche del martedì si sarebbe placata da sola. Tanto non riusciva a dormire comunque. Era arrivato il momento di chiarire ogni cosa.

61.

«Ho sentito un rumore. Qui fuori c'è qualcuno.»

Un paio di celle più in là, Kiki si tirò su dal cuscino e si mise a origliare nell'oscurità. Dal corridoio si sentì lo scricchiolio di una porta, poi un rumore di voci soffocate e infine dei passi. Kiki aveva paura.

«In questo posto ci sono i fantasmi. Dico sul serio.»

«Rimettiti a dormire.»

Max ritirò giù Kiki sulla stretta branda. «Letto per due» era una definizione un po' esagerata per quel risicato giaciglio.

«Ma perché io non sono come te?» si domandò Kiki. «Tu non hai mai paura.»

Max farfugliò qualcosa mezzo addormentato. «Eccome se ho paura. Dei cani, degli esami a Londra, della gente in azienda che si aspetta che io sappia sempre tutto, di diventare calvo... io sono pieno di paure.»

Kiki si raggomitolò circondata dal suo braccio. «Forse... avere paura insieme potrebbe farci stare meglio.»

Tutto d'un colpo, Max era sveglio come un grillo. Aveva capito fin troppo bene cosa volesse dire Kiki. «Stai dicendo che vuoi stare con me?»

«Te ne pentirai», rispose la ragazza minacciosa. «Russo quando bevo troppo vino rosso, non trovo mai due calze uguali, lavoro quindici ore al giorno per poi essere povera in canna, sono...»

Max la baciò azzittendo quel nervoso fiume di parole.

«Sarebbe bastato anche un semplice sì.»

«Sei impossibile», si difese Kiki. Max la guardò con occhi

raggianti. Lei intuì che il ragazzo stava per dirle qualcosa d'importante.

«Be', è per questo che ti sei innamorata di me, no?»

«No. Per il jazz svedese. Quando hai messo su quel CD nello studio... Quella musica mi ha toccato dentro.»

«Lo sapevi che è lo stesso compositore della musica di Pippi Calzelunghe? Non sto scherzando...»

Che strano. Le due cose non sembravano aver nulla a che fare l'una con l'altra. Forse era per quello che si era innamorata di Max. Perché a volte anche le contraddizioni possono formare un'unità coerente. Si era innamorata di lui perché era diverso. Perché aveva qualcosa di trascinante. Perché gli piaceva la sua stessa musica, perché per lei c'era sempre, perché lei voleva esserci per lui. Kiki lasciò scivolare le dita lungo il suo corpo. Sembrava un gatto. Muscoloso. La pelle calda, delicata. Max la abbracciò con impeto. Di lei non voleva soltanto un pezzetto, voleva tutto.

«Siete stati così rumorosi», avrebbe commentato Estelle a colazione nel refettorio, «che perfino i monaci accanto avranno avuto bisogno di una sigaretta.»

E Kiki sarebbe scoppiata in una sonora risata. La sua voce allegra sarebbe riecheggiata nel soffitto a volta: «Sai cosa me ne frega di cosa pensano di me gli altri».

62.

«Ci incontriamo al ponte», aveva scritto Eva su un foglietto per poi infilarlo sotto la porta della camera di Caroline. Quando il massiccio portone di legno si richiuse dietro le due donne, l'orologio del campanile segnava le 5.23. Eva e Judith si misero a camminare con passo spedito.

I pensieri confusi, il paesaggio spettrale. Banchi di nebbia aleggiavano su uno stagno, campi e alberi brillavano di un verde surreale. Stava spuntando il nuovo giorno. Un trattore fendeva le prime luci dell'alba, seguito da un paio di uccelli mattinieri in cerca di vermi. Quando i raggi del sole raggiunsero le cime dei cipressi, le due donne si erano già lasciate alle spalle il monastero.

Ormai Eva aveva raggiunto lo stato a cui anelano tanti pellegrini. I piedi camminavano da soli e si adeguavano automaticamente alle condizioni della strada. La sua testa, però, non si era ancora svuotata. Cosa si aspettava da Dominique? La Supermamma capì di non essere in grado di mettere in pratica quello che predicava sempre ai suoi figli: «Preoccupati sempre e soltanto dei problemi che hai, non di quelli che potresti avere». Come ci si doveva comportare con quelli che rispuntavano dal passato?

«Sei proprio sicura di volerlo fare?» domandò Eva a Judith. Ormai si trovavano di fronte al grande portone d'ingresso. Eva si era immaginata di tutto – una piccola casa privata, un appartamento in un complesso di nuova costruzione – fuorché un enorme edificio che sembrava essere stato appena ristrutturato. La facciata in stile Gründerzeit risplendeva di una luce nuova. Solo la ghisa del portone d'accesso aveva un pittoresco tocco di ruggine.

Judith non ebbe neanche un attimo di esitazione. Sembrava sicura di sé.

«Se Arne mi ha tradito...» Non riuscì a terminare la frase. «Eva, io voglio sapere la verità», disse facendosi forza.

«Ormai è morto. Cosa cambierebbe?» tentò di dissuaderla per l'ultima volta l'amica.

«Tutto. Tutto. Tutto», rispose Judith. Il suo tono di voce suonava quasi sereno.

Eva non ebbe il tempo di meravigliarsi di quella strana risposta. Il portone si aprì. Una signora con un grembiule a fiori bianchi lungo fino alle ginocchia si affrettò con passi decisi sul ghiaioso vialetto d'accesso. Sui capelli tirati indietro, quasi cementificati, troneggiava una cuffietta da infermiera. Ogni minimo dettaglio della sua mise sottolineava quanto fosse virtuosa.

La donna le accolse con un fiume di incomprensibili parole in francese. La sua voce era profonda e rauca e, al di là dell'aspetto impeccabile, sembrava nascondere una vita movimentata. Eva e Judith non capirono nulla. Soltanto il punto interrogativo con cui si concludevano le sue frasi.

«Dominique?» gracchiò Judith.

La donna alzò un sopracciglio con espressione severa.

«*Vous êtes Dominique.* Lei è Dominique», constatò Judith decisa.

La signora scoppiò in una rimbombante risata. L'idea le sembrò così assurda da non riuscire a calmarsi. Quindi, fece cenno alle donne di seguirla nel cortile.

Eva vide i pulmini per portatori di handicap nel parcheggio. Tutti con la targa tedesca. Nella rimessa, un paio di sedie a rotelle. Arne avrebbe dovuto trascorrere le vacanze in quel posto? L'Arne che conosceva lei era allergico agli ospedali e faceva di tutto per non dare a vedere che era malato. Ma poi lo conosceva davvero?

63.

Judith deglutì. Negli alti corridoi si sentiva odore di disinfettante, urina e caffè appena fatto. A ogni passo, le scarpe da trekking delle due donne strappavano un sospiro allo sporco pavimento di linoleum marrone. Che cos'era quel posto? Un hotel? Una casa di cura? Una specie di «quarto piano»?

«Siamo una sorta di distaccamento dei ricoveri per malati di Lourdes», spiegò la virtuosa infermiera, che ormai aveva capito che le due donne venivano dalla Germania. Il suo tedesco era molto più comprensibile del suo francese. Sapendo che da qualche altra parte c'era molto più bisogno di lei, parlava quasi sferragliando mentre si affrettavano lungo il corridoio. «Ci occupiamo dei pellegrini che desiderano restare qualche giorno in più. Per molti, si tratta dell'unica vacanza che potranno mai fare.»

Alle pareti erano appese delle sedie a rotelle pieghevoli. Sotto, le foto di gruppo delle visite a Lourdes dei pazienti, disposti sempre allo stesso modo: in prima fila i malati in carrozzina; dietro, tutti coloro che erano in grado di reggersi sulle proprie gambe; in terza fila, in piedi su una panca, gli accompagnatori con l'uniforme delle varie organizzazioni di volontariato. Sullo sfondo, il santuario di Nostra Signora di Lourdes. E poi, lo shock. In mezzo alle foto di gruppo c'era un ritratto di Arne. Allegro e sicuro di sé, sorrideva a Judith ed Eva. Sulle spalle portava con disinvoltura uno zaino a cui era appesa una conchiglia di san Giacomo. Allora erano nel posto giusto. La non-Dominique aprì con slancio la porta a battenti della sala da pranzo.

Judith ed Eva si guardarono intorno colpite. A un tavolo rotondo otto persone, perlopiù anziane e malate, stavano facendo colazione. La maggior parte degli ospiti aveva bisogno di aiuto, che veniva prestato da un'intera brigata di donne armate di cuffietta. Per alcuni, quello non sarebbe stato soltanto l'unico viaggio, ma anche l'ultimo. Eva era così commossa dalla scena da dimenticare di chiedersi cosa c'entrasse Arne in quel contesto. Erano volti segnati da malattia, vecchiaia e morte. Le due donne si fermarono a osservare i commensali: una donna pallida, dagli occhi incavati, attaccata all'ossigeno; un vecchietto sulla sedia a rotelle con il volto solcato da innumerevoli rughe che si stringeva al petto la sua stampella; una signora in là con gli anni affetta da paralisi spastica i cui arti conducevano una vita autonoma e, in mezzo al gruppo, una coppia di anziani dall'aria spossata che dava da mangiare alla figlia handicappata. Una ragazza con le trecce, le lentiggini e gli occhi vispi giaceva del tutto inerme sulla sua carrozzina colorata. Sullo schienale, scritto a caratteri enormi e vivaci, risaltava il nome CELINE. Eva pensò che si trattasse di una malattia muscolare progressiva, che nessun miracolo al mondo avrebbe potuto guarire.

«Non vengono a Lourdes sperando di rimettersi in salute», spiegò l'infermiera come se potesse leggerle nel pensiero. «Vengono perché dà loro sollievo. Perché li fa sentire meno soli.»

La donna continuava a girare instancabile per tutta la sala. C'erano tavoli da apparecchiare e sparecchiare, pagnotte da affettare, piatti da lavare, bocche che colavano da asciugare e carrozzine incastrate da sbloccare. Finalmente giunsero le parole liberatorie.

«Ecco Dominique», disse l'infermiera indicando il punto distribuzione del cibo. Judith rimase a bocca aperta fissando incredula la persona in questione. Eva seguì lo sguardo dell'amica, non meno sorpresa.

Dominique era un uomo intorno alla settantina. Uno spilungone dai capelli corti stopposi, il volto spigoloso e i movimenti decisi. Era tutto preso dal porgere un pezzo di torta, su cui brillava un'unica candelina, a una paziente per farle gli auguri, con tanto di canzoncina, per il suo novantunesimo compleanno. La festeggiata, una donna con l'aria un po' furbetta che faceva finta di guardare da un'altra parte, dalla commozione era sprofondata nella sua carrozzina. Poi, una volta terminata la piccola celebrazione, Dominique raggiunse le sue ospiti non annunciate.

«Judith Funke», si presentò Judith. L'uomo non era quello che si era aspettata – e aveva sperato – di vedere, decisamente no. Confusa, gli porse la mano, che rimase sospesa nell'aria. Dominique non la strinse. Il sorriso di cortesia apparso poco prima sul suo volto scomparve.

«Temo che lei abbia sbagliato indirizzo», la liquidò brusco.

«Si tratta di mio marito, Arne. Lei lo conosceva», si affrettò a precisare Judith nervosa. «Abbiamo visto la sua foto. Nel corridoio. È stato il suo diario a condurci qui.»

Era evidente che Dominique sapeva benissimo di chi stava parlando. Ed era altrettanto evidente che non aveva nessunissima intenzione di condividere quello che sapeva con Judith.

«Mi dispiace», disse per troncare la conversazione, «ma ora devo occuparmi dei nuovi pellegrini.» Con un movimento un po' avventato, afferrò la maniglia di una carrozzina e a tutta velocità spinse un signore, preso alla sprovvista perché fino a quel momento se l'era cavata benissimo da solo, verso un posto libero intorno a un tavolo da otto. L'anziano stava cercando di ribellarsi: aveva già mangiato. Ma Dominique gli lanciò uno sguardo così arcigno che l'uomo decise che era il momento di fare una seconda colazione.

Di fronte a quell'atteggiamento così scontroso, Judith rimase senza parole. Eva corse dietro all'amica e a Dominique. «Judith ha appena scoperto che nel diario del pellegrinaggio di suo marito c'è qualcosa che non quadra. Vuole sapere la verità.»

«Prima, però, alla sua amica non è mai interessato cosa combinasse Arne.»

Dominique era un uomo con le idee chiare, ben lontano dalla persona mite e caritatevole che ci si sarebbe aspettati di trovare in un posto come quello. Eva era irritata dai suoi modi bruschi. Ma chi si credeva di essere? Così si schierò dalla parte di Judith, che seguiva la conversazione con panico crescente.

«Perché sta dicendo questo? Nemmeno la conosce!»

«Arne era mio amico!» sbottò Dominique.

La sua voce ebbe un mancamento e l'uomo faticò a proseguire. «Volevo tanto che venisse con me a Santiago de Compostela... E invece no, lui doveva tornare da questa maledetta donna.» Con la mano indicò in direzione di Judith, come se volesse perforarla da parte a parte.

«Eva, andiamocene. Dài, vieni», disse Judith implorante.

La Supermamma, però, non si mosse. Quelle oscure allusioni non la soddisfacevano, voleva vederci chiaro. «Si può sapere di cosa sta parlando?»

«Sto parlando del fatto che Arne era pazzo. Alla moglie ha perdonato tutto, tutto, perfino l'amante.»

«Che stupidaggini! Judith, digli che non è vero», esclamò Eva rivolgendosi all'amica. Invece di rispondere, quest'ultima scappò via, finendo contro un'infermiera con un vassoio in mano. Le tazze si schiantarono per terra, le uova si ruppero, una fila di croissant finì a mollo in una pozza di tè. Judith, però, nemmeno si fermò. Si trovava tra due fuochi, il passato e il futuro. Dominique, infatti, era soltanto all'inizio.

«Lei era convinta che lui non si fosse accorto delle telefonate notturne in cui prendeva accordi per i suoi appuntamenti romantici. Una volta l'ha perfino seguita fino all'hotel in cui si incontrava con l'amante.»

«Sapeva chi era?»

«Certo. Era il suo medico di base.»

Eva scoppiò in una risata. Una risata imbarazzata, incredula. Non poteva essere vero. Doveva per forza esserci un equivoco.

«Arne veniva seguito da Philipp, il marito di un'amica», controbatté subito Eva come se quella risposta chiarisse ogni cosa.

«Philipp, esatto. Era proprio così che si chiamava», confermò Dominique.

Sulle tempie di Eva il sangue iniziò a pulsare con un rumore sordo. Le ultime parole di Dominique risuonavano nella sua testa come colpi di martello. Judith e Philipp? Una relazione? Alle spalle di Arne? Alle spalle di Caroline? Alle spalle di tutti? Judith non poteva essere capace di una cosa simile. Nessuno poteva esserlo. Eva non riusciva a smettere di scuotere il capo. Più che la soluzione dei loro problemi, sembrava il Massimo Incidente Atomico Ipotizzabile.

«Alla fine Arne se n'era fatta una ragione», raccontò Dominique in tono triste. «Aveva una tale paura di perderla da perdere sé stesso e la sua dignità. Molto tempo prima di andarsene.»

Al suo aspetto arcigno a quel punto era subentrata un'espressione ferita e vulnerabile. «Abbiamo pellegrinato fianco a fianco», proseguì. «Ci siamo conosciuti dalle parti di Colonia, due idioti in cerca di conchiglie di san Giacomo fra il Reno e la Mosella. All'inizio non ci siamo detti una sola parola. Fino a quando, un paio di giorni dopo, abbiamo capito che procedevamo allo stesso ritmo.»

Eva annuì. Capì subito che un ritmo ben sincronizzato poteva far nascere tra due persone un legame particolare. «Allora il diario del pellegrinaggio non era inventato?» domandò Eva alla ricerca di una via d'uscita dalla catastrofe.

«Arne voleva dimostrare a Judith di essere ancora l'uomo forte di cui lei si era innamorata. All'inizio pellegrinava davvero. Poi ha fatto soltanto finta di proseguire il suo cammino. E di avere un futuro, ma in realtà era troppo malato. Dopo Santiago de Compostela io ho iniziato a lavorare qui e Arne passava le ferie da noi per riposarsi. Fin quando non è riuscito più a fare nemmeno questo. L'ultimo soggiorno l'ha dovuto interrompere.»

A poco a poco Eva stava iniziando a capire. «Il suo ultimo pellegrinaggio l'ha fatto qui. L'ambulanza lo è venuto a prendere. Samu. Alle 17.00.»

«Sei settimane dopo è morto», annuì Dominique.

«È stata Judith a dirglielo?»

«No, l'ho saputo per caso. Uno dei nostri ospiti aveva un giornale di Colonia.»

Per un momento ci fu silenzio, silenzio totale. Eva si sentì crollare. Fu Dominique a dar voce ai suoi pensieri: «Judith ha ingannato tutti. Perfino lei».

64.

Ma dove era finita Eva? Di cosa stavano parlando quei due così a lungo? Judith camminava avanti e indietro impaziente di fronte all'ingresso. I suoi passi agitati scricchiolavano sulla ghiaia. Dominique doveva essere l'ex banchiere belga di cui le aveva parlato Arne. Il marito non le aveva mai raccontato granché dei suoi pellegrinaggi.

«Non c'è niente di più noioso dei resoconti delle vacanze altrui», ripeteva sempre. Da bambino Arne aveva dovuto sorbirsi una marea di serate di diapositive dalle sue svariate zie, che allora avevano ancora un marito al loro fianco.

«Hai presente?» aveva domandato a Judith. «Hai presente i terribili commenti, sempre uguali, con cui viene presentata ogni immagine? "La cosa più divertente, anche se forse non la noterete subito, è in basso a sinistra, dietro l'albero... zia Frieda con una scimmia in braccio!"»

Arne odiava quelle serate. Di solito nelle diapositive uno non vedeva mai quello che la gente cercava di mostrare. E non sentiva quasi nulla. A parte il tempo che scorreva lento mentre ci si faceva scivolare addosso racconti ben documentati su incontri casuali, gite in pullman e interessantissimi animali e piante intorno alla piscina dell'hotel.

«I paesi stranieri bisogna sentirli sulla propria pelle, non rinchiuderli in una diapositiva», aveva detto Arne più volte. Era per questo che nei pellegrinaggi portava sempre con sé il diario, ma mai la macchina fotografica. In quel momento, Judith rimpianse che il marito non lo avesse mai fatto. Se avesse saputo che Dominique era un amico dei pellegrinaggi di certo non avrebbe chiesto a Eva di accompagnarla.

Ma era sicuro che l'uomo sapesse qualcosa? Qualcosa di concreto? Che le sarebbe stato fatale?

«Quando stiamo insieme, possiamo anche restare in silenzio per ore», aveva raccontato Arne di Dominique. Chi le diceva che sapesse di lei e Philipp? Forse il suo era soltanto un sospetto, un sospetto di cui avrebbe potuto sbarazzarsi con facilità.

Il portone d'ingresso si spalancò. Judith si nascose dietro un cespuglio di buganvillea color ciclamino. Dal suo riparo, osservò come Dominique avesse accompagnato personalmente Eva all'uscita. Nel salutarla, le aveva preso entrambe le mani e parlato in modo affabile. Judith poteva sentire il sonoro timbro della sua voce senza capire una sola parola. Sembrava che Dominique la stesse consolando, mentre Eva continuava a mordersi il labbro e ad annuire.

Finalmente Judith vide l'amica staccarsi da Dominique. E avviarsi. Dritto verso di lei. A Judith non servirono domande: dallo sguardo al vetriolo di Eva aveva già capito che sapeva tutto.

«Una relazione. Con il marito della tua migliore amica. Per mesi. Ma come hai potuto...» la attaccò la Supermamma.

Judith comprendeva perfettamente il suo shock. Lei stessa, dopo il primo fuggevole bacio, era rimasta allibita. Poi aveva cercato di evitare Philipp in tutti i modi. Per quasi quattro settimane. Fino a quando Arne non le aveva chiesto di accompagnarlo alla visita di controllo.

«Mi sto solo preoccupando per te», le aveva detto Philipp in un momento furtivo. Un'unica, semplice frase. Che le aveva fatto bene. Perché nella sua vita ormai tutto ruotava intorno alla malattia di Arne. Perché aveva paura. Perché quelle parole innocenti le avevano fatto credere di avere un futuro. Lei da sola. Anche senza Arne.

«Philipp mi ascoltava. Ogni volta che ne avevo bisogno. E a un certo punto è diventato qualcosa di più.»

«A te sarebbe piaciuto che Arne avesse avuto un'amante, vero? Ti avrebbe fatto sentire meno in colpa!» le rinfacciò Eva.

«Cosa avrei dovuto fare? È successo. E non potevo dirlo a nessuno. Arne era un malato terminale.»

«Judith, io ti ho sempre difesa», disse Eva scuotendo la testa. «Ti ho consolata e ascoltata ogni volta che parlavi di lui. E del tuo lutto. Dominique ha ragione: ci hai preso in giro tutti quanti. Soprattutto Caroline.»

«È proprio questa la mia colpa. La colpa che sono venuta a espiare qui.»

«Judith, queste sono colpe che non si possono espiare. Non se l'amica che hai tradito sta camminando al tuo fianco.»

Judith crollò. «Lo sapevo che se veniva fuori mi avreste giudicata. Avevo paura di restare sola.»

Eva era senza parole. «Non riesci neanche per un secondo a non pensare a te stessa e ai tuoi stati d'animo, vero?»

Poi se ne andò, si fermò, si girò e si rifiondò sull'amica. Judith alzò le braccia come per difendersi. Eva era così fuori di sé da essere capace di tutto. Perfino di prenderla a botte.

«Ma dimmi... con Philipp sta continuando?» sibilò Eva.

«Lui voleva iniziare una nuova vita con me. Ma da quando Arne è morto, non riesco più a tradirlo. Forse era l'amore della mia vita, e io non sono stata in grado di capirlo.» Sul suo volto ripresero a sgorgare le lacrime.

«Devi dirlo a Caroline», affermò Eva in tono gelido.

Quell'idea fece dilatare gli occhi di Judith per lo spavento. Riusciva soltanto a balbettare. «Potremmo considerarlo il nostro piccolo segreto. E non parlarne mai più...»

Eva non ammetteva compromessi.

«Ne ho abbastanza del tuo autocompatirti. Devi parlare con Caroline. E, se non lo fai prima che arriviamo a Lourdes, ci penserò io.»

65.

Il sole bruciava. All'orizzonte le cime oltre i tremila metri svettavano sul paesaggio ondulato. La strada non era particolarmente ripida, ma su molti tratti i raggi battevano diretti. Nelle zone in cui gli alberi regalavano un po' d'ombra si aveva il discutibile piacere di incontrare branchi di maiali iberici che venivano ancora trattati come nel medioevo e cercavano di rimediare qualcosa da mangiare nel sottobosco. Un pesante e aromatico odore di terra si mischiava al profumo di pini e di erba appena tagliata.

Anche se il tratto fra Sarlabous e Bagnères-de-Bigorre previsto per il nono giorno non presentava particolari difficoltà, il numero di chilometri da percorrere costituiva comunque una sfida. Ma non era nulla a confronto con il compito che attendeva Judith.

«Caroline non è molto in vena di conversazioni», aveva messo in guardia le amiche Estelle quando il gruppo si era riunito al grande ponte di pietra che solcava il fiume con un ampio arco.

«Al contrario di voi», aveva aggiunto ironica la *grande dame* quando aveva visto le espressioni funeree di Eva e Judith.

«Non fare domande. Presto saprai ogni cosa», spiegò Eva.

Per l'intero percorso, Judith non perse di vista Caroline neanche per un secondo, rompendosi la testa su quali fossero le parole più adeguate.

«Caroline, è successa una cosa stupida. È stato un errore.»

Non sarebbe toccato a Philipp dirle la verità? Era lui a essere sposato con la sua amica, non lei. Perché le aveva dedicato tanto tempo? È risaputo che le donne, in situazioni difficili, sono particolarmente sensibili a ogni attenzione, anche la più piccola. Tutte prima o poi si innamorano del proprio dottore, psichiatra o parrucchiere. Ma non bisognava approfittarne. Philipp, invece, aveva sfruttato il suo momento di debolezza e aveva iniziato a tempestarla di telefonate.

«Come stai?»

«Posso fare qualcosa per te?»

«Hai bisogno di nulla?»

Forse qualcuno poteva rimproverarle che la malattia di Arne l'avesse messa a dura prova? Uno sguardo obliquo le fece capire che qualcuno che glielo rimproverava c'era, eccome.

«Judith, prima dicevo sul serio», le ricordò Eva, sebbene fosse del tutto superfluo. A Judith bastava guardare i suoi occhi dardeggianti per capire che l'amica non avrebbe ceduto nemmeno di un millimetro.

Ma perché doveva affrontare tutto da sola? Era sempre così: appena le cose diventavano serie, gli uomini se la squagliavano. Judith si sentiva il cuore in gola. Non ce l'avrebbe mai fatta. Lei non era forte come Caroline.

A un certo punto, Judith si guardò intorno in cerca di aiuto. Aveva bisogno di un sostegno. Di qualcuno con cui poter parlare. Che avrebbe potuto capirla. Estelle? Esclusa. Judith temeva la sua lingua biforcuta. Forse Kiki? Lei in fondo aveva una grande esperienza in fatto di catastrofi sentimentali. Com'era la storia della donna che aveva distrutto i bicchieri messicani? Kiki sapeva senz'altro come affrontare simili situazioni.

Così Judith si avvicinò timidamente all'amica, parlò per qualche minuto del più e del meno e poi andò dritta al punto: «Kiki, com'è che erano andate le cose quella volta, quando ti vedevi con un uomo sposato? Quel giorno che la moglie l'aveva seguito e...».

Distratta dal rumore di un SMS in arrivo, Kiki non ebbe il tempo di rispondere alla strana domanda di Judith.

«Aspetta un attimo», si scusò, per poi riprendere a trafficare con il cellulare di Max.

«Stai ancora messaggiando con Thalberg sr?» domandò Judith meravigliata.

«Nelle questioni aziendali Kiki è fantastica», s'intromise lui.

La giovane designer ridacchiò. «Be', diciamo che ultimamente la mia opinione in proposito ha un certo peso.»

«Perfino mia madre si sfoga con Kiki», aggiunse Max.

Judith guardò l'amica con compassione. «Mentire non è mai un bene», la mise in guardia con un filo di voce. «Presto o tardi salta fuori tutto. E poi uno non sa mai come uscire dai pasticci.»

Kiki finalmente aveva finito di scrivere messaggi. «Cos'è che volevi sapere sulla storia del Messico?» domandò. Max le aveva messo un braccio intorno alla vita ed era altrettanto curioso.

«Non fa niente, dimentica quello che ho detto», rispose Judith facendole cenno di no con la mano. Caroline si era appena fermata, proprio davanti a lei. Un sassolino si era infilato nella spessa suola delle sue scarpe da trekking. Era il momento. Il momento delle confessioni.

In certi casi, avere paura poteva essere un bene. Per esempio faceva desistere le persone dal cercare di rimanere in equilibrio sul parapetto di un ponte, dall'accarezzare un cane da combattimento nel pub all'angolo o dal provare un intero assortimento di droghe psichedeliche. In quel momento, però, Judith la avvertiva come qualcosa di scuro e appiccicoso, come una sensazione tutt'altro che piacevole dalle parti dello stomaco. Si era lasciata coinvolgere in quella storia con Philipp. Come poteva spiegare una cosa del genere a Caroline? E convincerla che non avrebbe mai voluto farle del male?

Judith sentiva crescere la nausea dentro di lei. Forse si stava ammalando. In quel caso, Eva non poteva certo pretendere che vuotasse il sacco.

Nel frattempo, Caroline stava sbattendo rabbiosa la sua scarpa contro una piattaforma di cemento su cui era fissata una croce. Il fango schizzava in ogni direzione, ma il sassolino non ne voleva proprio sapere di uscire.

«Caroline ha scoperto che Philipp ha una storia con un'altra», sussurrò Estelle a Judith avvicinandosi di soppiatto. «È meglio che la lasci in pace.»

«No!» gridò Judith.

Estelle annuì. La *grande dame* era in grado di fornirle ulteriori dettagli. «Caroline ha verificato tutti gli appuntamenti del marito. Si incontrava regolarmente con un'altra.»

Un'altra? Ma Caroline sapeva chi era? L'avvocato frugò nello zaino per trovare il coltellino. La lama scattò fuori dal manico e rifulse alla luce del sole. Un motivo più che sufficiente per convincere Judith a lasciare le cose come stavano e andarsene. Lontano, il più lontano possibile da lì. Da Caroline. Non si poteva sapere di cosa sarebbe stata capace in quel momento di follia. Chi aveva spesso a che fare con assassini e violenze poteva anche farsi venire in mente qualche idea stupida.

Judith si mise a correre, più veloce che poteva. Ma non arrivò lontano. Da dietro, una mano le afferrò una spalla. La donna si sentì raggelare.

«Judith, volevo ringraziarti...» sentì dire a Caroline alle sue spalle. E nel suo tono irritato... *Aiuto!* Tutto sommato, però, sembrava amichevole. *Perché? Dove aveva lasciato il coltello?* Judith temeva di essere aggredita da un momento all'altro. «...Se non fosse stato per te, sarei ancora convinta di essere felicemente sposata», concluse la frase Caroline sempre nello stesso tono.

Judith emise un gemito. L'inspiegabile e imprevista gentilezza dell'amica la metteva a disagio. Le fece venire in mente il gatto del vicino, che una domenica mattina le aveva portato sul balcone un topo mezzo morto. Invece di dare a quella malcapitata creatura il colpo di grazia, aveva continuato a giocherellarci per diversi minuti. A un certo punto, l'aveva perfino lasciato scappare, per poi riacciuffarlo con i suoi artigli. Era stato un gioco spietato, che ovviamente alla fine il topo aveva perso. Ecco, Judith si sentiva più o meno così, come un topo in attesa dell'esecuzione capitale.

«Mi dispiace, dico sul serio», farfugliò.

«Come facevi a saperlo?» domandò Caroline.

«Che Philipp è innamorato...?»

Da dove doveva iniziare? Una volta, all'uscita dall'ospedale, lui l'aveva riaccompagnata a casa in macchina. Perché Arne doveva passare la notte sotto osservazione, perché Judith non aveva la patente, perché era già tardi. Soltanto per la paura di rientrare da sola in un appartamento vuoto, lei gli aveva proposto di andare a bere qualcosa. Nel pub all'angolo. Era lì che era iniziato tutto. Quando lui l'aveva guardata negli occhi. Troppo a lungo per non farci caso. Quello sguardo... Due ore dopo, era tornata a casa ubriaca senza aver bevuto neanche una goccia di alcol.

«Tu li hai visti insieme, vero?» insistette Caroline.

Insieme? Ma di cosa stava parlando? In un paio di secondi, la mente di Judith era già lontana anni luce dal pub all'angolo.

«Se non vuoi, puoi anche non dirmi niente», la rassicurò l'amica.

A quel punto, finalmente Judith capì.

«Quindi tu non hai idea di chi sia l'amante di Philipp...» si accertò stupita. Caroline scosse la testa.

Da lontano, Eva stava osservando quello che succedeva.

"Devi dirglielo", spronò sé stessa Judith. "Adesso. Devi."

«Forse è qualcuno che conosci? Qualcuno che ti è vicino? Una da cui non ti saresti mai aspettata una cosa del genere...» tastò il terreno Judith con cautela.

«Lo scoprirò stasera», rispose Caroline brusca.

«Davvero?» gemette Judith.

«Ho spedito qualcuno al loro nido d'amore.»

«Quale nido d'amore?»

Caroline si schiarì la voce: «Altro che corso di aggiornamento per medici... Mentre noi siamo in pellegrinaggio, Philipp sta trascorrendo un weekend romantico con la sua squinzia».

«Philipp ha un'amante?» domandò Judith indignata.

A quel punto fu Caroline a guardare l'amica sconvolta.

Judith non capì nemmeno di aver commesso un terribile passo falso. Era rimasta come paralizzata.

«Adesso, mentre siamo in viaggio, si sta vedendo con un'altra?» ripeté Judith incredula. L'indignazione, che nel suo stomaco si stava trasformando in rabbia, era sincera e comprensibile. «Che porco schifoso», imprecò dal profondo della sua anima.

«È una cosa che va avanti già da diversi mesi. È una sua paziente. Anch'io non potevo crederci», confessò Caroline.

«Ma io lo ammazzo», sbottò Judith.

Caroline si squagliò per la commozione.

«È carino da parte tua. Ma preferirei occuparmene di persona.»

«Lo faremo in due.»

Caroline guardò Judith sollevata.

«Grazie. Sono felice che tu sia mia amica.»

Judith si sentì sopraffatta da un'ondata di affetto. Ormai aveva dimenticato da un pezzo quello che avrebbe dovuto dire a Caroline, e l'abbracciò.

«Entrambe abbiamo perso il marito. Questo ci unisce», spiegò in tono patetico. Intendeva sul serio ogni singola parola.

66.

Caroline era rannicchiata come un mucchietto di ossa sulla sedia di plastica di un piccolo bar di Bonnemazon, uno dei tanti paesini disseminati lungo il sentiero. Erano quasi disabitati, ma c'era sempre un punto informazioni per turisti e, se si era fortunati, un bar. Alla meta giornaliera, Bagnères-de-Bigorre, mancava un paio di chilometri. Da lì fino a Lourdes ce ne volevano ancora una trentina.

Sebbene il sole del pomeriggio splendesse sulla piazza, Caroline stava gelando. Intorno a lei c'era un viavai di uomini dai polpacci scolpiti, a torso nudo e con sgargianti pantaloni da ciclista, che non nascondevano nessun dettaglio del loro equipaggiamento maschile. Un gruppo di italiani in bicicletta si stava scambiando la maglietta sudata con una spedizione olandese, come se avessero appena disputato una partita di calcio. I pellegrini moderni s'intendevano più di sport che di religione. Dalla loro movimentata conversazione Caroline capì che alcuni volevano arrivare sino a Finisterre: la fine del mondo, il vero punto di arrivo di ogni pellegrinaggio, novanta chilometri oltre Santiago de Compostela.

Rispetto a loro, Caroline si sentiva un bel pezzo avanti: lei alla fine del suo, di mondo, ci era già arrivata. E si stava rompendo la testa per capire come e dove le fosse sfuggita di mano la sua vita. Lei e Philipp ormai avevano deviato dalla strada comune. Anzi, si erano proprio persi di vista.

Non aveva contemplato neanche per un attimo l'ipotesi di telefonare a Vincent e Josephine. Non era il tipo da discutere i problemi personali con i figli. Era orgogliosa della loro indipendenza. In fondo, l'essere forte era quello che pretendeva anche da sé stessa

«Ma dove ho sbagliato?» domandò a Estelle quando la *grande dame* arrivò con due bicchieri di vino rosso.

«In nulla. Assolutamente nulla», la rassicurò l'altra. «Sei una madre fantastica, un grande avvocato e un'amica leale. E per l'età che hai non sei affatto male. Nessuno sarebbe in grado di resisterti.»

«Estelle, dico sul serio.»

«Anch'io», replicò la *grande dame* in tono asciutto. «Sei mai arrivata in ritardo, ti sei mai ubriacata o hai mai fatto cose penose? Tu sei brava in tutto. Non c'è da sorprendersi che tuo marito si sia cercato una paziente bisognosa d'aiuto che lo ammiri.»

«Non è così. Io non sono perfetta», controbatté Caroline. Estelle, però, non ne era convinta.

«Sentiamo. C'è qualcosa che non sai fare?» le domandò scettica.

Caroline non dovette pensarci a lungo.

«Be'... cantare», rispose scoppiando a ridere.

«Allora ogni tanto dovresti farlo, più forte che puoi. Ti aiuterebbe. Perlomeno per me è così», replicò Estelle. Caroline le diede un affettuoso bacio sulla guancia. La *grande dame* era impagabile: aveva una lingua biforcuta e amava prendere in giro gli altri, ma era un'amica saggia e corretta.

Cantare? Caroline non riusciva a togliersi dalla testa quello strano suggerimento. Aveva capito cosa intendesse dire Estelle: bisognava avere il coraggio di mostrarsi deboli. Una cosa che nel suo mestiere era fuori discussione.

Nessun cliente voleva sentire cose tipo: «Mi dispiace, non so che dire». Anche i giudici non accoglievano bene i colleghi che confessavano di non avere la più pallida idea di come si fosse giunti al crimine in questione. Caroline veniva pagata per sapere cosa andava fatto in situazioni difficili. I dubbi erano un piacere di cui godere in privato.

«Non c'è bisogno di avere una grande autostima per apparire convincenti davanti ai giudici. Basta esercitarsi un po' e la consapevolezza del proprio valore diventa automatica», aveva sempre ripetuto il suo professore di diritto penale. Forse quella dura scorza dell'autocontrollo permanente aveva finito per soffocare il suo io privato.

"Dovresti cantare più spesso", si disse Caroline mentre, come ogni giorno, stendeva i vestiti appena lavati. Quella sera, nella stalla della masseria in cui avevano trovato alloggio, con voce tremante provò a cimentarsi in un testo dei Les Poppys. Le mucche smisero di ruminare e la guardarono male. Dopo un paio di parole esitanti, l'avvocato si fermò sconfortata. L'amante di Philipp sapeva cantare? Cercò di immaginarsi che aspetto potesse avere la donna con cui la tradiva. Il suo collega l'aveva descritta come piccola e magrolina. Simile a una ragazzina. Era questo che aveva attratto il marito? Il fatto che lei avesse bisogno di sentirsi protetta?

Non aveva importanza. In quel momento, doveva pensare soltanto a cantare. Così si ritirò nel fienile vicino, dove nessuno avrebbe potuto sentirla. Nemmeno le mucche.

Caroline non era l'unica che, quella sera, aveva preferito tenersi in disparte rispetto al gruppo. L'aria venne mossa da un'agitata voce femminile e la donna guardò fuori attraverso una fessura nel legno. Sul prato dietro il fienile, a una certa distanza dall'edificio principale, una figura camminava avanti e indietro parlando al telefono. Gesticolava con grande foga, ma il vento disperdeva le sue parole.

Con cautela, Caroline si mosse verso la porta laterale, scivolò lungo la parete di legno e raggiunse l'altra estremità del fienile. Dietro l'angolo, a nemmeno un paio di metri di distanza, Judith stava parlando al cellulare. La sua voce era forte. Finalmente Caroline poteva capire ogni parola.

«Philipp, sei un bastardo», disse l'amica infuriata, la voce più decisa e affannata del solito. «Mi hai riempito la testa di frottole. Dicevi di voler iniziare una nuova vita insieme a me. No, Philipp, adesso mi ascolti. Caroline si merita una persona migliore di te. Qualsiasi donna si merita una persona migliore di te. E io idiota che stavo quasi per lasciare Arne. Per andare a vivere con te. Philipp vaffanculo. Non chiamarmi mai più.»

Judith chiuse la telefonata, fece un profondo respiro e s'incamminò verso l'edificio principale. Il posto nell'angolo dal quale Caroline aveva origliato era vuoto.

67.

L'indomani, a colazione, Judith fece di tutto per non alzare gli occhi dal suo piatto. Ed evitò qualunque contatto di sguardi con Eva. Al tavolo delle amiche del martedì regnava il silenzio. Kiki e Max erano tutti presi dal rimettere insieme i brandelli dei disegni che erano riusciti a salvare dopo l'acquazzone, quando una voce pimpante spezzò la loro concentrazione.

«Buongiorno, cari. Dormito bene?» Entrando nella piccola sala, Caroline cercò di mostrarsi più allegra che poteva. Nessuno poté leggerle in faccia quello che aveva passato durante la notte. Dopo la batosta del giorno prima, il suo primo istinto era stato di fare armi e bagagli e squagliarsela. Lì non c'era nessun maiale, nessuna Rosa che potesse mettersi in mezzo e impedire la fuga. Eppure, Caroline non aveva avuto più successo di Eva.

Mentre era sul punto di lasciare la sperduta masseria con indosso vestiti spiacevolmente umidi, aveva iniziato ad albeggiare. Un sentiero di sassi portava dritto alla foresta. Davanti a lei si apriva uno sconfinato paesaggio collinare, in cui non s'intravedeva nessun insediamento umano o paese che potesse fungere da meta. Dove credeva di arrivare in tempi ragionevoli? Andarsene non aveva senso. Avrebbe percorso la strada sino alla fine. La strada per Lourdes. Quella che aveva deciso di percorrere con Judith. E poi cosa ci tornava a fare a casa? Ce l'aveva ancora, una casa?

Per gran parte della notte si era immaginata cosa poteva aver raccontato Philipp a Judith. Come si consola un'amante?

«Non posso lasciare Caroline. È troppo instabile»: una motivazione del genere era da escludere. L'arsenale delle menzogne, però, offriva svariate possibilità. Per esempio frasi come: «Io mia moglie non la amo più da un pezzo», «Caroline non mi capisce», o «Ormai viviamo come fratello e sorella».

L'idea che Philipp potesse aver parlato con Judith della loro vita sessuale le procurava un senso di malessere fisico. A differenza di molte coppie sposate vicine alle nozze d'argento, loro in realtà ne avevano ancora una. Non importava cosa raccontasse Philipp. Forse non era più così eccitante come agli inizi, dove a volte erano entrati in ballo il tavolo della cucina, la poltroncina di vimini della spiaggia o l'ascensore, ma c'era.

«Sono rimasto con Caroline solo perché...»

I figli ormai erano cresciuti, quindi non potevano essere considerati una scusa per non separarsi. Perché stavano ancora insieme? Cosa li univa, a parte venticinque anni di matrimonio, un album di famiglia, un'ipoteca comune e un frigorifero che veniva riempito a turno e poi svuotato per i pasti condivisi? Caroline non trovò nessuna risposta. E non sapeva nemmeno come comportarsi con l'amica.

Sempre con un'ostentata allegria, la donna prese posto al tavolo della colazione. «Chissà cosa ci porterà questa giornata. Forse san Giacomo ci svelerà ogni segreto.»

Judith si muoveva inquieta sulla sedia. L'impostato tono baldanzoso di Caroline non prometteva nulla di buono. Il suo sguardo incrociò quello di Eva, che scosse la testa.

«Qualche problema, Judith?» domandò Caroline con voce quasi melensa.

«Il burro... Qualcuno per caso sa dov'è il burro?» si salvò in corner Judith.

«Dove potrà mai essere... al cinema?»

Caroline indicò i mini-panetti confezionati che si trovavano proprio sotto il naso dell'amica.

La conversazione si spense. Perfino Kiki e Max, i quali dopo il monastero spesso erano rimasti un po' in disparte, capirono che c'era qualcosa che non andava.

«Lo sapevate che Judith ha una relazione con mio marito?» domandò quindi Caroline come se fosse un argomento di conversazione come un altro, per poi addentare con gusto il suo panino. «Sembra che Philipp abbia un intero harem.»

Alle amiche del martedì bastò una sola occhiata alla testa china e alle guance paonazze di Judith per capire che Caroline stava dicendo la verità.

«Per caso c'è qualcun'altra che è andata a letto con mio marito?» s'informò la donna con aria interessata.

Estelle alzò la mano. Caroline la fulminò indignata.

«Era solo uno scherzo», sbottò la *grande dame.* «Ho l'aria di una che ha un amante? Mai. Non prima della liposuzione alla pancia.»

Nessuno rise. L'ultimo disperato tentativo di Estelle di sdrammatizzare le tensioni con una battuta fallì. Kiki si alzò. In maniera così brusca e improvvisa che la sedia cadde all'indietro. Fece qualche gesto vago, fu sul punto di dire qualcosa, ma poi ci rinunciò. Quindi, insieme a Max, se ne andò. C'erano momenti che erano troppo privati per assistervi in veste di spettatore casuale. Nell'aria ancora si respirava l'effetto della bomba appena esplosa.

«Io ho cercato di parlartene», esordì Judith esitante. Caroline si girò dall'altra parte, come se l'amica non esistesse. Non aveva voglia di ascoltare cosa fosse e cosa non fosse colpa di Judith. Ne aveva abbastanza delle sue lacrime, dei suoi atteggiamenti da creatura indifesa, di quegli occhi da Bambi.

«Sono proprio curiosa di sapere dove ci porterà il cammino oggi», annunciò Caroline allegra. Tenne stretto il panino fra i denti, prese lo zaino e lasciò la sala della colazione.

«La religione non porta consiglio», fu la conclusione di Estelle. «Nella Bibbia c'è scritto di amare il prossimo... peccato che abbiano dimenticato di aggiungere che è meglio non farsi beccare.»

68.

«Posso spiegarti tutto.» Judith continuava a camminare dietro Caroline ansimando.

A un certo punto, l'amica si fermò e le rivolse uno sguardo raggiante: «Se non ricordo male, qualcuno una volta ha detto che i problemi vanno sempre chiariti». Quindi, una pausa a effetto. «Be', questo qualcuno deve essere un vero idiota.» E se ne andò.

Judith le corse dietro, lo zaino che le ballonzolava sulle spalle. «Mi dispiace che tu sia così arrabbiata con me.»

«Judith, non ho nessuna voglia di sentire queste cose.»

Caroline piegò di lato un arbusto ben piantato nel terreno e, intenzionalmente, lo fece schioccare all'indietro. La frasca finì dritta in faccia a Judith, i cui occhi si riempirono di lacrime. Caroline continuò a camminare con passo sostenuto, l'altra sempre dietro come un cagnolino.

«Caroline, ti stai comportando come una bambina. Non possiamo parlare da adulti?»

Caroline si tappò le orecchie. Peccato che in Francia non ci fosse il *Knäckebrot*, il pane croccante di segale. A volte, in passato, quando cenava con Vincent e Josephine e non ce la faceva più, mangiava il *Knäckebrot*. Il rumore del pane triturato dai molari superava quello delle scaramucce serali tra i figli stanchi.

«Mammaaaaa! Vincent mi ha dato un calcio sulla gamba!»

«Solo perché Fien mi ruba le patatine fritte dal piatto.»

«Vincent ne ha avute di più.»

«Non è vero. Fien dice un sacco di bugie.»
«E tu vuoi sempre comandare. Ma sei troppo stupido.»
«Mammaaaaa!»

Nelle continue accuse, perlopiù false, che si scambiavano, i suoi figli dimostravano una mente criminale di tutto rispetto. E lei doveva individuare il vero colpevole. Giocare a fare il giudice non era il suo forte. In quelle situazioni, Caroline tendeva a perdere la pazienza. L'unico modo per restare calma era attaccarsi a qualcosa. Per esempio a una confezione di *Knäckebrot*. Il *Knäckebrot*, si metteva poi spesso a leggere sul pacco, conteneva più vitamine, sali minerali, fibre e metaboliti derivati rispetto al pane bianco e anche nei «valori nutrizionali» batteva ogni altro tipo di pane integrale. Del piacevole rumore che superava qualunque altro suono molesto il testo sulla confezione non diceva nulla.

No, lei non era perfetta. Non lo era mai stata. Era solo un po' più perfezionista delle sue amiche. E un po' meno comunicativa quando arrivavano i momenti di *Knäckebrot* della vita.

E in quel momento *voleva* comportarsi come una bambina. Più di tutto avrebbe desiderato dare a Judith un bel pestone sulla gamba. Ma non aveva alcuna intenzione di farle quel favore. Già sapeva come sarebbe finita. L'amica si sarebbe messa a piangere e a fare la parte del cerbiatto ferito con un disperato bisogno d'aiuto. E alla fine sarebbe stata lei a dover consolare Judith, perché una donna adulta non molla pestoni a destra e a manca senza restare impunita.

Caroline non sentiva neanche un briciolo di comprensione nei confronti di Judith. Aveva il polso che le batteva all'impazzata, il respiro affannato e il cuore in subbuglio; le gambe continuavano a marciare, si sentiva in preda a una follia omicida. Dell'amica non salvava nulla. Era una bugiarda patentata. Lo era sempre stata. Aveva mentito a Kai, tradito Arne e calpestato il legame con le amiche del martedì. E in tutto questo, cercava sempre di passare per la vittima innocente. Imboccava la strada con meno ostacoli e si prendeva quello che voleva senza il minimo scrupolo. Si crogiolava nei problemi fino a quando non arrivava qualcuno che li risolveva al posto suo. Rimpianse ogni secondo in cui era stata al suo fianco. Ne aveva fin sopra i capelli del terrore dei deboli, che Judith padroneggiava alla perfezione.

A un certo punto, l'idea di piantare in asso le amiche e andarsene via prese il sopravvento su tutto. Caroline continuava a camminare con una foga impressionante. Attraverso spine, ortiche ed erbacce. Fino a quando, dopo essersi punta con qualcosa, non riuscì più a muoversi. Il sudore le scorreva sul viso e sulla schiena. Cercò di riacquistare il controllo e di respirare con calma. Judith, che ormai l'aveva ripresa, con timidezza prese il bagaglio che l'amica aveva poggiato a terra. Credeva davvero di addolcirla togliendole quel peso? Judith non era carina, voleva solo sembrarlo. Caroline le strappò di mano le cinghie e per un momento lottarono per lo zaino. Quando, all'improvviso, Judith mollò la presa, l'avvocato perse l'equilibrio, cercò di restare in piedi ma finì per inciampare e cadere di lato sul terreno pietroso. Tuttavia, con grande fatica si rialzò e continuò a combattere.

Il ginocchio le bruciava come il fuoco. Il fatto che alle sue pene interiori si fosse unita la sofferenza fisica tutto sommato era una sensazione piacevole. Forse nello stupido detto «l'unica cosa che aiuta davvero contro l'emicrania è il mal di denti» c'era un fondo di verità.

«Caroline, stai sanguinando», gridò Judith.

Il sangue continuava a uscire copioso e dal ginocchio stava colando fino al piede. Caroline non voleva mostrarsi debole. Non davanti a Judith. Sfinita, si lasciò cadere sul ciglio del sentiero. Un secondo dopo, Eva era già al suo fianco. Con un gesto deciso, spinse via Judith.

«Ci penso io», le disse in tono aggressivo.

«Volevo soltanto aiutare.»

Eva reagì irritata: «Ma vuoi lasciarla in pace?».

«Tu avevi detto che dovevo dirle la verità», si lamentò l'altra, come se la colpa del suo litigio con Caroline fosse di Eva.

«È vero. L'ho detto. Ma come decida di prenderla Caroline sono affari suoi. Non tuoi.»

«Volevo chiedere scusa.»

«Caroline non vuole accettare le tue scuse.»

L'avvocato era contenta che Eva stesse parlando per lei. Si rendeva conto di aver perso il controllo sui suoi sentimenti. Quando aveva origliato la telefonata di Judith nel fienile, si era sentita crollare la terra sotto i piedi. Era come se fosse uscita da sé stessa. La Caroline che diceva frasi come «sono pienamente soddisfatta della mia vita» aveva abbandonato il suo corpo e guardava con espressione compassionevole il malridotto scheletro che ne restava. Ormai nella sua vita era stata tracciata una linea netta. Qualunque cosa fosse successa, per lei ci sarebbe sempre stato un «prima» e un «dopo» Lourdes.

Il disinfettante penetrò nella ferita e la distrasse da quei pensieri cupi. Eva stava medicando l'abrasione meglio che poteva. Caroline sentiva dolore, ma non voleva piangere. Né per Philipp, né per Judith, né per la frattura tra le amiche del martedì.

Judith, che continuava a mordersi il labbro e aspettava un segno di riconciliazione, capì di essere superflua e indesiderata. Così, offesa, si rimise in cammino.

69.

«Ormai non c'è più nulla da salvare», disse Kiki tra i sospiri. Non si stava riferendo alle amiche del martedì. Tutti i tentativi di incollatura e restauro erano falliti, il progetto era andato, perso per sempre. Era la sera prima dell'ultima tappa ed erano tutti insieme, anche se in realtà «stare insieme» non era l'espressione giusta. L'atmosfera era carica della catastrofe che si era appena abbattuta sul gruppo. Sul falò acceso di fronte all'alloggio Judith stava bruciando il diario in silenzio. Pagina per pagina. Il fumo irritava gli occhi delle altre. Estelle ed Eva, entrambe con un bicchiere di vino in mano, la guardavano senza fiatare. Cosa avrebbero dovuto dirle?

Kiki e Max erano seduti attorcigliati l'uno all'altra ed erano presi soprattutto dal loro problema. «Secondo me è stato un bene che i tuoi progetti siano finiti a bagno», disse Max per consolare la ragazza.

Lei la vedeva in modo opposto. «Io questo lo chiamo fiasco. Non mi riusciranno mai più così bene.»

La sua mano compì un paio di piroette con una penna immaginaria, poi ci rinunciò. La sua carriera aveva toccato il fondo per l'ennesima volta.

«Il nostro cervello è fantastico. Dimentica tutte le cose che non sono importanti», la fece riflettere Max.

«Be', in realtà a volte si dimenticano anche quelle importanti.»

Il ragazzo tirò fuori dalla sua borsa da studente un blocco da disegno.

«Butta giù quello che ti ricordi. È quello il fil rouge del progetto.»

«A dir la verità il fil rouge erano i dettagli.»

«Le cose devono essere semplici», ribatté Max nello stesso tono di suo padre.

Titubante, Kiki prese in mano la penna. Le idee erano entità passeggere. Se non le si fissava subito sulla carta, scomparivano e andavano a cercarsi un'altra casa. Sapeva che non sarebbe riuscita a disegnare il progetto una seconda volta. I contorni erano facili da ricordare, ma la decorazione a filigrana? Nei punti in cui, un paio di giorni prima, c'era un complicato motivo che dominava sulla forma, in quel momento comparvero linee definite e fluide. Max annuì in segno d'incoraggiamento. Sembrava diverso. Semplice. Qualcosa che non richiedeva un manuale di istruzioni. Era un progetto che avrebbe potuto convincere Thalberg sr. Kiki iniziò a divertirsi. Fino a quando non spuntò Caroline e iniziò a sprizzare veleno da tutti i pori.

«Che cos'è, un funerale? È morto qualcuno? Ah, già, Arne. È per questo che stiamo facendo questa marcia funebre. Per commemorare l'amore perfetto tra Judith e Arne.»

La designer ebbe un sussulto. Nessuno sarebbe riuscito a lavorare in un clima simile. Era insopportabile. Kiki e Max si capirono al volo. Senza bisogno di spiegazioni. Loro due erano di troppo. E per di più molto impegnati. Se Kiki voleva avere qualche chance, doveva finire il progetto quella sera stessa.

70.

Caroline seguì i due giovani con lo sguardo. Dalla notte nel monastero erano incollati l'uno all'altra, come se dovessero accertarsi, toccandosi in continuazione, che non fosse un sogno. «Farfalle nello stomaco, incontri segreti, baci rubati. Ah, quant'è bello l'amore», disse Caroline caustica.

Un piccolo diavolo si era impossessato di lei. E non riusciva a smettere di avvelenare il clima con commenti odiosi. Se continuava così, presto sarebbe diventata un caso per i corsi di «gestione della rabbia» a cui spesso venivano condannati i suoi clienti. Già si vedeva seduta in mezzo a un gruppo di rinomati criminali a passarsi un gomitolo di lana per imparare i nomi e per sentirsi collegati, uniti e compresi. Quella robaccia psicologica era una cosa da Judith.

«Esistono corsi per elaborare i rimorsi provocati dall'aver mandato all'aria il matrimonio di un'amica? Una specie di seminario per rovinamatrimoni...» continuò sarcastica.

Sapeva di essere meschina, poco obiettiva e offensiva. Già sentiva la voce flautata del terapista che la incoraggiava ad affrontare le sue emozioni. "Tu, Caroline, vorresti raccontarci cosa si prova a stare seduti intorno a un falò insieme alla tua amica Judith?" In realtà avrebbe potuto rispondere subito: "Ci si sente benissimo, se si lascia libero sfogo alla rabbia".

Judith, però, ne aveva abbastanza. Così passò al contrattacco.

«Senti, per questa storia di Philipp mi dispiace, mi dispiace davvero. Ma io non sono l'unica ad aver mentito.»

«Ah, sì? Be', è vero, anche Philipp», commentò Caroline con freddezza. Il suo diavolo interiore era pimpante come un grillo.

«Vorresti dirmi che non ti eri mai accorta che il tuo matrimonio fosse in crisi?» insisté Judith.

«È chiaro che è in crisi se la mia amica va a letto con mio marito.»

Seguì un botta e risposta a ritmo serrato. Le due donne non si risparmiarono niente. Della piccola e vulnerabile Judith che voleva sempre essere presa per mano non era rimasto nulla. Probabilmente a quel famoso corso di gestione della rabbia ci sarebbero finite entrambe.

«Caroline, tu hai cercato di mentire a te stessa.»

«Siete stati voi a mentirmi. Tu e Philipp.»

«E le altre donne che ha avuto Philipp.»

«Quelle non erano mie amiche.»

«Sì, è vero, ho commesso un errore. Ma uno può entrare in una casa solo se la porta è aperta.»

Estelle, che per tutto il tempo aveva assistito alla conversazione in silenzio, imprecò. Perfino per lei era troppo. «Prima o poi riuscirete a chiarirvi. Ma senza il mio commento in diretta», disse riprendendo un'osservazione di Caroline di qualche giorno prima, per poi togliere il disturbo.

«Vorrei che tu sapessi come è nata la cosa», affermò Judith facendo infuriare ancora di più l'amica.

«Ti prego, risparmiami i dettagli. Oppure volevi raccontarmi delle vostre fantastiche posizioni?»

Contro la forza verbale di Caroline, Judith era impotente. Qualunque cosa dicesse, lei avrebbe sempre avuto una risposta pronta. Era un processo che non avrebbe mai vinto. Judith buttò il resto del diario tra le fiamme e seguì l'esempio di Estelle. Non aveva senso continuare a discutere.

Eva, che fino a quel momento aveva taciuto, rimase accanto a Caroline. Le prese la mano. Un piccolo, semplice gesto per farle capire che non aveva bisogno né di corsi di gestione della rabbia né di terapisti presuntuosi. Aveva le sue amiche. Perlomeno, ancora una.

«Pretendere che la nostra felicità dipenda da qualcun altro non ha senso», esordì Eva con cautela. Non voleva giudicare nessuno. Stava semplicemente parlando di sé stessa. E delle cose che aveva capito in quei nove giorni di cammino. «Quanto vorrei dare la colpa a Frido del fatto che sono diventata una noiosa donnina di casa. Ma c'ero anch'io. Ogni singolo giorno. Le cose non succedono da sole.»

Caroline sapeva che l'amica aveva ragione. La pacifica convivenza era un cuscino fin troppo comodo. Il suo matrimonio con Philipp le sembrava affidabile, ovvio e poco impegnativo. Ed era stato proprio quello a distruggerlo. La mancanza di impegno che, senza rendersene conto, piano piano era diventata una mancanza di sentimento.

Si era mai interessata a quello che lui imparava e viveva ai suoi corsi d'aggiornamento? Negli ultimi mesi si era mai chiesta cosa gli stesse succedendo? O, semplicemente, come stesse? Philipp doveva essersi sentito imprigionato, annoiato, arrivato al capolinea. Lei non si era accorta di nulla. Perché ormai lei in pratica neanche lo guardava.

«Forse Judith ha ragione», ammise Caroline. «Il mio matrimonio non andava bene. Lo abbiamo soltanto nascosto dietro una quotidianità che funzionava.»

«Come ti senti?» s'informò Eva preoccupata.

Caroline scosse la testa. «Mi fa male tutto. Dentro e fuori.»

Quindi, si girò nella direzione opposta rispetto all'amica. Nessuno doveva vedere che aveva le lacrime agli occhi. Nemmeno Eva.

71.

Le cime dei Pirenei risplendevano di bianco. Nella notte, lassù in alto, era caduta la neve. Il vento portava l'aria fredda sulle pianure. L'albergatore provava compassione per quelle donne che, con temperature quasi artiche, avevano in programma di passare la giornata all'aperto. Per un francese del Sud i tredici gradi registrati ai piedi dei Pirenei erano una specie di glaciazione improvvisa. Un tempo da non mettere neanche il naso fuori di casa. Caroline, invece, era contenta di quel frescolino. Trovava quell'inatteso abbassamento di temperatura molto adeguato per l'ultima tappa.

L'avvocato s'incamminò per il sentiero silenzioso. Sul ciglio della strada comparvero i primi segnali: dodici chilometri per Lourdes, poi sette e infine tre. Caroline stava soffrendo. Mise giù lo zaino e si girò verso Judith.

«Se vuoi puoi portarmelo tu.»

La donna si caricò sulle spalle quel peso aggiuntivo come se fosse una giusta punizione. «Per mesi ho avuto paura e ho sentito la coscienza sporca. Ora il peggio è passato.»

Caroline capì fin troppo bene cosa avesse in mente l'amica. Stava cercando di elemosinare un'assoluzione, l'amicizia di Caroline e la garanzia che fosse tutto a posto. Si chiese se ne sarebbe mai stata capace. In quel momento, si sentiva troppo stanca e sfinita sia per litigare sia per perdonare.

«Judith, ne parleremo poi. Ora prima di tutto devo pensare a rimettere un po' di ordine nella mia vita.»

«Hai parlato con Philipp?»

Caroline scosse la testa. «Certe cose non si possono discutere per telefono. Soprattutto quando uno non sa come reagire.»

Nei chilometri percorsi la grande rabbia era svanita. Ma anche le cose da dire si erano esaurite. Judith e Caroline dovevano andare ognuna per la propria strada. Che non sarebbe più stata una strada comune.

Eva aveva insistito per prendere la scorciatoia che passava per il Pic du Jer, una vetta vicina a Lourdes. A più di mille metri di altitudine, sotto il grande crocifisso di legno che arrivava fino al cielo ci si poteva sentire per un'ultima volta a un passo dalle nuvole prima di iniziare la discesa a valle verso la meta.

Il vento sferzava gelido la piattaforma panoramica. Forse era per questo che era così vuota. Oltre alle amiche del martedì c'era solo una coppia solitaria, che ormai sembrava unita soltanto dalla fede nuziale. I due stavano sorseggiando in silenzio qualcosa di caldo contenuto in un thermos. L'umore generale era sotto i tacchi, ma il panorama impagabile.

Lì sopra non c'era nulla che ostacolasse la visuale. Si poteva lasciar vagare liberamente lo sguardo a trecentosessanta gradi: verso Tarbes, fino a Pau, sulla vallata di Argelès-Gazost e sulle vette coperte di neve dei tremila. Un po' più vicino, il tipico paesaggio collinare con il suo spesso manto verde di prati sconfinati. Lourdes era là sotto. Si intravedevano le torri appuntite del santuario di Nostra Signora, davanti al quale si estendeva un ampio spiazzo asfaltato che rendeva l'idea della massa di persone per cui era stato pensato il complesso.

Sarebbe stato il momento di esultare a gran voce per la fine del loro viaggio, di stringere i pugni in segno di vittoria e di tirarsi su la maglietta sopra la testa. Nessuno, però, era in vena di farlo.

Max immortalò quello strano momento con la macchina di Kiki. Come era diversa rispetto alla foto di gruppo fatta il primo giorno con l'autoscatto! In quel momento Caroline e Judith erano così distanti, l'una al margine destro e l'altra al margine sinistro del quadretto, che quasi saltavano fuori dall'inquadratura. Al centro, abbracciate, Estelle, Eva e Kiki. Nei loro sguardi, il riflesso degli eventi degli ultimi giorni. Le facce provate dalla fatica, la pelle segnata dal sole, i vestiti impolverati. Da un pezzo Eva non era più l'unica con la sua pratica coda di cavallo. Neanche l'ombra di un sorriso.

Caroline si sentiva spossata e vuota. Sapeva cosa l'aspettava: lì sotto non c'era soltanto la grotta di Bernadette. A valle c'erano anche telefoni, hotel con una connessione Internet veloce, treni e navette per gli aeroporti di Pau e Lourdes. Ormai soltanto una sera la divideva dal ritorno a Colonia. E dall'incontro con Philipp. Qualcosa di simile attendeva Kiki. Max le aveva fatto capire senza mezzi termini che non avrebbe desistito dal suo intento: intendeva presentarla ai suoi genitori.

«Hai visto con i tuoi occhi a cosa portano le bugie e i segreti», le aveva detto. E Kiki aveva annuito.

«Qui sopra dovrebbe esserci una grotta che si può visitare», disse Eva per risollevare il morale del gruppo. Era così entusiasta che sembrava avesse percorso tutti quei chilometri soltanto per vederla.

«Ce l'abbiamo fatta», disse Estelle. «Sono sopravvissuta! Cosa darei per un bel bagno caldo!» La *grande dame* lanciò il segnale che era arrivato il momento di affrontare gli ultimi chilometri. Kiki e Max la seguirono per primi. Dovevano spedire subito i progetti a Thalberg via fax, ormai ultimati nei minimi dettagli.

«Be', almeno potremmo bere qualcosa quassù, no?» fece un altro tentativo Eva.

«Lo faremo a Lourdes», rispose Estelle. «Chi ha voglia di un chiosco quando è a un passo dalla fine della tortura?»

All'improvviso Eva sentì una mano scivolare nella sua.

«Paura di arrivare?» le sussurrò Caroline, la quale sapeva benissimo cosa stesse agitando l'amica.

«Cosa viene dopo la meta?» domandò l'altra.

L'avvocato si strinse nelle spalle. Era contenta che avessero ancora un'ultima sera. Il programma era stato fissato da prima che partissero. Avrebbero concluso il loro pellegrinaggio con la fiaccolata prevista in serata. «Questo luogo dovrà essere raggiunto in processione», aveva detto Maria a Bernadette. Le amiche del martedì avrebbero ubbidito.

72.

«Ma che razza di posto è questo? La Disneyland dei cattolici?»

La *grande dame* era senza parole. I negozi di souvenir sulla stretta viuzza proiettavano una luce al neon azzurra. Azzurra come la fusciacca della Vergine Maria, che attendeva gli acquirenti in migliaia di versioni. Ogni negozio aveva una musica diversa. Dopo giorni di solitudine e silenzio per le amiche del martedì fu uno shock. Estelle camminava incredula lungo la fila infinita di negozi, i cui nomi andavano da ALLIANCE CATHOLIQUE a PALAIS DU ROSAIRE, che cercavano di rifilare ai pellegrini sempre gli stessi oggetti votivi. Nell'angusta rue de la Grotte la Vergine era rappresentata ovunque. Campeggiava su cartoline, santini, medaglioni e caramelle alla menta piperita, giaceva sulla superficie di ceste di vimini e pregava silenziosa in statue di plastica, gesso e legno. Alcune statuette erano contornate da un filo di luci colorate intermittenti, altre erano state sistemate in una grotta, riprodotta in base al luogo delle apparizioni. Per coloro che avvertivano bisogni più profani che religiosi c'erano patatine, cioccolata, snack e ogni tipo di fast food.

Più di centocinquant'anni prima le apparizioni erano state un evento incredibile, ora erano soltanto un business. Se a qualcuno Maria non bastava, sul banco delle occasioni si potevano trovare rosari, crocifissi o portachiavi di papa Benedetto XVI, la cui popolarità era ancora offuscata da quella del suo predecessore. Una mendicante particolarmente portata per i drammi religiosi era inginocchiata davanti a un ritratto, più grande delle dimensioni naturali, di Giovanni Paolo II, il bastone appoggiato al muro rossiccio, le mani devotamente giunte in preghiera.

Max uscì scuotendo la testa da uno dei negozi. In mano aveva i progetti di Kiki.

«Qui è più facile ottenere un miracolo che trovare un fax.»

Kiki stava osservando le bottiglie di plastica trasparenti con la forma e le sembianze della Vergine. Alla fine si decise per una bottiglia che raffigurava Maria insieme a Bernadette inginocchiata, alla cui base risaltava la scritta dorata QUE SOY ERA IMMACULADA COUNCEPCIOU. Come in tutte le bottiglie, la corona azzurra di Maria era svitabile, in modo che potessero essere riempite di acqua santa da portare a casa. Per chi ne avesse bisogno in quantità maggiori c'erano contenitori più grandi che, nonostante l'iscrizione a carattere religioso e il tappo azzurro, ricordavano le taniche di benzina.

«Che ne dici, ci portiamo via un po' d'acqua santa?» domandò Kiki.

«Lo stai chiedendo a un ateo. Quando sono in aereo in Dio ci credo. Dopo l'atterraggio, molto meno.»

La ragazza, però, aveva già tirato fuori il portafoglio. «Be', se anche non dovesse aiutarci, di certo non ci farà male.»

Max l'abbracciò e la baciò.

Estelle si era innervosita. Ovunque andasse, si ritrovava sempre sul tragitto di una carrozzina. Le sedie a rotelle venivano spinte a gruppi verso la famosa grotta. Chi non aveva portato la propria, veniva condotto alla meta su un mezzo blu simile a un risciò. Le altre città avevano le piste ciclabili, Lourdes invece una specie di corsia preferenziale segnata in rosso per il popolo delle carrozzine.

Eva aveva comprato una confezione di candele e le distribuì alle amiche.

«Per la fiaccolata di stasera», spiegò.

«Mi basta essere arrivata fino a qui», disse Estelle rifiutando la sua. «Ho già soddisfatto il mio bisogno di rituali cattolici almeno per i prossimi centocinquant'anni.» Dopo tutti quei chilometri di cammino, le sue scorte di compromessi ormai si erano esaurite. Da lei non si poteva pretendere di più. Era sempre più convinta che le persone in salute andassero lì soltanto per vedere che altri erano messi molto peggio di loro.

«Più tardi mi guarderò le foto», disse Estelle per poi scomparire in direzione dell'hotel. Quando salutò le amiche, si accorse che non era l'unica a essersi dileguata. Judith era scomparsa. Senza dire una sola parola.

73.

«La luce di questa candela sia il segno della mia preghiera», lesse Judith. La frase era stampigliata sulla spessa lastra d'acciaio che costituiva la parete posteriore del grande portacandele. Accanto, un altro banco con la stessa scritta, ma in inglese. E poi in francese, in olandese e in italiano. I portacandele, che a Lourdes chiamavano «bruciatori», erano collocati su entrambi i lati della strada e formavano una sorta di viuzza di acciaio e luci. Judith vide che la maggior parte delle candele era stata accesa in rue de la Grotte. Solo lì c'erano i ceri tipici del luogo, quelli con la base azzurra. Qualcuno si era trascinato dietro fino a Lourdes pesanti colossi di cera con iscrizioni devote: Judith aveva con sé la candela della tomba di Arne.

In sottofondo, l'altoparlante stava già chiamando a raccolta i fedeli per la fiaccolata. Un guardiano, che vigilava sull'ordinato uso dei bruciatori e sul riciclo dei resti di cera, mostrò alla donna dove poteva mettere la candela del marito. Con un gesto solenne, Judith accese uno stoppino e la fiamma balenò; poi, piano piano, premette la candela dentro lo spunzone di metallo.

Un mare di lucine. Un mare di intercessioni. Judith si sentì in pace con sé stessa. Finalmente il suo unico desiderio si era esaudito. Era arrivata fino a Lourdes. Ce l'aveva fatta. Aveva tirato fuori tutto. E ne stava pagando le conseguenze. Proprio come le aveva detto quel diabolico pellegrino nella cappella, «la verità che uno trova in sé stesso non è sempre piacevole». Nel frattempo aveva capito che non era di lui che aveva avuto paura, ma dei propri segreti. Aveva confessato, ma la redenzione non era arrivata. La sua vita precedente era stata spazzata via da un uragano. Lì, in quel mare di lucine, regnava la pace. Tuttavia, era come se si trovasse nell'occhio del ciclone: un solo movimento, e si sarebbe ritrovata di nuovo in mezzo al vortice.

Judith era già stata nella grotta, aveva lasciato scivolare la mano sulla pietra benedetta e si era chiesta perché Maria l'avesse chiamata a sé fino a Lourdes. La Vergine, che dall'alto della sua nicchia nella parete di roccia guardava verso i pellegrini e i turisti curiosi, rimase in silenzio, proprio come aveva fatto lungo l'intero cammino. Anche lì, nella grotta, per Judith l'elevazione spirituale restò inaccessibile. La donna non aveva idea di dove l'avrebbe condotta la sua strada. Tutte le possibilità sembravano aperte.

Quando Judith rialzò gli occhi dalle candele votive, si accorse di non essere più sola. Accanto a lei c'era Celine, nella sua carrozzina dai colori sgargianti. I genitori stavano accendendo una candela con gesti cerimoniosi. Le luci gialle danzavano sul volto della ragazza, che si era addormentata per la stanchezza. Le sue trecce, bagnate, spuntavano da sotto un cappello peloso. Probabilmente era appena stata in una delle piscine.

«Bevi alla fonte e lavati con quell'acqua», aveva detto Maria a Bernadette. Judith aveva osservato stupita la baruffa scoppiata nel tentativo di conquistare uno degli ambiti posti sulle panche di legno che garantivano l'accesso a una delle piscine con l'acqua della fonte alla temperatura di dodici gradi. Anche lì, come ovunque a Lourdes, le persone in carrozzina, i malati e i bambini avevano la precedenza.

«Il vero miracolo, qui, è che la gente non si ammali», aveva scherzato Estelle un paio di ore prima. «L'acqua viene cambiata due volte al giorno. Soltanto il pensiero di immergermi in quella brodaglia mi fa venire i brividi.»

Vedendo quella coppia, Judith capì che Estelle si sbagliava. I due avevano tutto un altro aspetto rispetto a quello del giorno prima a colazione nel ricovero per malati di Dominique. Il grigiore che oscurava i loro volti era scomparso. Sembravano rilassati, quasi felici. Lo stato di salute della figlia non era migliorato per niente. Eppure, la coppia appariva più serena.

I genitori di Celine spinsero la carrozzina oltre Judith, senza riconoscerla o fare caso a lei. Non avrebbero mai saputo che la loro figlia le aveva indicato la strada. Ormai Judith sapeva cosa doveva fare.

74.

Il gioco di rintocchi del campanile del santuario di Nostra Signora risuonò. «*In nomine Patris, et Filii, et Spiritus Sancti*», riecheggiò l'altoparlante sulla grande piazza, che nell'ultima mezz'ora si era riempita di migliaia di pellegrini. Kiki e Max avevano trovato un buon posto sulla balaustra della basilica superiore, dal quale si vedeva l'intero complesso. Fra i turisti e i curiosi si sentivano più a loro agio che non tra i fedeli, che sotto di loro si stavano disponendo in processione. Ovunque, bandiere, striscioni, drappi, cartelli di legno e di plastica, alcuni illuminati grazie a una batteria.

Caroline salutò i due giovani. Insieme a Eva, si era avviata nel corteo ed era rimasta bloccata in mezzo a un gruppo di italiani dell'UNITALSI di Ravenna. I colori sbiaditi della vecchia insegna, issata in alto nel cielo, testimoniavano una lunga tradizione di pellegrinaggi. Nell'attesa, si erano scambiati qualche parola e Caroline aveva origliato divertita la storia di Giovanni Battista Tomassi, il fondatore dell'organizzazione, che nel 1903 aveva compiuto un viaggio a Lourdes. Con una terribile artrite deformante e una pistola in tasca. L'uomo aveva le idee molto chiare: «O la Vergine mi guarisce, o mi sparo».
Alla fine non era successa nessuna delle due cose. Tomassi era rimasto così affascinato da quel luogo che aveva deciso che la sua missione di vita sarebbe stata permettere ai malati e ai bisognosi di visitare Lourdes. Dopo la sua morte, l'organizzazione era sopravvissuta. E sopravviveva tuttora. Caroline sorrise. L'imprevedibile Tomassi le era simpatico.

Come quest'ultimo un secolo prima, anche l'avvocato era impressionata dall'incredibile massa di persone convogliata in quel luogo. La donna stimò che sulla piazza si fossero riuniti almeno ventimila fedeli. Non aveva mai visto così tanti anziani, malati e bisognosi e così tante carrozzine tutti in una volta. Dovevano esserci centinaia di quei risciò blu e di volontari pronti a spingerli. Di fronte a lei avevano preso posizione i membri del Lourdes Verein della Vestfalia, arrivati al mattino dalla Germania con dodici ambulanze e mezzi dell'ospedale militare per malati gravi. Alcuni pellegrini erano così malridotti che venivano spinti in processione su una barella con la flebo attaccata. Ovunque, funzionari locali in uniforme a dare una mano. Sembravano sapere alla perfezione come andava riempita la piazza in modo che tutti i risciò e le carrozzine potessero muoversi. Ai malati era riservata la testa della processione. Subito dietro, la Madonna illuminata che guidava i fedeli.

Caroline era commossa dal tenero *Gloria* che risuonava dagli altoparlanti. Si sentì sempre più vicina alla voce limpida e chiara che intonava il motivo. Poi il delicato canto si amplificò in un potente coro, che procedeva un po' zoppicante dietro la voce principale e la faceva fluttuare. Al momento del ritornello, nel cielo serale senza stelle si accesero migliaia di candele, protette da una rosa di carta azzurra e bianca.

Ave. Ave. Ave. Ave Maria.

In quel mare di lucine e in quella invocazione che la avvolse di calore Caroline si sciolse. Non poteva negarlo: lei, che non aveva mai voluto avere niente a che fare con la religione cattolica, e ancor meno con i pellegrinaggi, era commossa dall'atmosfera della serata e dalla magia di quel luogo. Eva era scomparsa tra la folla e Kiki e Max, sulla balaustra, erano assolutamente inavvicinabili. Eppure i quattro si sentivano uniti dalla cerimonia religiosa.

Poi ricomparve l'immagine di Maria, alta tra la folla. In quel momento a Caroline sembrò che le stesse rivolgendo un sorriso. Il suo volto si riempì di lacrime, che si affrettò ad asciugare. Fino a quando non vide che anche il suo vicino, un alto prete di colore in sgargianti paramenti sacerdotali, stava piangendo. A Caroline non interessava più nulla che qualcuno la vedesse in lacrime. Ormai rideva e piangeva contemporaneamente.

Non le importava quanto ci fosse di vero nella storia delle visioni di Bernadette. Né come avessero ridotto la Vergine e la ragazzina i negozi di souvenir disseminati per tutto il paese. Ciò che stava provando quella sera sulla piazza aveva una sua autenticità. Lì non si trattava di dogmi incomprensibili o di guarigioni spettacolari. Accompagnare un malato, spingere una carrozzina, guidare i risciò, stringere una mano. Forse erano quelli i veri miracoli che uno si riportava a casa.

75.

La partenza da Lourdes arrivò molto più rapidamente di quanto Caroline, in quei magici momenti sulla piazza, avesse sperato. La sistemazione in hotel fu piuttosto movimentata. L'albergo La Solitude la risucchiò al suo interno in mezzo a una baraonda di pellegrini. L'impressione di Caroline fu che tutte le trecentocinquantasei stanze fossero occupate. I fedeli, perlopiù persone anziane, si accalcavano a gruppi intorno al bar e al negozio di souvenir e vestiti nella hall e davanti ai cinque ascensori ad alta velocità. L'unico posto tranquillo era la terrazza sul tetto, accanto alla piccola piscina. In vasca, nonostante l'ora tarda, c'era solo un ragazzino olandese con le lentiggini che sguazzava rilassato e si immergeva per recuperare gli oggetti che la madre gli buttava in acqua. Cosa ci era venuta a fare quella spensierata coppia a Lourdes? Un'ora dopo, anche loro erano scomparsi.

Più in basso, luccicava il Gave de Pau. Le facciate illuminate degli hotel e le pubblicità al neon dei negozi si riflettevano nell'acqua del fiume. Un gruppo bighellonava sul ponte prima di raggiungere il suo alloggio.

All'ultimo bicchiere di vino in terrazza seguirono una notte agitata e una colazione frenetica tra centinaia di pellegrini. Quando uscirono dall'hotel e tornarono all'aria aperta, Caroline si sentì sollevata. Un'auto suonò il clacson.

«Sorpresa!» gridò una voce conosciuta. Gli occhi di Eva si riempirono di lacrime. Era Frido. Con tutti e quattro i figli. Non volevano lasciare a nessun altro il piacere di riportare a casa Eva. Commossa, la Supermamma abbracciò tutti e cinque. Era felicissima di rivedere la sua famiglia.

«Be', sembra che stiano bene... e tutt'altro che morti di fame», sussurrò Caroline all'amica.

«Anna è così alta. Come se fosse cresciuta di almeno due centimetri», constatò Eva cercando di ricacciare indietro una lacrimuccia.

Dietro l'auto di Frido, arrivò inchiodando un taxi. Estelle uscì dall'hotel. In tailleur e zeppe con il tacco alto. Ma da dove li aveva tirati fuori?

«Dove vai?» le domandò Caroline gridando.

«All'aeroporto. Ho prenotato due settimane di soggiorno benessere al Sud. Ne ho bisogno per ritrovare me stessa.»

Tempo per salutarsi come si deve non ce ne fu. L'hotel non aveva un accesso per automobili e l'avenue Bernadette Soubirous era così stretta che la macchina di Frido creò subito un ingorgo. Le persone in carrozzina si lamentavano di non riuscire a passare e il proprietario dell'Horlogerie li informò dell'assoluto divieto di fermata. Dopo dieci giorni al rallentatore, all'improvviso tutto accadde in fretta e furia.

Quando Kiki e Max uscirono dall'hotel abbracciati e freschi di doccia ebbero appena il tempo di fare un cenno di saluto con la mano a Estelle ed Eva.

Caroline si guardò intorno. «Dov'è Judith?»

«È partita», rispose Kiki timidamente. «Già ieri.»

Caroline si strinse nelle spalle. «Forse è meglio così.»

Con il cuore pesante, s'incamminò verso Colonia. E verso Philipp.

76.

Esitante, Judith entrò nel ricovero per malati, dove Dominique stava preparando i tavoli per il pranzo. Se l'uomo rimase sorpreso di vederla lì, non lo diede a vedere. Non aveva alcun interesse a rapportarsi con lei. Aveva cose ben più importanti da fare.

«Avrei bisogno di parlarle», disse Judith con un filo di voce.

Dominique la perforò da parte a parte con un unico sguardo. Sotto le sue sopracciglia cespugliose non c'era traccia di perdono o clemenza. «Lei ha l'incredibile talento di spuntare sempre nel momento meno opportuno», borbottò brusco. Quindi, la mollò lì e proseguì il suo lavoro.

Judith non si fece scoraggiare. Aveva una marea di domande. Su Arne. Sul periodo che aveva trascorso nel ricovero. Forse voleva soltanto convincere Dominique di non essere una persona cattiva.

«Posso aspettare fino al momento che riterrà più conveniente», rispose la donna con cautela. «Ho tutto il tempo.»

Invece di darle una risposta, Dominique le passò una pila di piatti. Senza domande e senza spiegazioni.

Per un momento Judith esitò, poi accettò la sfida. Distribuì i piatti sui tavoli da otto. Poi le posate, i tovaglioli e i cestini di pane. C'era molto da fare. E ogni mano poteva essere d'aiuto. Non si girò nemmeno una volta per vedere la reazione di Dominique. Non cercava la sua approvazione né quella di nessun altro. E in quel momento Dominique restò davvero a bocca aperta.

77.

Eva trascorse una giornata fantastica con la sua famiglia. Prima di salutare la Francia, erano saliti con la cremagliera sul Pic du Jer. Per lei era importante che la sua famiglia avesse almeno una vaga idea dell'incredibile paesaggio che l'aveva circondata e del cammino che aveva fatto. Avevano mangiato un gelato fra mille racconti sulla terrazza panoramica. Eva aveva parlato del maiale Rosa, dei pellegrini incontrati, di Max e Kiki e del *cassoulet.* Nelle sue storie rispuntò perfino Jacques, l'Easy Rider dei fornelli. Soltanto sul bacio tacque. Non c'era bisogno di sapere tutto e nemmeno di raccontare ogni cosa, l'aveva imparato negli ultimi giorni. Frido guardava la moglie incuriosito: negli occhi di lei c'era una luce, uno scintillio che non vedeva da molto tempo. In quel momento, seppe di nuovo con chiarezza perché si era innamorato di Eva.

Mezz'ora dopo, la Supermamma era seduta in macchina. Il paesaggio che aveva chiuso nel suo cuore le sfrecciò accanto a gran velocità. Già le mancavano i profumi e la sensazione che l'aria calda le aveva lasciato sulla pelle durante il cammino. Il climatizzatore filtrava l'unicità di quei luoghi. Paesi e campi volarono via fuori dal finestrino. Non rimase nessun dettaglio. La mano di Frido era scivolata nella sua. Il marito la stava ricoprendo di sguardi innamorati e di complimenti.

«È così bello che tu sia di nuovo con noi. Mi sei mancata.»

Eva annuì felice. Da dietro, tutti cercavano di dirle qualcosa.

«Lo sai che sono arrivato in ritardo al tennis?» raccontò

David. «Quanto ad affidabilità, rispetto a te le altre mamme non valgono neanche la metà.»

«Mami! Mami! Hanno spostato la giornata del Dolce-Mamma-Figlia a domani, non è fantastico?» disse Anna interrompendo il fratello più grande. «Devi solo andare a fare un po' di spesa.»

Eva trasalì. Fare la spesa? Cuocere un dolce? Aveva sperato che la sua anima, che già faticava a riprendere il solito ritmo, avrebbe avuto un po' di tempo per riabituarsi alla routine, una volta tornata a Colonia. Prima che Eva potesse dire qualcosa, Lene protestò a gran voce.

«Non è possibile. Domani mamma deve andare a parlare con il mio professore. Mi vuole bocciare.»

Eva guardò Frido: «Credevo che fossi andato al ricevimento».

Il marito girò leggermente la testa dall'altra parte.

«Tu sei molto più brava», la lodò. «Nessuno sa rapportarsi con gli insegnanti come sai fare tu. E se per domani anch'io posso esprimere un desiderio... Be', il tuo crème caramel...»

Non ebbe il tempo di proseguire che Eva urlò: «Stop. Fermati!».

Spaventato a morte, Frido inchiodò. Tutti i passeggeri fecero un salto insieme alle loro cinture. I freni stridettero. Alle loro spalle, esplosero i clacson.

«Vuoi ammazzarci tutti?» sbottò Frido spegnendo la macchina dopo aver accostato. «Sei diventata matta?»

Eva aveva le idee chiarissime. Così chiare come non succedeva da tempo.

«Io vi amo, tutti e cinque. Ma così non può andare avanti.»

Con slancio, Eva aprì la portiera e scese dalla vettura. Frido non poteva crederci. «Ma si può sapere cosa ti prende?»

La moglie fece il giro della macchina, aprì il portabagagli e tirò fuori lo zaino. Una mossa decisamente pericolosa su una strada trafficata come quella che costeggiava i Pirenei. Arrabbiato nero, Frido seguì i movimenti della moglie. «Eva? Ma cosa diavolo stai facendo? Dove hai intenzione di andare?»

«A Santiago de Compostela», rispose lei, come se fosse la cosa più normale del mondo.

«Cosa?» Frido non poteva crederci. «Ma non è possibile.»

Eva lo squadrò con occhio critico. Se a quel punto lui se ne fosse uscito con il suo solito «Domani ho la riunione del CDA» avrebbe commesso un omicidio. I quattro figli tenevano il naso incollato al finestrino. Frido aprì la bocca, ma un attimo dopo la richiuse. Sapeva che niente avrebbe convinto la moglie a ricominciare subito a fare la donnina di casa per la sua famiglia. O a fare da punching ball per sua madre Regine.

«Il mio cammino è appena cominciato», confessò. «La cosa migliore è che iniziate ad abituarvi che d'ora in avanti avrete una mamma indipendente.»

Si sentiva come un'alcolizzata che aveva appena finito la disintossicazione e cercava di schivare qualunque tentazione. Era tutto troppo fresco. Troppo nuovo. E la nuova Eva troppo vulnerabile. Se fosse tornata a casa subito, in tre giorni sarebbe tornata a essere la Supermamma di prima. I giorni di pellegrinaggio avevano fatto rinascere qualcosa dentro di lei. Ma aveva bisogno di più tempo. Tempo per sé. Tempo per riflettere. Su sé stessa. Su Regine. Su tutto. La sua famiglia doveva imparare a convivere con quel vuoto. Nella quotidianità e nel frigorifero.

«Ti ho coperto le spalle per quindici anni. Adesso tocca a me.»

La voce di Eva tentennò, ma la donna perseverò nella sua posizione. Frido sapeva che la moglie aveva ragione.

«Ignoravo che ci fosse tutto quel lavoro da fare», ammise lui. «Quattro figli, tutti quegli appuntamenti, fare la spesa ogni giorno, cucinare. Quando lo fai tu sembra tutto così facile. Come automatico», si scusò.

Eva scosse la testa. Non era automatico. «Io ho imparato. Anche tu puoi farlo. E se qualcosa va storto... Be', conosco un assicuratore fantastico...»

Frido rise. Il miracoloso rimedio di Estelle di sdrammatizzare i conflitti sul nascere con una battuta funzionò anche con Eva.

«Non voglio un altro marito. Solo un pochino di tempo. Forse con una baby-sitter...»

La frase s'interruppe lì.

«Ce la caviamo da soli», intervenne David indignato. «Non siamo più bambini!»

Tutti e quattro i figli annuirono decisi. Eva non poté concludere il suo pensiero. Sapeva che i ragazzini avevano ragione. Era arrivato il momento di allentare un po' l'abbraccio materno.

«Ti amo. Tutti noi ti amiamo», le disse Frido mentre la moglie stava già per mettersi in cammino. E poi le stampò un bacio sulle labbra che fece pensare a tutti e quattro i figli, contemporaneamente: "Oddio, che schifo! Gli adulti sono sempre così penosi e sdolcinati!". «Lo so», rispose Eva. Ora doveva soltanto ricominciare ad amare sé stessa. Per farlo, aveva a disposizione giusto qualche centinaio di chilometri di cammino.

Sul sedile posteriore, Anna era seduta con il suo laptop sulle gambe e continuava a segnare il percorso delle amiche del martedì, che ormai avevano imboccato direzioni diverse. Due freccette, però, si stavano dirigendo insieme verso Colonia. Quella di Kiki e quella di Caroline.

78.

Strano. Come mai, a quell'ora, lo studio era ancora aperto? Irritata, Caroline girò la chiave nella toppa della porta d'ingresso. Era tornata in treno insieme a Max e Kiki. Aveva temuto che Philipp, il quale conosceva con precisione l'ora dell'atterraggio, sarebbe venuto a prenderla all'aeroporto. Così aveva deciso di ripassare a prendere la macchina che l'aspettava nel parcheggio in un secondo momento. Era più importante avere un altro po' di tempo per riflettere. Sperava tanto che dodici ore di viaggio in treno le sarebbero bastate per approdare a una decisione. Qual era la cosa giusta da fare? Chiarirsi? Perdonare? Chiedere subito il divorzio?

Dopo il cambio a Paris-Montparnasse, da dove avrebbe preso la metropolitana fino alla Gare du Nord, si era persa per strada Kiki e Max. La designer aveva convinto il ragazzo a passare una notte a Parigi. Caroline li invidiava per quanto sembravano innamorati, cosa che non cercavano di nascondere in alcun modo. Erano una bella coppia. Nonostante la differenza d'età. Eppure Caroline aveva il sospetto che Kiki volesse fermarsi a Parigi anche per rinviare di un altro giorno il confronto con i Thalberg. Max aveva detto chiaro e tondo di voler porre fine a ogni segreto non appena fossero arrivati a Colonia. Le bugie erano un boomerang, ormai lo aveva imparato.

Da Parigi, a Caroline restavano altre quattro ore. Quando il Thalys entrò nella stazione di Colonia, la donna aveva già deciso di seguire le orme di Kiki. Avrebbe passato la notte nello studio e visto Philipp il giorno successivo. Dopo gli ostelli francesi, dormire sul divano non la spaventava neanche un po'.

Innervosita, Caroline si fermò. Cosa diavolo stava succedendo? C'era la luce accesa... a quell'ora? L'ultima cosa di cui aveva bisogno in quel momento era avere fra i piedi colleghi curiosi. Una delle grandi poltrone girevoli del corridoio si mosse. Da dietro, goffamente, spuntò Philipp.

«Lo sapevo che come prima cosa saresti venuta allo studio», disse in tono amichevole. Aveva un aspetto smagrito, le guance infossate, gli occhi cerchiati da profonde occhiaie. La telefonata di Judith lo aveva allarmato. Caroline si sforzò di digerire lo shock. Non voleva salutarlo, non voleva parlargli, non voleva nulla di nulla. Non voleva essere sorpresa da lui in quel modo. Dopo il pellegrinaggio, non poteva sopportare altre sorprese da parte del marito.

«Ho fatto una stupidaggine enorme. E ora sto cercando un buon avvocato che possa aiutarmi a rimettere in ordine la mia vita», esordì.

Trovare le parole giuste per iniziare doveva esser costato a Philipp parecchio tempo. Sembrava un discorso studiato davanti allo specchio. Con la giusta espressione da penitente.

«Be', quell'avvocato non sarò io», replicò Caroline decisa. Non le andava proprio giù che lui l'avesse spiazzata in quel modo.

«Ho chiuso», spiegò il marito in un tono che faceva capire quanto ne fosse orgoglioso.

«Con tutte o solo con le amiche di cui sono a conoscenza?»

Philipp capì che non era la tattica giusta.

«Cosa devo fare per convincerti che faccio sul serio?»

Davvero pensava che esistesse una semplice ricetta? E si aspettava una risposta immediata?

«Non si tratta soltanto di te», confessò Caroline. «Si tratta di noi. Il lavoro, gli amici, lo sport, i congressi, le amiche del martedì. Qualunque cosa era più importante del tempo passato insieme. Philipp, sono anni che conduciamo due vite separate.»

Non era stato facile guardare in faccia la realtà. Non aveva alcun senso continuare a voler ignorare le proprie responsabilità. Judith aveva ragione: aveva trovato una porta aperta. Philipp capì che le cose si stavano mettendo male.

«Quello che è successo con Judith non significa nulla», affermò quindi con un'espressione da bassotto fedele. «Sono in piena crisi di mezz'età.»

Judith si era presa le sue responsabilità, Caroline era sul punto di riconoscere il proprio contributo al disastro della sua vita privata... e lui parlava di ormoni! Degli ormoni che, dopo gli anni migliori, schiavizzavano un uomo senza che lui potesse farci nulla. Se almeno fosse stato un amore vero. Qualcosa di grande. Una forza della natura. No, Philipp se ne usciva con la crisi di mezz'età. Non le piaceva il modo in cui stava parlando della sua amica. Come se Judith non contasse nulla. Caroline, che fino a quel momento era riuscita a mantenere un certo contegno, sentì che in lei la rabbia stava per riprendere il sopravvento.

«Voglio che tu te ne vada», disse con durezza.

Philipp non poteva crederci: «Vuoi buttare via venticinque anni di matrimonio?».

«Sei stato tu a farlo, Philipp. Con le tue tresche.»

«Caroline, ormai è acqua passata», promise lui.

La sua presunzione la ferì nel profondo. Philipp sembrava convinto che il matrimonio funzionasse in base al principio di anzianità: dopo un tot di anni insieme, era automatico che uno avesse una seconda chance.

«Ho bisogno di tempo per riflettere. E per i miei hobby», disse senza pensarci troppo.

«Oh Line, ma da quando tu hai degli hobby?»

No, non sarebbe esplosa. No, no, no.

«Da oggi», annunciò Caroline, e iniziò a frugare nello zaino alla ricerca del telefono. In treno, Max le aveva spedito via Bluetooth un paio di chicche dal suo cellulare. La musica era ancora meglio del *Knäckebrot.* Ci s'infilava gli auricolari e si diceva addio a tutti i rumori sgraditi. Caroline alzò il volume. Con le loro voci allegre, i Les Poppys superavano tutto quello che Philipp aveva da dire.

«Non, non, rien n'a changé.»
Nulla era cambiato? In realtà dopo Lourdes niente era rimasto come prima. Prima o poi avrebbe dovuto occuparsene. Domani. Dopodomani. Ma non quel giorno. Quel giorno cantava insieme ai Les Poppys convinta che tutto fosse rimasto come ai vecchi tempi.

Philipp aveva già una mano sulla maniglia della porta quando sentì risuonare la voce di Caroline per tutto lo studio. Forte e molto intonata. Non aveva la più pallida idea che sua moglie sapesse cantare. Tutto a un tratto, capì che forse erano molte le cose che non sapeva.
Caroline saltellava cantando per lo studio e, fra i codici, i raccoglitori degli atti e l'edizione completa della «Neue Juristische Wochenschrift», cercò il posto adatto per il souvenir più importante: una statua di legno della Vergine, una delle tante acquistabili a Lourdes a prezzi stracciati. Prodotti di massa made in Estremo Oriente. Eppure, quella figura emanava un magico bagliore che illuminava la stanza scura. Non era dimostrabile, ma a Caroline non importava nulla. Ormai Maria era entrata a far parte della sua biografia. E per questo non c'era bisogno né di credere alla storia di Bernadette né di essere cattolica.

79.

«È proprio necessario?» domandò Kiki in tono lamentoso.

Max si limitò a trascinarsela dietro. La giovane designer conosceva i Thalberg abbastanza bene da immaginarsi come avrebbero reagito quando il figlio l'avrebbe presentata. In mezzo al campo di golf.

Kiki aveva letto su Internet che alcuni ricercatori svedesi avevano scoperto che i giocatori di golf vivono cinque anni in più rispetto ai non giocatori dello stesso sesso e della stessa età. La ragazza temeva che valesse soltanto per i golfisti svedesi. Quello che aspettava la distinta coppia alla buca numero nove, infatti, non avrebbe di certo contribuito ad allungare la loro vita.

Da lontano, già riconobbc il suo capo. Johannes Thalberg portava un paio di pantaloni a quadretti, un gilet bianco con uno scollo a v blu e vistosi occhiali da sole con la montatura bianca. La moglie, al suo fianco, era interamente vestita di bianco. Anche la prima volta che Kiki l'aveva incontrata, passando a prendere una cosa alla raffinata Villa Marienburg, la signora Thalberg portava dei colori chiari. Si mimetizzava così bene negli interni di design color crema che Kiki quasi non l'aveva vista.

Per quanto era nervosa, anche in quel momento la ragazza non riusciva a percepire granché e così le sfuggì che Max non fosse più al suo fianco. Il *greenkeeper*, il quale dopo l'episodio dello stagno era diventato un grande fan del giovane Thalberg, vedendolo gli era corso incontro, lo aveva abbracciato e non voleva più lasciarlo andare.

«Kiki!» esclamò Thalberg sr. Evidentemente i suoi progetti

lo avevano convinto a iniziare a chiamarla per nome. «Che coincidenza!» insisté il capo. «I vasi. Sono grandiosi. Semplici, convincenti. Meglio che non le dica che robaccia complicata mi hanno presentato i suoi colleghi.»

La ragazza annuì in silenzio, cercò la mano di Max e afferrò il vuoto. Soltanto in quel momento si accorse di essere sola con i Thalberg.

«I suoi vasi sarebbero un ottimo motivo per andare a fare un bel brindisi», proseguì l'uomo. «Purtroppo, però, abbiamo già un impegno.»

Max era ancora alle prese con il *greenkeeper*. Kiki era in trappola.

«Stiamo aspettando nostro figlio con la sua nuova ragazza», spiegò la signora Thalberg, la quale non dava grossa importanza alla discrezione che il marito cercava di mantenere riguardo alle faccende private. «Non lo riconoscerebbe, il nostro Max. Adesso è molto diverso, più aperto.»

«Max ha addirittura mostrato un certo interesse per la guida dell'azienda», intervenne il capo interrompendo la consorte. Non fu di grande aiuto. Quella chiacchierona della moglie, infatti, continuò. «E mio marito che credeva che avesse una storia in azienda!» aggiunse ridendo.

Finalmente Max comparve al suo fianco. «Non posso. Non ci riesco», gli sussurrò Kiki.

Con delicatezza, lui le mise un braccio intorno alla vita. I genitori rimasero impietriti.

«Le proposte di razionalizzazione, le idee per la nuova linea di prodotti, i consigli matrimoniali... be', sono tutti opera di Kiki», spiegò rivolgendo alla madre un occhiolino complice. Forse non era la più diplomatica delle presentazioni, ma si rivelò efficace. Nel giro di pochi secondi, Max aveva chiarito come stavano le cose.

«Il bello...» proseguì Max senza scomporsi, «è che non c'è bisogno che la conosciate, la mia ragazza. Perché già la conoscete!»

A quel punto, la madre decise di porre fine a quel fiume di parole. Mantenendo un impeccabile contegno, strinse la mano di Kiki e si congedò. «La prego di scusarci.»

Allontanandosi in fretta e furia e discutendo in maniera animata, i genitori di Max lasciarono il campo da golf. Kiki li seguì con un'espressione triste. Era esattamente quello che si aspettava.

Max la guardò raggiante: «Secondo me gli sei piaciuta».

80.

«Di nuovo per quattro?» si azzardò a domandare Tom.

«Sì, come negli ultimi tempi», rispose Caroline. Era il primo martedì del mese e Caroline era ancora sola al tavolo vicino al camino di Le Jardin.

Tom portò via il cartellino PRENOTATO e il quinto coperto. Luc lo osservava con un'espressione imperscrutabile. Ci aveva messo un paio di settimane per farsi una vaga idea di cosa potesse essere successo in Francia. Ma non ci si era ancora abituato. Se lui avvertiva così tanto il vuoto della quinta sedia, chissà come si sentivano le amiche del martedì.

In corridoio era appesa una serie di cartoline che le sue clienti gli avevano spedito negli ultimi mesi. La prima veniva dal Massif de la Clape ed era firmata da tutte e cinque. Accanto, una di Judith, che da mesi lavorava ufficialmente in un ricovero per malati. Altre tre erano arrivate da Eva durante il suo cammino verso Santiago de Compostela. L'ultima proveniva da Finisterre. «La tradizione vuole che ogni pellegrino lasci sulla scogliera un pezzo del suo equipaggiamento. Come segno che il cammino è finito. Io ci ho lasciato una mia vecchia foto», aveva scritto l'ex Supermamma sul retro. In effetti, Luc ci aveva messo un po' a riconoscere la nuova Eva quando, ben vestita e curata nell'aspetto, era entrata di slancio nel ristorante. Con un cappotto alla moda e senza la trascurata coda di cavallo sembrava più giovane di dieci anni. «Ho una fame da lupo», sussurrò la donna a Luc quando lui si offrì galantemente di prenderle il soprabito.

«Mangiato niente a casa?»

Eva scosse la testa. «Non ho nemmeno cucinato. Gli altri si sono riscaldati un po' di avanzi nel microonde.» Ormai aveva imparato a convivere con il rischio di sacrificare qualche antiossidante. Anzi, era sulla strada buona per compiere un altro passo.

Con orgoglio mostrò a Caroline il suo nuovo tailleur. Sebbene non avesse perso neanche un grammo, non nascondeva più le sue forme.

«Hai qualcosa in programma per il dopocena?» domandò Caroline stupita.

«Ricordi la dottoressa con cui ho camminato per gli ultimi centoventi chilometri? Nel suo ospedale cercano una sostituta per le vacanze. Ho il colloquio domani. Be'... come sto?»

Quindi, fece un'aggraziata piroetta davanti all'amica, che annuì entusiasta. Anche Luc non poté fare a meno di alzare il pollice.

«Se hai bisogno di qualcuno per le pulizie, tienimi in considerazione! Io sono libera!» disse una voce da dietro. Era Kiki, arrivata quasi volando. Come al solito, con un'aria un po' trafelata.

«Il vecchio Thalberg non si è ancora calmato?»

Kiki scosse la testa con tristezza. «Erano anni che non avevo così tanto tempo libero.»

Luc sapeva che, una settimana dopo il leggendario incontro al club di golf, Thalberg sr aveva licenziato Kiki. Al tavolo delle amiche del martedì si era discusso a lungo sul fatto se lei dovesse fargli causa o meno. Alla fine la ragazza ci aveva rinunciato. Non voleva aizzare fino a quel punto la faida familiare. Sperava che la sua linea di vasi le avrebbe permesso di entrare in una nuova azienda. I vasi, infatti, erano in produzione. I venti esemplari che Luc aveva ordinato per il suo locale sarebbero arrivati a giorni.

«In compenso, però, al club di golf dicono che andrai a vivere con Max», intervenne Estelle, che nel frattempo era comparsa all'ingresso. Impeccabile, come sempre. Con le mani perfette. La *grande dame* era convinta che fosse il minimo che potesse fare per ringraziare suo padre, che per una vita aveva combattuto con le sue mani screpolate. Di solito per rendere omaggio ai parenti defunti si va al cimitero. Estelle, invece, andava a fare la manicure.

«Sì, stiamo comprando i mobili insieme», confermò Kiki. «Max le poltrone, io il divano. Nel caso in cui qualcosa vada storto.»

Tra sé e sé Luc fece un ghigno. Dopo i vari Matthieu, Michael, Robert e le altre catastrofi, per Kiki era un grande passo. Come dire, la metà dell'opera.

«E tu?» domandò Eva guardando Caroline.

Sul tavolo vicino al camino calò il silenzio. Tutti gli occhi si diressero verso l'avvocato dal pugno di ferro che negli ultimi mesi aveva decisamente mollato la presa. Luc, che si stava dirigendo in cucina per servire gli antipasti, si fermò. Quel discorso lo interessava più di qualsiasi altro argomento. Il proprietario di Le Jardin aveva preparato qualcosa di speciale per le sue amiche del martedì. Qualcosa che contraddiceva la regola non scritta a cui si era attenuto per quindici anni. Qualcosa che le avrebbe sorprese. Agitato, origliò come stessero andando le cose a Caroline.

«Nel nuovo appartamento mi manca ancora tutto», raccontò. «I fornelli, le mensole, cianfrusaglie varie. La settimana scorsa con Fien sono andata in un negozio di mobili. E nel weekend Vincent passerà a prendere gli ultimi scatoloni. Piano piano...»

Le amiche la guardarono in silenzio. Era stata proprio Caroline a insegnare loro che se uno voleva sapere qualcosa, doveva imparare a stare in silenzio.

«Io e Philipp ci incontriamo, ogni tanto. Parliamo molto», proseguì la donna. «Non è facile.»

All'improvviso, una batteria di bicchieri da champagne cadde riversandosi addosso a Caroline. Luc quasi stramazzò. Non era così che si era immaginato l'ingresso del suo nuovo cameriere.

Vicino al tavolo del camino c'era una Judith rossa in viso per la vergogna. Confusa, si rigirò il vassoio tra le mani. «Dominique mi ha fatto vedere come si serve. Ma non abbiamo mai avuto champagne...»

Caroline la guardò come se fosse arrivata con una navicella spaziale. Luc si stava sfregando le mani nervoso. Sperava di conoscere abbastanza bene le sue donne e di aver interpretato nel modo giusto i brandelli di discorso origliati al loro tavolo. Quando Eva, Caroline e Kiki si erano presentate a cena in tre, due settimane dopo la fine del pellegrinaggio, non avevano speso una sola parola su Judith. Con il passare dei mesi, gli spigoli della rabbia si erano smussati. «Chissà come sta Judith», si erano chieste sempre più spesso. Dopo Lourdes, nessuna di loro l'aveva più sentita.

E quando, durante l'ultima cena, aveva sorpreso Caroline a leggere di nascosto le cartoline di Judith appese nel corridoio, Luc aveva capito che doveva fare qualcosa. Una cosa che, in tutti quegli anni, non aveva mai fatto: immischiarsi nella vita delle amiche del martedì. Aveva scritto una cartolina a Judith in Francia, annotando la data di quel giorno. E, sotto, una semplice frase: «Non dimenticarti di nuovo che è il primo martedì del mese». Così, alle otto meno venti, Judith era apparsa a Le Jardin. Nervosa e insicura.

Eva fu la prima a spezzare il silenzio provocato dalla sua apparizione al tavolo vicino al camino.

«Ti sei chiarita con Dominique?» domandò.

Judith scosse la testa. «Non abbiamo mai parlato davvero. Ma sono stata felice che mi abbia accettata nel suo team. È stato un bel gesto da parte sua.»

«E tu sei riuscita a resistere in quelle condizioni per quattro mesi?» chiese Kiki.

«Il bello è che lì uno non ha tempo per rimuginare. Avresti dovuto vedere i nostri ospiti. Per la prima volta ho avuto la sensazione di fare qualcosa di utile.»

Ci fu di nuovo silenzio. Con un tovagliolo, Caroline si stava pulendo dai pantaloni gli ultimi resti dello champagne. Anche se ormai non c'era più nulla da pulire. Judith guardò insicura in direzione di Luc. Senza farsi vedere, l'uomo annuì.

Caroline stava ancora riflettendo su come affrontare la situazione. «Mi sono chiesta spesso come stessi», disse Judith girandosi verso di lei. «Ma non me la sono sentita di chiamarti.»

Luc trattenne il fiato. Di lì a poco avrebbe capito se aveva valutato bene la situazione. Caroline non disse nulla e spostò verso l'esterno la quinta sedia intorno al tavolo.

«Allora mi volete ancora?» domandò Judith.

«Senza di te il tavolo non è completo», ammise Caroline.

Judith era commossa. Poi abbracciò Caroline, quasi stritolando fra le braccia la sua nuova vecchia amica.

Il volto di Luc s'illuminò. Quindi, fece cenno a Tom di riempire di nuovo i bicchieri di champagne. Poco dopo Estelle sollevò il calice: «Alle amiche del martedì!».

I bicchieri si toccarono tintinnando. Poi la voce delle cinque donne risuonò per il ristorante. Solo in quel momento Luc si accorse di quanto gli fosse mancata la rumorosa confusione che da quindici anni, ogni primo martedì del mese, dominava il locale.

«Se uno riesce a pellegrinare insieme, nella vita può condividere tutto», disse Eva in tono un po' patetico. Luc capì cosa intendesse. Se non era quello il momento per essere patetici, allora quando?

«Ma perché insistete tutte con questo benedetto pellegrinaggio? A me non ha portato nulla», disse la *grande dame* indignata.

«È solo che tu non lo vuoi ammettere», la interruppe Kiki.

«Uhm... duroni sulle piante dei piedi...» aggiunse conciliante Estelle. «Vale come cambiamento?»

«Credi che io mi sarei mai fatta sentire con Frido se me ne fossi andata la mattina del primo giorno?» s'intromise Eva.

Estelle non era ancora convinta.

«Della serie, incontri ravvicinati con il divino. Rosa, il maiale dell'ostello... in realtà è stata lei a salvarti la vita!»

Luc si ritirò con un ghigno nella sua cucina, il posto in cui si sentiva più a suo agio. Dietro le quinte. Prima di scomparire oltre la porta, però, si girò un'ultima volta verso Caroline.

L'avvocato si appoggiò allo schienale e osservò le sue amiche. Come parlavano, gesticolavano, litigavano, ridevano, mangiavano e bevevano.

Nulla era cambiato. Sebbene tutto fosse cambiato. Caroline sorrise fra sé e sé. In quel momento si sentiva soddisfatta. Pienamente soddisfatta. Di sé stessa e del mondo. E di tutto quello che le sarebbe capitato l'indomani.

RINGRAZIAMENTI

Un grazie a:

Marc Conrad, che fin dai loro primissimi passi ha accompagnato le amiche del martedì con consigli, azioni ed entusiasmo. Senza di lui questa storia starebbe ancora vagando nell'universo in cerca di una patria.

Kerstin Gleba per la fiducia, la schiettezza, e per la sua amicizia; per le nuove conoscenze e i nuovi mondi. Il caso non esiste.

Peter Stertz (la sua ostinazione è stata per me dovere) e Michaela Röll.

Marie Amsler e Rudi per avermi scarrozzata fra Lourdes e Carcassonne, per aver cercato con me le conchiglie di san Giacomo sui Pirenei e ogni tipo di aiuto possibile da parte dei francesi.

Padre Uwe Barzen dell'organizzazione Pilgerseelsorge di Lourdes e Sophie Loze; e ai volontari dell'Hospitalité per aver condiviso con me la loro vista sul paese.

Jörn Klamroth per aver reso possibile la riduzione cinematografica e Claudia Luzius per aver curato la sceneggiatura.

Heide e Karl-Heinz Peetz per il loro continuo sostegno.

Peter Jan Brouwer, Lotte e Sam. Per tutto.

UNA CONVERSAZIONE CON MONIKA PEETZ

Com'è nata l'ispirazione per scrivere La quinta costellazione del cuore?

Tutto è iniziato con un reportage sul Cammino di Santiago de Compostela che avevo letto in un giornale olandese. L'idea di percorrere a piedi centinaia di chilometri su antichi percorsi intrisi di spiritualità mi ha subito affascinata. Credo che in un mondo diventato così complesso e veloce noi tutti aspiriamo a qualcosa di semplice e tranquillo. E a rituali che offrano un'ancora di stabilità. Quell'articolo mi è rimasto in testa per anni, finché un produttore mi ha dato la possibilità di utilizzare concretamente quello spunto per la sceneggiatura di un film. E il romanzo si è sviluppato in contemporanea.

I personaggi le sono stati ispirati da persone reali?

Al momento di caratterizzare le cinque donne ho fatto indagini approfondite all'interno della mia cerchia familiare e delle mie amicizie. Le protagoniste sono un mix di vissuto, di ricordi, di sentito dire e di inventato. In ognuna di loro c'è anche un pezzo di me stessa. In fin dei conti, si può scrivere solo di cose che si conoscono in prima persona.

Judith, la protagonista, scopre all'improvviso che una vita intera può essere mandata in frantumi da una menzogna. Perché diciamo bugie alle persone che amiamo? Crede che una bugia detta per amore o per paura sia meno grave di altre bugie?

Il tema di quanto sia importante la sincerità in una relazione mi interessa molto. Un paio d'anni fa una mia amica si è trovata a iniziare una nuova storia d'amore. Proprio la sera in cui aveva deciso di dirlo al suo vecchio compagno, lui le ha comunicato di avere un cancro incurabile. E lei è rimasta al suo fianco fino alla fine. Quell'uomo è morto senza sapere che la sua compagna aveva già una seconda vita. Lei gli ha mentito. Ma forse questa bugia è stata per lui la cosa migliore, nella situazione in cui si trovava. Questa storia mi ha molto colpita ed è confluita nel romanzo.

Nel romanzo Judith affronta una grave perdita, ma lotta con tutta sé stessa per superarla. Crede che affrontare problemi e cambiare vita possa essere terapeutico nell'elaborare un lutto?

Il lutto e l'elaborazione del lutto variano da persona a persona. A me personalmente non aiuta molto rimuginare. Un paio d'anni fa ho vissuto una serie di lutti in un breve arco di tempo. Mi sentivo svuotata e scoppiavo a piangere in continuazione. Per giunta, avevo dato la mia adesione a un viaggio di due settimane come giornalista in Israele e nei territori palestinesi. Alla fine, quel viaggio mi ha salvata. Parlare con le persone del luogo mi ha aiutato a prendere le distanze da me stessa e a relativizzare i miei problemi. Da quell'esperienza ho imparato che per me è più utile cambiare aria, confrontarsi con nuove idee, conoscere persone e affrontare nuovi contenuti, piuttosto che chiudermi in silenzio e raccoglimento. Ma ognuno deve decidere per conto suo.

La quinta costellazione del cuore *fa venire voglia di mettersi lo zaino in spalla e partire per un viaggio con i propri migliori amici. Lei ha mai fatto un viaggio del genere? Quali insegnamenti ne ha tratto?*

Ho percorso a piedi un bel pezzo di strada. Ma non con delle amiche, bensì con mio marito e i nostri due figli. Non verso Santiago de Compostela, ma per 150 chilometri in una zona deserta della Germania dell'Est. Però con due asini che portavano i bagagli. È stata un'esperienza singolare: per metà giornata si tirava l'asino, per l'altra metà era l'asino a tirare noi e si faceva fatica a tenergli dietro. Per dormire alloggiavamo da contadini o privati con i quali dividevamo anche la cena. Queste conoscenze sono state per me la cosa più interessante del viaggio. Per tutto il giorno, camminando, mi chiedevo dove saremmo capitati la sera.

Ogni anno migliaia di viaggiatori e pellegrini si recano a Santiago de Compostela. Crede che si tratti di un'esperienza culturale oltre che spirituale?
Credo che sia una combinazione di entrambe. Concentrarsi sulle proprie risorse fisiche e mentali è un'esperienza unica. Il fatto che il Cammino di Santiago si collochi in una tradizione storica dà alla meta una dimensione molto particolare e spirituale.

L'amore viene e va, ma l'amicizia resta. È vero secondo lei?
L'amicizia è fondamentale. I vecchi amici sono insostituibili. Si sa reciprocamente da dove veniamo e dove volevamo andare. E molte mie amicizie sono durate più dei miei amori. Se in amore non si riesce a diventare anche amici, l'amore morirà.

Quando ha scritto il libro, si aspettava questo grande successo?
Ho avuto la fortuna di avere un editore che fin dall'inizio ha creduto nel mio romanzo. E naturalmente si spera sempre che la storia piaccia anche agli altri. Ma scalare le classifiche con un romanzo d'esordio, rimanere in vetta per mesi e mesi e adesso conquistare anche l'estero... questo ha superato ogni più rosea aspettativa e speranza.

E ora sta scrivendo un nuovo romanzo?
Ho cominciato a scrivere un seguito della *Quinta costellazione del cuore.* Ho vissuto così tanto tempo con queste signore che io stessa sono curiosa di sapere cosa succederà loro dopo questo pellegrinaggio in comune.

Finito di stampare nel mese di gennaio 2012
da Grafica Veneta s.p.a., Trebaseleghe (PD)

Questo libro è stampato col sole

GRAFICA VENETA

Azienda carbon-free